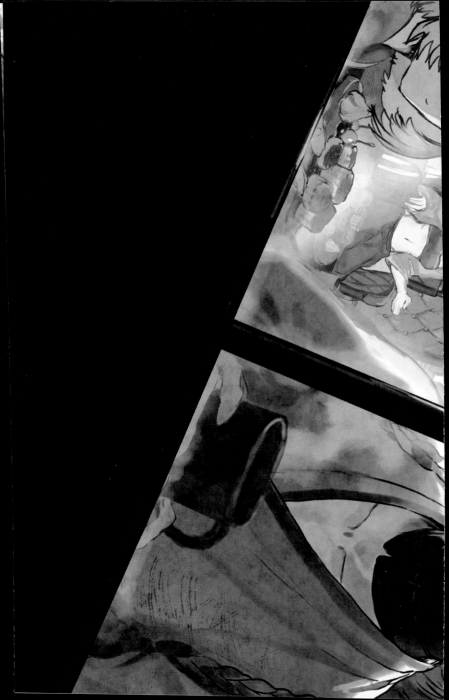

거미입니다만, 문제라도? 2

저자 **바바 오키나**

일러스트 **키류 츠카사**

Contents

시라오리

관리자 D가 제시한 월드 퀘스트를 클리어한 이후, D의 권속이 되어 끌려갔다. 신의 세계에서 수습 신으로서 스파르타 교육을 받는 중.

아리엘

혼의 소모가 심각하여 이미 오래 살지는 못하는 탓에 구출한 여신 사리엘, 퍼펫 타라텍트 4자매와 함께 시골에서 요양한다.

소피아

메라조피스, 흡혈귀화시킨 권속들, 라스, 유고와 함께 잠시 마족령으로 귀환. 마왕성을 거점으로 혼란에 빠진 마족령의 주민들을 구제하고자 하는 발트를 도왔다. 얼마 뒤 마족령이 안정된 다음에는 메라조피스, 권속들과 함께 자취를 감춘다.

라스

소피아와 함께 마왕성으로. 중상을 입은 유고를 돌봐주면서 마족령의 혼란을 수습하기 위하여 발트를 돕는다. 얼마 뒤 마족령이 안정된 다음에는 메라조피스, 권속들과 함께 자취를 감춘다.

규리에디스트디에스

사리엘, 아리엘과 함께 시골로. 잠시간 함께 지내다가 머지않아서 자취를 감춘다.

미공개 소설

아리엘의 기억

Memory of Ariel

아리엘, 과거를 이야기하다 1

"어서 와."

아리엘이 방문자를 환영해준다.

"실례하겠습니다. 몸은 좀 어떠세요?"

"선물 가져왔어요. 짠! 제가 손수 만들었답니다!"

라스는 아리엘의 건강 상태를 걱정해주고, 소피아는 과자가 든 바구니를 내밀었다.

"몸은, 그럭저럭 괜찮아. 하지만 소피아가 준 선물을 먹으면 나빠질 것 같네."

"너무해?!"

농담조로 주고받는 대화를 들은 라스는 미소 지었다.

다만 인사말 몇 마디 대화를 나눌 때 아리엘이 「몸 상태가 좋다」라고는 말하지 않았다는 사실은 잊지 않고 분명하게 마음에 담아 뒀다.

포티머스와 대결할 때 대가가 큰 스킬, 겸양을 썼던 아리엘.

애당초 자신의 최후가 가까워졌음을 깨달은 탓에 마왕이 된 아리엘은 대가가 큰 겸양을 거듭해서 썼다.

그것이 의미하는 바는 여생이 썩 길지는 못하다는 사실이었다.

실제 아리엘은 휠체어에 앉은 채이고 뒤에서 퍼펫 타라텍트 권속 중 하나인 아엘이 밀어주고 있는 모양새다.

나머지 퍼펫 타라텍트 셋도 라스와 소피아라는 손님을 맞이하여 시중들고자 이리저리 움직이며 채비 중이다.

솜씨가 무척 능숙하니 평소부터 이런 작업을 수행한다는 것을 짐

작할 수 있었다.

일상생활에서 아리엘은 퍼펫 타라텍트들에게 보조를 받고 있는 듯했다.

작별의 때가 가까워짐을 라스도 소피아도 예감할 수 있었다.

그럼에도 아리엘의 표정은 산뜻했다.

아리엘은 이미 이루어야 할 목표를 전부 끝냈고 이제 여생을 즐기기만 하면 되는 처지이기 때문이다.

아리엘이 사는 집 바깥에는 무덤이 하나 있다.

그곳에 잠들어 있는 인물은 여신 사리엘이다.

비록 시스템으로부터 해방되었으나 사리엘은 오랜 세월에 걸친 혹사로 인해 역시나 오래 살아 있지는 못했다.

그럼에도 시스템에 혼의 전부를 착취당하여 끝내 소멸되는 사태는 피할 수 있었다.

임종의 순간에는 아리엘과 규리에의 배웅을 받으며 다시 윤회의 고리로 돌아갔다.

사리엘을 구하기 위하여 쭉 바삐 달려 다녔던 아리엘의 입장에서 이 같은 마지막은 바랄 수 있는 가운데 최선의 결과였다.

삶의 목적을 달성하는 데 성공한 아리엘은 하루하루를 평온한 마음으로 지낼 수 있었다.

이렇듯 가끔 라스와 소피아가 찾아와주기도 하고 퍼펫 타라텍트들이 함께 있어주었다.

이제는 언제 죽어도 쓸쓸하지 않을뿐더러 좋은 인생이었다고 단언할 수 있을 것이다.

아리엘은 한동안 소피아가 가져온 수제 과자의 감상 등 이것저것 말을 주고받으며 수다에 열중했다.

"바깥세상은 이래저래 힘든가 보네~."

"그야 그렇죠. 시스템이 불쑥 사라졌는데. 환경이 너무 격변해서 엉망진창이라고요."

소피가 그렇게 말하며 어깨를 으쓱거린다.

시스템이 사라짐으로써 이제껏 사용해왔던 스킬을 못 쓰게 되었고 능력치로 강화되었던 신체 기능도 약화되었다.

그 영향은 인간 사회뿐 아니라 마물들의 생태에도 큰 변화를 끼치고 있었다.

"이대로 멸종하는 마물도 적지 않을걸요."

"애당초 시스템이 생겨난 다음부터 이 세계에 정착했던 종이니까. 이제 시스템이 제거됐으니 같이 사라지는 게 자연스러울지도 몰라."

마물 중 다수는 스킬에 의지하여 생태가 성립된다.

따라서 스킬이 불쑥 사라진 지금, 살아가기 위한 최저한의 능력조차 잃고 곤경에 처한 종마저 존재한다.

시스템이 없어진 지금 저러한 마물이 쭉 살아서 버티기는 불가능하다.

"뭐, 끈질기게 살아남는 종도 많겠지만요."

"고블린 같은 녀석들은 죽이려 해도 안 죽을 테고 말이지."

고블린이라는 단어에 본래 고블린이었던 라스가 움찔거리며 반응했다.

"고블린도 시스템 가동 이후에 발생했던 마물 중 하나라서 시스템이 없어진 지금 시대에 살아남는다는 게 뭔가 좀 애매하다 싶긴 하지만 말야~."

"어라? 진짜요?"

아리엘의 말에 라스와 소피아는 의표를 찔린 듯 어리둥절했다.

이 세계의 고블린은 전생자들의 고향인 지구에서 잘 알려진 전승과는 상당히 다르다.

높은 긍지를 갖고 싸우는 상당한 무투파의 마물로서 유명하다.

이 세계의 마물은 크게 나눠서 두 종류인데 본래 이 세계에 있었던 동식물이 시스템에 적응하여 진화했거나 시스템의 제작자 D가 디자인해서 이 세계에 풀어놓은 마물의 자손이거나 둘 중 하나다.

D가 디자인해서 풀어놓은 마물은 지구의 전승과 가까운 모습 및 생태를 보이는 경우가 많다.

따라서 이 세계의 고블린은 본래 이 세계에 있던 동물이 진화했을 때 우연히 모습만 닮게 되었을 뿐 지구의 전승과는 아마도 다른 존재라는 것이 두 사람의 평소 생각이었다.

"근데 사실은 아니거든~."

아리엘은 대답해주며 약간 쓴맛이 강한 소피아의 수제 과자를 입에 한가득 집어넣었다.

"아마 이 세계의 고블린도 지구의 전승과 같은 존재가 될 예정이 아니었을까 싶기는 한데~. 그런데 우리 쪽 식구들 중에 고브고브의 영향을 받아서 초기 설정이 어긋났다고 나는 생각해."

"고브고브…… 아리엘 씨가 자랐다는 고아원의 친구분들 중 한 명이었죠?"

"맞아, 맞아."

아리엘은 말하며 옛 기억을 떠올린다.

"그러네~ 나 말고 더 이상 아는 사람이 아무도 없어지면 그건 또 쓸쓸하니까 잠깐 옛날이야기라도 해볼까."

그렇게 아리엘은 예전 이야기를 시작했다.

고아원에서 보낸 소박한 일상 1

고아원 거실.

많은 고아를 돌보고 있는 고아원의 거실은 제법 널찍하다.

그런 거실의 한 면은 통유리를 쓴 미닫이문으로 만들어 놓은지라 직접 마당에 오갈 수 있는 구조였다.

현재 저 미닫이문은 닫혀 있으나 유리 재질이기에 바깥의 상황이 안에서도 잘 보인다.

마당에서는 고아들이 기운차게 뛰어다니고 있었다.

저쪽에 끼지 않고서 거실에 남은 아이가 두 사람.

나이는 대략 예닐곱 살쯤 된 소년과 소녀.

한 사람은 휠체어에 앉은 채 멍하니 바깥을 내다보는 소녀, 아리엘.

다른 한 사람은 아리엘과 탁자를 하나 사이에 두고 반대편 소파에 앉은 쿨라.

쿨라의 손에는 뜨개질용의 코바늘이 쥐여져 있고, 털실을 익숙한 손놀림으로 엮고 있다.

묵묵히 뜨개질하며 이따금 잘 뜨였는지 확인하기 위해서 전체를 이리저리 어루만진다.

그렇게 하지 않으면 소년은 확인을 할 수 없어서였다.

쿨라의 얼굴에는 안대가 쓰여 있었다.

쿨라는 태어났을 때부터 눈이 보이지 않았다.

쿨라뿐 아니라 이 고아원에서 지내는 고아들은 모두 크게든 작게든 장애를 가지고 있다.

왜냐하면 이곳의 아이들은 포티머스라는 남자에 의해 인공적으로 만들어진 키메라라는 실험동물이기 때문이다.

포티머스라는 남자는 오로지 죽고 싶지 않다는 단 하나의 열망을 이루기 위해 불로불사의 연구에 매진해왔다.

불로불사의 생물을 만들어 내고자 감행했던 실험.

그 실험에서 인간을 근간으로 하여 갖가지 동식물의 인자를 삽입함으로써 만들어진 것이 고아원에 있는 키메라들이었다.

다만 인위적으로 만들어진 아이들은 태어날 때부터 장애를 갖는 경우가 적지 않았다.

장해는 없을지라도 삽입당한 동식물의 인자 때문에 평범한 인간이라면 불가능한 신체적 특징 및 능력을 보유한 아이들도.

쿨라도 그중 한 사람이었기에 안대를 벗지 못한다.

쿨라의 눈에는 사안(邪眼) 이외에는 달리 표현할 수 없는 불가사의한 힘이 있었다.

쿨라의 시선상에 놓인 사람들은 몸 상태가 이유도 없이 나빠진다. 당시의 현대 과학으로는 해명할 수 없는 초자연적인 힘이었다.

이는 삽입을 당한 인자 중 용이라는 역시 과학으로는 도저히 설명하지 못할 힘을 휘두르는 초자연적인 존재가 있었다는 것과 관련된다.

그 때문에 쿨라는 항상 눈을 감기 위해서, 시선을 가리기 위해서 안대를 쓰고 지내야 할 필요가 있었다.

그런 처지를 쿨라는 특별히 불편하다고 느끼지는 않았다.

눈이 안 보였던 것은 태어날 때부터 쭉 이랬던 터라 눈이 보이는 생활이 어떤지 애당초 알지 못한다.

눈이 보인다면 편리하겠다는 상상은 할 수 있을지언정 눈이 보인다는 게 실제 어떠한 상태인지는 상상할 수 없다.

눈은 안 보이는 것이 당연했다.

안대를 늘 쓰고 다니는 것도 쿨라에게는 옷을 입는 것과 마찬가지의 감각이었다.

바깥에서 노는 다른 고아들 틈에 섞이지 않는 이유는 눈이 안 보이기 때문이 아니다.

눈은 안 보이지만 달리기도 뛰어오르기도 가능하다.

단지 바깥에서 땀 흘리며 뛰어다니기보다 이렇듯 뜨개질을 하는 편이 성격에 잘 맞기 때문일 뿐 다른 이유는 없었다.

왜 남자가 뜨개질이나 하냐, 계집애냐는 타박을 고아원 바깥이었다면 들었을지도 모른다.

그러나 저런 발언을 하는 사람은 고아원 안에 없었다.

따라서 쿨라는 혼자 묵묵히 취미에 몰두하고 있었다.

그것은 결코 혼자서 매번 남겨지는 아리엘을 배려하기 위한 행동이 아니었다.

아리엘은 휠체어에 앉은 모습으로 알 수 있듯이 몸이 약하다.

키메라의 특징인 동식물의 인자, 그것이 나쁜 방향으로 작용한 탓에 체내에서 상시 저절로 독이 생성되는 상태를 유지하고 있다.

그 독이 아리엘 본인의 몸을 해치는 터라 제대로 일어서지도 못하는 처지였다.

바깥을 뛰어다닌다? 어림도 없다.

고아들이 밖에서 노는 시간에 아리엘이 할 수 있는 것은 바깥을 가만히 내다보는 정도였다.

그런 처지를 쿨라는 딱히 불쌍히 여기지는 않았다.

쿨라의 눈이 안 보이듯이 아리엘의 몸 또한 태어날 때부터 저런 상태였으니.

선천적인 요소를 불쌍히 여기거나 동정하는 것은 잘못되었다고 쿨라는 생각했다.

다만 걱정은 된다.

쿨라가 봤을 때 아리엘은 조용한 소녀였다.

나이에 어울리지 않게 달관했다고도 말할 수 있겠다.

"조만간에 녹아서 사라져버리는 거 아니냐~?"

이것은 고아원에서 제일가는 개구쟁이의 말.

쿨라 이외의 고아들에게 아리엘은 무척 가녀리게 보이는 듯했다.

눈이 안 보이는 쿨라는 이렇듯 가녀리게 보인다는 외견이 어떠한 지를 알지 못한다.

다만 말하고자 하는 의미는 이해할 수 있었다.

어느 순간에 불현듯 사라져버리는 것이 아닌가, 아리엘은 항상 이처럼 차마 불안감을 떨칠 수 없는 소녀였다.

게다가 이런 불안감은 현실에서도 충분히 일어날 수 있었다.

몸이 연약한 아리엘은 언제 죽어도 이상하지 않은 상태였으니까.

달관한 듯한 태도도 이 때문이라는 생각이 든다.

쿨라는 아리엘의 안부를 걱정하면서도 필요 이상으로 과하게 신경을 쓰지는 않도록 행동해왔다.

다른 사람에게 과하게 배려를 받는 처지도 아리엘에게는 역시 부담이 될 것이라 생각했기 때문이었다.

따라서 이렇듯 단둘이 남게 된 상황도 쿨라가 딱히 의도해서 유도하지는 않았을뿐더러 하물며 이후 무엇인가 특별히 마음을 써줄 계획도 전혀 없었다.

쿨라도 마음이 내키면 바깥에서 하는 놀이에 참가하는 때가 있으니 항상 아리엘의 곁을 지키는 것은 아니다.

적절한 거리감으로 지내주는 것이 아리엘에게는 가장 좋음을 쿨라는 지금 나이에도 잘 이해하고 있었다.

그 덕분일까, 대화는 없을지언정 두 사람의 사이에 어색한 분위기는 감돌지 않았다.

나직한 동반이 당연한 듯한 분위기가 감돌았다.

다만 뒤집어 말한다면 서로 가까이 다가가지 않는 거리를 유지한 관계이기도 했다.

보통은 이대로 쭉 말없이 시간만 흘러갔을 터이나 이날은 달랐다.

쿨라는 문득 시선을 느껴서 얼굴을 들어 올렸다.

눈이 안 보이기 때문인지 쿨라는 이런 감각이 예민하다.

자신의 감각에 근거했을 때 아리엘이 지금 쿨라가 있는 방향을 바라보는 듯했다.

그리고 그 시선은 쿨라의 손으로 향하고 있었다.

"이거?"

"응."

쿨라는 아직 완성되지 않은 뜨갯감을 들어 올렸다.

아리엘이 어떠한 말을 꺼내고 싶은가, 어떠한 행동을 하고 싶은가.

그 내용을 어째서 순식간에 이해할 수 있었는지는 쿨라 본인도 잘 알지 못했다.

두 사람 다 말수가 많지는 않았으나 쭉 거리감을 유지해왔던 까닭에 서로 이심전심으로 통할 만큼 긴밀한 사이는 아니었다.

"해볼래?"

"응."

그럼에도 이때 쿨라의 입에서는 권유의 말이 스르르 나왔고, 아리엘은 곧장 고개를 끄덕거렸다.

그때부터 쿨라는 아리엘에게 뜨개질을 가르치기 시작했다.

둘이서 남는 시간은 둘이서 함께하는 시간이 됐다.

고브고브

녹색 피부에 조그마한 체구.

그것이 본명 고브. 애칭은 고브고브라 불리는 청년의 외모.

이미 청년이라고 불릴 연령에 이르렀는데도 고브의 생김새는 어린아이와 비슷했다.

다만 어린아이 같은 생김새 이상으로 먼저 눈길을 끄는 것은 녹색의 피부.

피부의 색깔이란 본래 사람에 따라 차이가 있기는 하나 녹색의 피부를 가진 인간은 당연하게도 없다.

이러한 피부의 색깔 때문에 고브는 인간 사회에 녹아드는 것을 포기했다.

같은 고아원 출신의 식구 중에도 고브와 같은 이유로 포기한 사람은 있다.

사람이다.

적어도 고브는 스스로를 포함하여 고아원 식구들을 모두 사람이라고 생각한다.

그러나 세상 사람들은 아니었다.

한눈에 알아볼 수 있는 이형의 고아들을 세상 사람들은 기꺼이 사람으로서 대우해주지는 않았다.

이러한 현실 앞에서 고브는 어쩔 수 없다며 체념했다.

같은 이유로 사회로부터 배척당한 고아원의 식구들 중에는 분개하는 녀석도 있었지만, 고브에게는 화를 낼 기력조차 없었다.

화를 내려면 무척이나 많은 기력이 필요하다.

아울러 용기가 필요하다.

화를 내는 행위는 곧 마땅히 소모되는 기력을 상대에게 쏟아붓는 행위이기도 하니까.

고브에게는 상대에게 화를 쏟아부을 용기가 없었다.

천성이 마음 약하고 소극적이었던 고브에게는 다른 누군가에게 화를 낼 용기가 없었다.

그것을 고운 마음씨라고 말해주는 사람도 있었지만, 고브 본인은 나약함이라고 느꼈다.

나약함임을 자각하면서도 개선하려고 하진 않는다.

개선하고자 나설 기개가 없다.

이 같은 태도야말로 자신의 나약함을 증명한다는 것을 고브는 굳게 믿고 있었다.

고브에게 세계는 친절하지 않았다.

친절하지 않은 세계와 맞서 대항하기보다도 미리 체념하는 편이 더 편안했던 것이다.

약해도 괜찮다며 애써 자신을 납득시키며.

노력으로는 어쩔 도리가 없는 문제도 있다.

고브에게는 자기 노력으로는 어쩔 도리가 없는 문제가 다른 사람들보다 더 많았다.

단지 그뿐이다.

키메라로서 태어난 것.

또한 키메라 중에서도 고브는 실패작이었다는 것.

실패작인 까닭에 성인이 되었는데도 어린아이 비슷한 외모를 가질 만큼 성장이 부진했다는 것.

게다가 수명도 짧다는 것.

키메라들의 몸은 고아원을 운영하고 있는 사리엘라 모임의 산하 병원에서 정밀하게 검사를 받고 있다.

그 결과 고브의 짧은 수명이 판명되었다.

세포의 분열 주기인지 뭔지 고브는 전문적인 설명을 잘 알아듣지는 못했으나 아무튼 생물로서 지닌 정상적인 수명이 평범한 인간과 비교해서 짧다는 소리였다.

병약한 탓에 몇 살까지 사는 게 한계라는 식의 이야기가 아니다.

단지 생물로서 처음 정해진 수명인지라 아무리 건강에 주의를 기울여 봤자 도저히 뒤집을 수 없는 한계점이었다.

아무리 길어도 서른 살 전후.

그것이 고브에게 이미 주어진 수명이었다.

즉 고브가 태어난 순간부터 수명은 이미 한도가 설정되어 있었고 본인의 노력으로는 어쩔 도리가 없는 문제라는 것.

받아들이는 것 이외의 선택지는 없었다.

다행히 고브의 반생은 썩 나쁘지만은 않았다.

같은 처지의 친구들이 있는 고아원에서 비교적 평온하게 생활할 수 있었으니까.

개성 강하고 시끌벅적한 고아원 친구들 틈에 둘러싸인 반생은 자극적이면서도 어딘가 안도감을 전해주는 나날이었다.

자극적인데도 안도감이 있다.

이런 모순된 감흥을 고브가 품은 까닭은 그만큼 고아원의 친구들에게 거리감이 없었기 때문이다.

고아원의 친구들은 가족이었다.

다른 친구들이 어떻게 생각하는지는 알지 못하나 적어도 고브는 저러한 인식을 갖고 있었다.

더없이 소중한 가족.

따라서 고브는…….

그날, 세계가 변동했다.

단지 고브의 주관적인 생각이 아닌 객관적으로 봤을 때 세계는 정말 급변했다.

고브의 수양어머니라고도 표현할 수 있는 고아원의 운영자, 사리엘.

그 사람이 붕괴하는 세계를 위해 스스로를 산 제물로 바치고자 결단을 내린 뒤 실행으로 옮겼을 때.

세계는 제 상태를 뒤바꿨다.

『들리는가? 인간들이여.』

『나의 이름은 규리에디스트디에스. 이미 알아차린 부류가 있을지도 모르겠다만, 지금 이 순간, 세계는 변화했다.』

『이제부터 이 별은 시스템의 관리하에 놓인다. 나는 관리자가 되었음을 알린다.』

『다들 알다시피 인간의 어리석은 행동 때문에 이 별의 생명은 끝을 맞이하기 직전이다.』

『그 대책으로 사리엘을 희생시켜서 별의 생명을 회복시키고자 했다. 스스로 초래했던 위기인데 타인의 목숨을 써서 해결하려고 한 격이다.』

『인간이 범한 죗값은 인간이 치르는 것이 마땅하다고 생각하지 않나?』

『따라서 우리는 너희 인간에게 기회를 내려주기로 했다. 이 별을 뒤덮은 시스템은 속죄를 위한 술식이다.』

『너희 인간은 싸워야 한다. 그럼으로써 혼의 에너지를 불릴 수 있도록 여건을 갖춰주었다. 너희는 싸우고 승리하여 에너지를 불리는 장치가 되어야 한다. 그리고 죽음을 맞이했을 때 축적된 에너지를 회수하여 별의 재생에 보태겠다.』

『단, 죽어서 끝나기를 바라지는 마라. 너희는 시스템의 안에 있는 한 끝없이 이 별에서 윤회전생이 이루어지도록 속박되었다. 죽는다면 또 언젠가 이 별에서 탄생할 테고, 아울러 또 싸워서 에너지를 벌어들여야 한다.』

『지금 이 별은 사리엘의 힘 덕분에 붕괴를 모면했을 뿐이다. 너희가 손수 제물로 바치고자 했던 사리엘을 구출하여라. 사리엘에게 하려던 짓을 너희가 직접 할 뿐이다. 간단하잖나?』

『너희 인간의 죄다. 속죄하라. 속죄하라. 속죄하라. 속죄하라. 속죄하라. 속죄하라. 속죄하라. 속죄하라. 속죄하라. 속죄하라.』

『싸워라. 싸워라. 싸워라. 싸워라. 싸워라. 싸워라. 싸워라. 싸워라. 싸워라. 싸워라. 그리고, 죽어라.』

머릿속으로 직접 말을 건네는 듯한 목소리를 들은 순간에 고브는 상황을 이해했다.

다만 설명을 들은 시스템의 내용을 이해한 것이 아니라 이 목소리의 주인이 무엇인가 수단을 강구해서 사리엘의 죽음을 막고자 한다는 것을 이해했다.

그것은 이 목소리의 주인인 규리에디스트디에스, 규리에라는 인물을 적잖이 알고 있었기 때문이다.

고아원 친구들 사이에서 은근히 허당 소리를 들었던 지인.

고브에게는 친구라 부를 만큼 가깝지는 않으나 그렇다고 해서 타인이라고 할 만큼 먼 사이도 아니었던 인물.

규리에라면 사리엘을 구하기 위해 온갖 수단을 써도 이상할 것이 없다고 가만히 이해했다.

다만 이해한 것은 거기까지.

세계가 어떻게 변화했는지 실태까지 이해할 수는 없었다.

딱히 고브만 몰랐던 것은 아니다.

대부분의 인간은 차마 이해할 수 없었다.

MA 에너지의 문제를 계기로 벌어졌던 일련의 소동은 평범한 사람이 가진 이해력의 범주를 뛰어넘어서 세계를 급속도로 변화시켰다.

그 변화를 따라갈 수 있는 인간은 적었으며 고브도 또한 격동의 시대에 단지 휩쓸려 허우적대는 부류 중 하나였다.

애당초 고브는 고아원이라는 폐쇄된 공동체 속에서 자랐던 터라 안 그래도 세상 물정의 변화에는 어두웠다.

사소한 변화는 자신과는 관계없는 문제라면서 적당히 흘려보내는 버릇이 있다.

이번 사건은 흘려보낼 수 있는 허용량을 넘어서는 큰 변화였으며 또한 사리엘이라는 고브와도 매우 가까운 존재가 소동의 중심에 위치하고 있었던 터라 관련될 수밖에 없었다.

하기야 이번 사건은 비단 고브뿐 아니라 이 세계에서 살아가는 모든 사람들이 강제적으로 관련될 수밖에 없는 부류의 변화를 일으켰다만.

따라서 이 시점에서 이해를 했든 못했든 그것은 사소한 차이에 불과했다.

왜냐하면 어차피 싫어도 저절로 이해하게 될 테니까.

세계는 완전히 달라져버렸다는 것을.

변화를 실감하는 데 많은 시간이 걸리지는 않았다.

MA 에너지에 의해 세계는 급속도로 변화했었다만, 시스템에 의한 변화는 더욱 급격한 변화를 불러일으켰다.

먼저 사람들이 깨달은 것은 전자 제품을 사용하지 못하게 되었다는 사실이었다.

전원이 들어오지 않는다.

이때 전 세계의 발전 시설에서 전기의 생산이 불발되는 이상 사태가 발생했다.

MA 에너지 발생 장치도 물론 예외는 아니었다.

발전이 불가능하면 송전도 불가능하다.

전기 공급이 두절됨으로써 전자 제품의 사용이 불가능해졌다.

게다가 사용 불가의 범위는 크고 작음을 가리지 않았다.

배터리 따위로 작동하는 소형 전자 제품까지도 더는 전원이 들어오지 않았다.

한두 개라면 단순히 고장 난 것으로 치부할 수도 있었겠지만, 전 세계에서 한꺼번에 사용이 불가능해졌다면 어느 누구든 이상 사태임을 알아차릴 수 있다.

수리 기사가 제품을 분해해서 검사해봐도 원인은 특정할 수 없었다.

한눈에 알아볼 수 있는 망가진 부분은 아무 데도 없었고, 전원이 안 들어오면 오히려 이상한 신품이나 마찬가지인 제품마저도 아예 어떠한 반응도 없는 지경이었다.

이렇게 되면 초자연적인 힘이 작용했다고 가정할 수밖에 없는지라 이 사태가 발생한 때와 거의 동시에 들려왔던 선언, 규리에디스트디에스임을 자처한 존재의 말도 신빙성이 높아졌다.

세계가 변화했음을 실감하기에는 충분했다.

애석하게도 인간은 전자 제품에 크게 의존하며 생활을 유지해왔다.

모든 제품을 못 쓰게 되었을 때 생활이 유지되지 못하게 됨은 자명한 이치.

수도꼭지를 돌리면 물이 나오고, 단추 하나로 화덕에서 불이 지펴지고, 멀리 떨어졌어도 가볍게 전화로 대화를 나눌 수 있다.

그런 편리한 생활환경은 사라졌다.

물은 자신의 손으로 길어서 채워야 하고, 불도 손쉽게 지피지는 못하고, 대화는 직접 만나야만 주고받을 수 있다.

물류에도 중대한 영향이 발생했다.

자동차는 물론이거니와 비행기 및 선박도 가동할 수 없다.

인력이나 동물에 의지할 수밖에 없게 되었는데도 과학 기술을 전제로 한 물류가 일반적이었던 터라 필요한 물자가 운송되지 못한다.

급한 문제는 식량이었다.

전 세계에서 며칠도 걸리지 않아 물자를 운반할 수 있는 물류망이 완성되어 있었던 터라 식료품을 생산하지 않는 대도시도 많았다.

생산과 소비가 지역 내에서 이루어지는 곳은 괜찮아도 주변에서 식료품을 구할 수 없는 지역에서는 식량 쟁탈전도 적잖이 발생했다.

사태가 이 같은 지경에 다다르자 화폐는 제 가치를 잃었다.

경제 활동이 완전히 마비되어버린 터라 지폐는 단지 종잇조각이 됐고 동전은 금속 덩어리가 되었으며 전자 화폐는 근간을 둔 전자의 바다와 함께 어딘가로 완전히 사라졌다.

부유한 자도 가난한 자도 동등하게 덜컥 신세계로 나가떨어졌다.

문명의 이기를 무엇 하나도 이용할 수 없는 신세계로.

고브를 비롯한 고아원의 식구들은 며칠 동안이나마 이러한 신세계의 세례를 받지 않고서 어느 정도는 부족할 것 없는 생활을 보낼 수 있었다.

그 이유는 단지 당시에 있던 위치가 더즈톨디아의 대통령 관저였기 때문이다.

스스로를 산 제물로 바치고자 하는 사리엘과 대면하기 위해서 다 같이 대통령 관저를 방문했었다.

그리고 세계가 변화를 맞이한 때는 하필이면 면회가 끝난 직후였다.

고아원 식구들은 대통령 관저에서 떠나지 않고 일단은 같이 머무를 수 있도록 허락받았다.

고아원에서 대통령 관저까지 타고 온 대형 차량은 작동하지 않았다.

대통령 관저부터 고아원까지는 도저히 도보로 귀가할 수 있는 거리가 아니었다.

그러한 이유도 있었으나 먼저 대통령 관저의 책임자인 더즈톨디아 대통령이 호의, 어쩌면 죄책감이야말로 진짜 이유였을 것이다.

더스틴 대통령은 세계를 위해 사리엘을 산 제물로 바치는 것을 인정한 인물이다.

사리엘을 잘 따르는 고아원의 식구들에게 양심의 가책을 느꼈던 것은 부정할 수 없겠다.

더스틴 대통령은 고아원의 아이들 및 관계자들을 차마 대통령 관저에서 쫓아낼 수 없었다.

대통령 관저는 대륙 하나가 하나의 국가로서 수립되어 있는 더즈톨디아 국이라는 나라의 중추다.

그런 까닭에 어디보다도 안전하다고 말할 수 있었다.

적국의 공격에 대비하여 견고한 구조를 갖춰 건설되었고 만에 하나의 사태가 벌어졌을 때 농성이 가능하도록 지하 방공호가 있으며 비축 물자도 충분히 많았다.

게다가 비축 물자는 전기를 못 쓰게 되어도 괜찮은 종류가 많이 갖춰져 있었기에 당분간이나마 대통령 관저에서 근무하는 사람들은 생활이 가능했다.

거기에 고아원의 사람들이 조금 더해져도 아무 문제가 생기지 않을 만큼은 비축 물자에 여유가 있었다.

이렇듯 여유가 있었던 덕에 고아원의 사람들은 받아들여졌다.

이때는 아직 세계의 변화에 심각하게 대응하려는 인물이 적었던 이유도 있다.

전기를 못 쓰게 된 사태는 많은 사람들이 알고 있었으나 그것이 추후 자신들의 생활에 어떤 영향을 초래할지에 관하여 정확하게 파악할 능력을 갖춘 인물은 소수였다.

내심 불안하게 여길지언정 그렇다고 해서 곧바로 행동으로 옮기는 인물은 거의 없었다.

곧장 행동해야만 대책을 강구할 수 있다는 초조감이 딱히 없었다.

마음 어딘가에서는 언젠가, 어쩌면 당장 내일부터라도 평소와 같은 생활이 돌아올 것이라는 낙관 혹은 희망이 있었으니까.

MA 에너지에 의하여 발생했던 문제를 쭉 외면해왔던 사람들은 이번에도 역시 현실을 눈을 돌리고 모른 척했다.

다행인지 불행인지 저러한 기질 덕분에 세계가 바뀐 당일부터 며칠 동안은 비교적 평온하게 날이 지나갔다.

어디까지나 이후의 상황과 비교했을 때 그렇다는 말이고 전 세계가 거대한 혼란에 뒤덮일 것은 분명했지만.

아직 이때는 전자 제품을 못 쓰게 된 혼란이 전부였고 폭동 같은 문제는 발생하지 않았다.

그 때문에 더스틴 대통령도 비록 대처를 위해 죽도록 바빴을지언정 아직 이성적이고 평화적인 사태의 해결을 도모할 수 있었다.

죽도록 바쁘지만 그럼에도 고아원의 사람들이 대통령 관저에서 지내도 될 만한 정도의 여유는 있었던 것이다.

여유가 없었다면 더스틴 대통령이 제아무리 고아원의 식구들에게 죄책감을 갖고 있었더라도 보호는 엄두를 내지 못했을 테지.

실제 며칠이 더 지났을 때 고아원의 사람들은 대통령 관저에서 모습을 감췄다.

딱히 더스틴 대통령이 쫓아냈기 때문은 아니었다.

고아원 식구들끼리 의논한 끝에 자신들의 의지로 떠나갔던 것이다.

며칠이 지나도 상황이 개선되지 않자 사람들이 불만과 불안감을 품고 대통령 관저로 들이닥쳤다.

이런 상황에서 자신들 같은 키메라가 숨어 있다가 발각당하면 대통령에게도 자신들에게도 좋을 게 없다.

그렇게 판단해서 내린 결정이었다.

고아원 식구들은 키메라라는 이유만으로 쭉 차별을 받아왔다.

차별의 이유는 단 하나, 키메라니까.

다른 이유는 없다.

사람들은 키메라라는 이유 하나 때문에 고아원의 친구들을 차별했고 멸시해도 괜찮은 존재로 간주해왔다.

그런 자신들이 만약에 대통령 관저라는 세계에서 가장 안전한 장소에 숨어 있다는 사실이 알려진다면 어떻게 될까.

비판의 대상은 고아원의 식구들뿐 아니라 대통령 및 대통령 관저에서 근무하는 인원들에게까지 확대될 것이다.

안 그래도 전 세계가 큰 혼란에 빠진 시기였다.

사소한 계기가 거대한 소동으로 발전할 수 있었다.

쓸데없는 불씨는 지워 없애는 것이 최선이었다.

그렇게 고아원의 식구들은 몰래 대통령 관저를 뒤로했다.

더스틴 대통령도 애써 만류하지는 않았다.

심정적으로는 고아원의 관계자들에게 더욱 편의를 봐주고 싶었으나 상황이 허락하지 않았다.

일국의 정점에 선 인간으로서 누군가에게 과도하게 힘을 써줄 순 없는 노릇이었다.

그리고 고아원의 식구들이 염려했던 대로 이들을 덮어놓고 감싸고돌면 추후에 안 좋은 사건이 발생할 것임을 더스틴 대통령 본인도 예측할 수 있었다.

키메라를 보호하고 있다는 사실이 알려지면 대통령 관저는 습격당한다.

이미 파열 직전의 풍선처럼 불만과 긴장감이 고조되고 있는 상태였던 것이다.

계기는 무엇이든 상관없었다.

누군가를, 무엇인가를 공격할 만한 소재가 있다면 무엇이든.

공격에 나설 정당성만 갖춰진다면 사람들은 대번에 폭력을 휘두른다.

설령 정당하다는 착각에 근거를 둔 부당한 이유일지라도.

그런 상황이었다.

고아원의 식구들 및 더스틴 대통령의 우려는 맞아떨어졌다.

고아원의 식구들이 떠난 지 고작 이틀이 지나고 대규모의 시위대가 폭도가 되어 대통령 관저를 급격했다.

명분으로 내세운 이유는 상황을 개선하지 못한 무능한 정부를 비판하기 위해.

실태는 단순한 분풀이였다.

울분을 쏟아낼 수 있다면 대상은 무엇이든 상관없었다.

한계였던 것이다.

그리고 이날을 경계로 하여 더즈톨디아 국은 나라 전체가 무법 지대로 전락하게 된다.

더즈톨디아 국뿐은 아니었다.

전 세계에서 같은 사태가 발생했다.

오히려 더즈톨디아 국은 괜찮은 편이었다.

더즈톨디아 국보다 먼저 한계를 맞이한 나라가 더 많았다.

전 세계 곳곳에서 약탈이 발생했다.

적은 식량을 두고 싸움에 따라서 많은 피가 흘렀다.

사태에 이 지경까지 이르면 법도 국가의 체제도 아무 의미를 갖지 못한다.

그리고 무법 지대로 전락한 세계에서 가장 중요한 가치는 단 하나.

순수한 힘이었다.

대통령 관저를 뒤로하고 며칠.

고아원의 식구들은 며칠이 지나도록 대통령 관저로부터 썩 멀리 떨어지지 않은 장소까지 이동한 것이 고작이었다.

사람들의 눈을 피하며 이동해야 했던 탓이다.

고브를 비롯하여 고아원의 친구들은 특이한 외형을 가진 인원이 있었다.

후드가 딸린 옷가지를 입고 가능한 한 외형이 눈에 띄지 않도록 조심했으나 그것도 잠깐 스쳐봤을 때 들키지 않는 정도의 대책에 불과하다.

잘 살피면 고브처럼 특이한 외형은 확 눈에 띄는데다가 잘 살피지 않아도 자기 겉모습을 숨기고 다니는 꼴은 수상쩍다.

그렇게 수상쩍은 인원으로 구성된 집단은 어쩔 수 없이 눈길을 끈다.

더구나 지금 시기의 치안은 최악이었고, 수상쩍은 집단에 대한 사람들의 시선은 평상시보다 한층 더 각박해졌다.

과장 없이 조금이라도 수상하면 사적 제재라는 명목의 폭행을 가할 정도로.

당하기 전에 해치워야 한다.

그런 상황이었으니 자기 방어를 위해서라도 수상한 인물이 있다면 일단은 먼저 처단하는 것이 원칙으로 자리를 잡은 것이다.

고아원의 식구들은 그런 의미에서는 수상한 데가 무척이나 많았고, 다른 사람들과 맞닥뜨리면 불필요한 트러블에 휘말릴 것이 훤하게 내다보였다.

따라서 온 힘을 다해서 사람들의 눈을 피해 행동했지만, 대통령 관저가 있는 부근은 대도시였다.

그만큼 사람도 많고 사람들의 눈을 피하는 것이 어려웠다.

이동하다가 숨고 이동하다가 또 숨기를 되풀이했던 까닭에 움직이는 속도가 느릴 수밖에 없었다.

그에 더하여 일부 인원의 체력적인 문제도 있었다.

키메라는 대체로 평범한 인간보다 더 뛰어난 신체 능력을 가진 경우가 많았으나 예외도 있다.

고브 같은 인원은 오히려 여느 사람보다도 체력이 떨어졌다.

체형부터 작은 데다가 고아원에서 반쯤 은둔형 외톨이처럼 살아왔던 까닭에 외형과 걸맞은 어린아이와 같은 체력밖에 없었다.

고브 이외에도 노령에 보동보동한 체형인 원장 및 휠체어 생활을 면할 수 없었던 아리엘 등등 체력에 난점을 가진 인원이 있었다.

특히 아리엘은 심각했다.

소녀는 일상생활조차 곤경을 겪는 중병인이다.

키메라로서 가지게 된 힘이 나쁜 방향으로 작용한 탓에 언제나 독이 신체를 좀먹고 있다.

사리엘과 만나기 위해 무리해서 이곳까지 왔지만, 본래는 멀리 외출은 당치도 않고 고아원에서 가만히 안정을 취하는 것이 맞았다.

당연히 도보로 하는 이동은 아리엘의 신체에 너무나 큰 부담이었다.

아리엘 본인은 휠체어에 앉아 있을 뿐이지만, 허약한 소녀인지라 바깥 공기에 오래 접촉하기만 해도 체력이 자꾸 소모되었다.

자연스럽게 아리엘의 몸 상태를 진단하며 이동을 하는 처지가 되었고, 그것이 속도가 느려져서 앞으로 빨리 나아가지 못하는 이유가 되기도 했다.

대통령 관저를 나왔을 때는 설마하니 이렇게까지 이동이 느려질 줄은 예상하지 못했다.

계획에 수정이 필요했다.

"그래서 어쩌자는 건데?"

"어떻게 손쓸 방법이 따로 없잖아. 조금씩이라도 나아갈 수밖에 없지 않겠어?"

"여기에서 고아원가지 거리가 얼마나 먼지는 알고 하는 말이냐?

이런 속도라면 연 단위로 시간이 걸릴걸?"

더즈톨디아 국은 대륙 하나가 통째로 하나의 나라를 구성하고 있다.

그런 까닭에 광대하며 이들의 목적지인 고아원이 있는 장소와 대통령 관저가 있는 장소는 상당히 먼 거리였다.

자동차로도 당일에 다녀올 만한 거리가 아니었고 며칠은 필요로 하는 여정이었다.

도보로 이동을 하는 시점에서 이미 혹독한 여행이었다.

고아원의 식구들 중에서도 체력에 자신이 있는 인원은 어떻게든 갈 수 있다고 판단했었지만, 그것은 자신들의 기준으로 생각하고 판단했기 때문이었다.

아리엘 등 체력이 모자란 인원의 사정까지 계산에 넣었다면 얼마나 무모한 여행에 나섰는지를 알아차렸을지도 모른다.

혹은 식구들 중에는 전부 다 알면서도 대통령 관저에서 나온 인원들도 있었다.

그대로 대통령 관저에 남는 것보다는 어쨌든 낫다는 판단으로.

일부 인원은 대통령 관저에서 지낸 동안에 모은 정보를 취합하여 이후 세계의 혼란을 예상했었다.

다만 이 같은 혼란을 맞이하여 자신의 어떻게 처신하면 되는 것인가.

분명하게 말하면 답은 찾아낼 수 없었다.

하긴 대국의 대통령인 더스틴조차도 전혀 앞날을 헤아리지 못하고 있는 형편이었으니까.

전 세계의 누구도 알 도리가 없었다.

다만 모르면 모르는 대로 몇 가지 예상이 가능한 점은 있다.

그 예상 중 하나로 이들의 입장에서 도저히 간과할 수 없는 문제가 있었다.

그것이 바로 아리엘의 처우였다.

이후 세계는 점점 혼란에 빠져들리라.

그런 와중에 아리엘 같은 약자를 보호해주는 사회 기구는 맥없이 허물어질 것을 예상할 수 있었다.

다치고 병든 사람을 세심하게 간호할 수 있는 체제는 그것이 가능한 여유가 있어야 비로소 성립된다.

전기를 못 쓰게 됨으로써 의료 체제는 이미 붕괴를 맞이했다.

그렇다면 다치고 병든 사람은 약자로서 버림받는 미래밖에 보이지 않았다.

아리엘도 그중 한 사람이다.

어딘가의 의료 기관에 맡긴들 금세 버림받을 미래밖에 안 보인다.

아리엘을 지키기 위해서는 고아원의 식구들이 나서서 보호하는 방법밖에 없었다.

다른 누구의 손도 아니라 자신들의 손으로 지켜야 했다.

아리엘뿐이 아니다.

이렇게 된 이상 진심으로 신뢰할 수 있는 사람은 같은 고아원의 식구들뿐.

국가조차 신뢰할 수 없다.

왜냐하면 국가라는 조직 자체가 해체를 모면할 수 없을 지경이니까.

애당초 키메라인 자신들은 사회에서 배척된 처지였다만, 사리엘라 모임을 통해 일단은 인간으로서 권리와 존엄을 보호받고 있었다.

그것도 이후는 사라질지도 모른다.

아니, 분명히 사라지리라.

그렇게 되면 자신들의 몸은 자신들의 손으로 지켜 내야만 한다.

따라서 지금 아직껏 국가라는 체제에 매달리고 있는 대통령 관저를 떠나야 했다.

국가 체제가 언젠가 사라져 아예 없어진다면 더즈톨디아 국의 잔해가 될 대통령 관저에서 가만히 머물러서는 안 됐다.

국가의 틀이 사라지더라도 더즈톨디아 대통령을 중심으로 삼은 하나의 세력이 형성되리라는 것은 고아원의 식구들이 봐도 명백했다.

섣불리 그 세력에 편입되는 사태는 피하고 싶었다.

키메라라는 특이한 존재인 자신들이 저런 세력에 들어가는 것은 바람직하지 않다.

고아원의 식구들과 함께 가뿐하게 행동할 수 있어야 여러모로 대응하기도 편리했다.

하지만 막상 대통령 관저에서 나와 보니 예상 이상으로 곤란한 여정이 기다리고 있었음은 분명했다.

급한 문제는 식량이었다.

"먹을 게 바닥났다."

"난처하네……."

식구가 많은데다가 간호를 필요로 하는 인원이 몇 명 포함된 집단.

손에 들어서 운반할 수 있는 식량의 양은 어차피 고만고만한지라 더스틴 대통령이 호의를 베풀어 건네줬던 식량은 이미 거의 다 떨어졌다.

"……구매조를 만들자."

아리엘 등 체력이 없는 인원들 및 고브 등 외형의 특징이 두드러지는 인원은 남겨 놓은 채 체력에도 외형에도 문제가 없는 몇 명이서 식량 구입을 위해 움직였다.

이것이 당시 취할 수 있었던 가장 현실적인 대응 방법이었다.

결론부터 말하면 구매가 아닌 절도를 하는 신세가 됐다.

이런 상황에서 운영을 하는 가게가 있을 리 없었기에 구매조는 부득이하게 가게에 남아 있었던 식량을 들고나오기로 결정했다.

양심의 가책은 느꼈지만 달리 방법이 없는 처지였다.

다행히 대통령 관저 근처의 지역은 각 부처와 기관이 쭉 늘어서 자리를 잡은 이른바 정치의 중추였다.

그런 까닭인지 다른 지역과 달리 대규모 약탈은 발생하지 않았고 아직 가게에 상품이 남아 있었다.

대통령 관저와 마찬가지로 각 부처의 건물에도 만에 하나의 사태에 대비하는 비축 물자가 남아 있었던 터라 다행이었다.

반대로 말하자면 대통령 관저 주변을 벗어나면 상황이 확 달라짐을 의미했다.

"식량을 꾸준하게 입수할 방법이 필요하겠어."

"고아원을 향해 이동하면서 말이냐? ……어려운데, 어려워."

식량은 하늘에 떨어지지 않는다.

농경, 목축, 수렵, 어업.

주된 식량 생산 방법을 대강 꼽아보아도 거의 다 일정한 거점이 하나 있어야 비로소 성립된다.

여행을 하며 식량을 입수하고 싶다면 현지의 생산자에게서 구입하는 등 다른 수단이 필요했다.

다만 금전을 주고받는 거래가 과연 이루어질 수 있을까.

돈을 쓴 거래는 해당 금전의 가치가 국가에 의해 보증되기 때문에 비로소 성립된다.

국가라는 틀이 사라질 위기와 맞닥뜨린 와중에 매매가 이루어질 수 있을 것이라는 생각은 들지 않았다.

물물 교환을 하고 싶어도 딱히 내놓을 만한 물자가 없다.

"……아무튼 여기 가만있어도 달라질 게 없어. 앞으로 나아가자."

앞날이 보이지 않는 상황.

그럼에도 앞으로 나아갈 수밖에 없다.

그 앞쪽에 더한 지옥이 기다리고 있다 하여도…….

첫 번째 수난은 금세 찾아왔다.

대통령 관저 부근은 아직 치안이 유지되고 있었지만, 그곳을 지나면 점점 분위기가 삭막해졌다.

대통령 관저를 중심으로 하는 구역은 바깥으로 이동할수록 기업이 있는 도심이 나타난다.

정치의 중추와 가까운 위치인 만큼 격식을 갖춰 행세할 줄 아는 기업이 쭉 이어져 있다.

이곳도 치안은 괜찮은 편이었다.

하지만 더 나아가면 달라진다.

기업 거리를 지나간 곳에는 세계 유수의 대도시가 펼쳐져 있었다.

그곳에는 대통령 관저 주위로 빼곡하게 모여서 점잖은 듯 행세하는 기업만 있는 것이 아니다.

오히려 대도시인 까닭에 더욱 만연하는 어두운 사회의 부분도 같이 존재했다.

그리고 치안이 악화되면 이렇듯 평상시는 그림자로서 물러나 있는 부분이 전면으로 치고 나온다.

"머저리들아. 가진 것 걸친 것 모조리 다 놔두고 꺼져라."

그래서일 테지.

마치 이야기 속에서 산적이 늘어놓을 법한 대사를 실제로 듣게 된 까닭은.

고아원 식구들은 남자들 몇 사람에게 협박을 당하고 있었다.

치안이 악화됨에 따라서 이런 식으로 약탈을 감행하는 부류도 다수 등장했다.

이런 상황도 곧 벌어질 것이라 예상은 했었던 터라 실제로 맞닥뜨렸을 때 고아원 식구들의 동요는 적었다.

막상 충돌이 발생해도 키메라인 자신들은 천성의 뛰어난 신체 능력을 살려서 폭한을 격퇴할 수 있을 것이라는 안심감 또한 품었는지도 모르겠다.

게다가 으름장을 놓는 폭한들의 숫자는 고작 몇 명.

고아원 식구들의 인원수보다 상당히 적었다.

아무리 싸움에 익숙한 상대일지라도 숫자로 우위를 점한 자신들이 유리하다.

그래, 어쩌면 방심이었는지도 모른다.

이쪽에 싸울 의지가 있음을 알아차렸을까, 폭한의 대장으로 짐작되는 인물이 히죽 웃었다.

"오? 붙어보자고? 난 레벨이 9인데?!"

"……이 녀석 무슨 소리를 하는 거야?"

자랑스럽게 레벨이 어쩌고저쩌고 말을 꺼내는 폭한의 대장.

표정에 의아함을 드러내면서 고아원 식구들 중 가장 싸움이 익숙했고 훗날 수인왕이라고 불리게 될 청년이 앞에 나섰다.

짐승의 인자가 짙은 훗날의 수인왕은 완력을 두고 말하자면 고아원의 누구보다도 강했다.

"크아앗?!"

그랬던 청년이 생김새는 흔한 깡패에 불과한 폭한의 대장에게 맞아 나가떨어졌다.

도저히 믿기지 않는 광경이었다.

키메라인 고아원 식구들은 신체 능력이 뛰어난 자가 많았다.

개중에서도 훗날의 수인왕은 특별히 더 빼어났던지라 전력을 발휘하면 맨손으로도 인간을 손쉽게 때려죽일 수 있을 만큼 강력한 힘의 소유주였다.

흔한 깡패 따위에게 당할 리 없었다.

이처럼 있을 수 없는 사태가 현실에서 일어나버렸다.

훗날의 수인왕이 압승하리라고 낙관했던 고아원 식구들은 그때 폭한들이 어째서 인원수로 우위를 점한 자신들을 자신만만하게 습격했는지 이해했다.

실제 인원수의 차이를 뒤집을 자신이 있기 때문이었다.

"하하핫! 이 자식 뭐냐! 인간이 아니지 않냐! 그래 봤자 레벨 9인 내 적은 아니었군!"

"레벨, 레벨, 시끄럽다. 게임에 과몰입하는 거냐?"

후드가 벗겨지면서 짐승에 더욱 가까운 맨얼굴을 노출한 훗날의 수인왕을 본 폭한의 리더는 살짝 놀랐을지언정 히쭉히쭉하는 웃음을 거두지는 않았다.

소름 끼치는 반응이었다.

훗날의 수인왕은 일순간이나마 위축되어버렸다.

그러나 다음 순간에는 맹렬한 분노가 복받쳤다.

그것은 상대에 대한 노여움이 아닌 자기 자신에 대한 노여움.

이런 곳에서 자신이 덜컥 쓰러져버리면 나머지 고아원 식구들은 어떻게 되겠는가?

이딴 상대에게 위축될 때가 아니다.

그런데 이렇게나 한심할 수가!

"쿠오오오!"

훗날의 수인왕은 소리 높여서 부르짖더니 폭한의 대장을 향해 과감하게 달려들었다.

동시에 나머지 고아원 식구들과 다른 폭한들도 충돌했다.

고브는 두 집단의 싸움을 단지 떨면서 지켜보는 것이 고작이었다.

이윽고 승패는 결정 났다.

훗날의 수인왕이 폭한의 대장에게 말처럼 타고 앉아서 안면을 마구 내리찍었고, 다른 폭한들도 숫자에서 앞선 고아원 측 인원이 서서히 우세를 점하며 몰아붙일 수 있었다.

그렇게 폭한들은 남김없이 숨을 거뒀다.

폭한들은 강했다.

따라서 적당히 봐준 뒤 마무리하는 것은 도저히 불가능했고 키메라의 힘을 전력으로 발휘하여 싸울 수밖에 없었다.

애당초 거친 몸싸움과는 인연이 없었던 고아원의 사람들도 많았다.

어디까지가 힘써도 되는 적당한 선인지를 알지 못했던 것이다.

전력으로 죽이려 드는 상대의 안부를 신경 쓸 만한 여유가 없던 까닭도 있었다.

고아원 식구들은 차별과 비방, 중상의 표적이 되는 경우는 많았으나 직접적인 살의를 접한 경험은 없었다.

이러니저러니 해도 고아원에 보호받은 이후부터는 평화롭게 살아왔던 셈이다.

그랬던 자신들이 단순한 싸움박질도 아닌 전력으로 죽이려 드는 상대와 맞닥뜨려서 냉정하게 대처한다는 것이 가능할 리 없었다.

그리고 폭한들이 전원 죽자 싸움에 참가했던 인원들이 일제히 허를 찔린 듯 움직임을 멈추더니 곧이어 두리번두리번 주위를 둘러보기 시작했다.

싸움에 참가하지 않은 인원들은 친구들의 반응을 보고 또 무슨 일이 벌어지려나 싶어서 전전긍긍했다.

다만 이후에는 특별히 아무 사건도 없이 시간만 흘러갔다.

"……왜 그래?"

싸움에 참가하지 않았던 인원들을 대표해서 쿨라가 말을 꺼냈다.

"……레벨이 올랐다는데."

"뭐?"

막 자신들을 습격한 폭한의 리더가 꺼낼 법한 발언이었다.

"사리엘 님의 목소리가 들렸어. 그 목소리로 레벨이 올랐다고 알려주셨고."

"……무슨 뜻인지 모르겠는데."

"나도 모르겠다."

목소리를 들은 친구들도 당황하는 기색이었다.

"……아무튼, 지쳤어. 어딘가 쉴 곳을 찾아보자."

"그러게. 다친 데 치료도 해야지."

폭한들과 싸우며 자신들도 크든 작든 부상을 당한 상태였다.

이런 곳에서 멍하니 있다가 또 폭한에게 습격당하면 큰일이 난다.

어디든 몸을 숨긴 뒤 휴식을 취해야 했다.

이것이 고아원의 사람들이 처음 수행했던 전투다운 전투였다.

이후의 수많은 전통적인 전투와 비교했을 때 상대를 죽였다는 한 가지를 제외한다면 전혀 세련되지 못한 싸움박질의 연장선상 비슷한 행위였다.

의외일지도 모르겠으나 훗날의 초대 용사인 쿨라 및 초대 성녀는 이 전투에 참가하지 않았다.

두 사람은 비전투원이었다.

따라서 이 시점에는 레벨도 올리지 못했다.

생물을 죽이면 경험치를 획득할 수 있고 레벨이 올라간다.

이렇듯 게임 같은 법칙이 시스템에 의해 전 세계에 추가되었다는 것을 이때는 아직 이해하고 있지 못했다.

살의를 품은 상대에게 습격을 당해 싸워서 물리쳤더니 레벨이 올랐다고 은인 사리엘의 목소리가 말해줬다.

충격에 이은 충격의 전개였던지라 자신들도 사고 처리 능력이 미처 따라가지 못했던 것이다.

하기야 설령 냉정하게 사고할 수 있었더라도 경험치 및 레벨과 같은 비현실적인 개념이 현실에 반영되었다는 것을 금방은 납득하지 못했을 테지.

다만 행운일까 불행일까, 이 같은 혼란이 처음으로 행한 살인에 따른 죄책감이며 공포감을 경감시켜주었다.

안 좋은 심리적 부담이 경감됨으로써 이후의 연전에도 주저하지 않고 맞서서 싸울 수 있었다.

연전이라는 말이 나타내주듯이 고아원의 식구들은 이후에도 거듭거듭 싸움과 맞닥뜨렸다.

어떠한 때는 첫 번째와 마찬가지로 약탈이 목적이었던 폭한과.

또 어떠한 때는 키메라의 외형에 두려움을 가진 사람들과.

자기 방어를 위하여 무기를 쥔 사람들과 엇갈려 지나가다가 목숨을 건 전투가 벌어지는 경우도 있었다.

그때마다 심신에 두루 상처를 받아 가면서도 끝내 승리했고 쭉 살아남아왔다.

바뀌어버린 세계에서 가장 먼저 살인을 감행했던 폭한들은 비교적 높은 레벨을 갖고 있었고, 그런 적들과 싸워 무찌른 고아원의 전투원들은 그만큼 많은 경험치를 획득함으로써 레벨을 올렸기 때문이었다.

다만 아무리 무력이 강해지더라도 여로가 편안해지지는 않았다.

폭한을 물리칠 수 있는 힘을 손에 넣어도 식량을 확보하기 위한 수단으로 직결되지는 않았기 때문이다.

이 무렵에는 점포에 진열되어 있던 식량은 이미 닥치는 대로 약탈 당했고, 그 식량을 두고 또 서로 약탈을 벌이는 상황이 벌어졌다.

전자 제품을 못 쓰게 됨으로써 냉장고도 당연히 사용하지 못했고 보존 기간이 짧은 신선 식품은 상하기 시작했다.

그리고 물류가 두절됨으로써 대도시로 반입되는 식량은 사라졌으 며 인구에 비해 식량이 압도적으로 부족했다.

더즈톨디아 국은 풍요로운 나라이며 사람들은 하루에 세 끼를 배 불리 먹는 생활이 당연했었다.

그런데 느닷없이 끼니조차 제대로 때우지 못하는 상황에 빠져들 자 조바심이 생겨나는 것은 어쩔 수 없겠다.

그런 조바심이 과도한 식량 확보의 욕구로 이어졌고, 사람들은 앞 다퉈 식량을 비축하기 시작했다.

안 그래도 적은 식량을 누군가가 잔뜩 비축하면 다른 누군가의 몫 이 부족해진다.

그리고 부족해진 사람들이 식량을 얻기 위해서는 비축해 놓은 인 간에게서 빼앗는 방법밖에 없었다.

빼앗지 않으면 살아가지 못한다.

법치 국가에서 살아가는 선량했던 인물조차도 살기 위해서라는 면죄부를 내세워 약탈을 감행했다.

고아원의 식구들은 빼앗는 쪽에 서지는 않았다.

따라서 손에 넣은 식량도 적었다.

습격에 맞서 싸운 뒤 상대에게서 약간의 식량을 받아 챙기기는 했으나 대가족으로 구성된 자신들 전원의 배를 채우기는 어림도 없었다.

공복 때문에 식구들은 하루하루 약해져 갔다.

그리고 쇠약해진 탓에 나아가는 거리도 저절로 짧아지는 악순환이 발생했다.

식량을 얻기 위해서는 대도시를 빠져나가야 했다.

인구가 적은 시골이라면 아직 식량이 남아 있을지도 모른다는 막연한 희망적 관측에 의지할 수밖에 없었다.

최악의 경우는 야생 동물을 잡아 도축할 수밖에 없다.

다만 대도시에서는 애당초 야생 동물을 찾아볼 수 없다.

어느 쪽이든 간에 도시를 벗어나지 못하면 앞날이 없었다.

그리고 앞날이 없는 미래가 시시각각 가까워지고 있었다.

이대로 가면 머지않아 파탄을 맞이한다.

아리엘을 비롯하여 몸이 약한 부류는 이때 이미 한계에 가까운 상태였다.

얼마 있지도 않은 식량을 환자들에게 우선적으로 분배했으나 그럼에도 서서히 쇠약해지고 있다.

다 같이 살아서 고아원으로 돌아간다.

대통령 관저에서 출발하기 전에는 미처 의식조차 하지 않았던 목표였다.

아주 당연하게 달성할 수 있을 것이라고 생각했었다.

누군가를 도중에 잃어버리는 경우는 아예 상상조차 하지 않았다.

그런데 전혀 예상하지 못했던 사태가 점점 현실성을 띠며 나타나고 있었다.

식구들 사이에서 고조되는 초조감.

"이렇게 된 이상 우리도 누구든 붙잡아서 빼앗을 수밖에 없어!"

"안 된다! 사리엘 님의 얼굴에 먹칠을 할 셈이냐?!"

"그럼 도대체 어쩌자는 건데?!"

"이제 그만해! 차라리 우리를 버려!"

"시끄럽다! 두 번 다시 그따위 말 지껄이지 마라! 나는 누구 한 사람도 버리지 않는다!"

그렇게 늘어만 가는 말다툼.

옥신각신한들 사태가 호전될 리 없었다. 오히려 시간이 경과할수록 점점 더 악화되었다.

식량 부족으로 곤경을 겪는 것은 다른 사람들도 마찬가지였기 때문이다.

결국 궁지에 몰린 사람들은 선량한 인물조차도 최후의 일선을 넘으려 하는 상황이었다.

이제껏 마주쳤던 악인과 달리 죄책감을 가슴에 품으면서도 살기 위해서 습격하는 사람들.

그런 사람들을 상대하면 마음이 피폐해지는 것도 어쩔 수 없었다.

심신이 두루 궁지에 몰림에 따라 한계는 곧 눈앞까지 들이닥쳤다.

그러던 중 박차를 가하는 격으로 시스템에 대형 업데이트가 도입

됐다.

시스템의 개발자 D는 초기였던 이 무렵에 세계 곳곳의 동향을 세세하게 확인한 뒤 원활한 운영을 위해 시스템 업데이트를 무척 빈번하게 진행했었다.

아직 이때는 시스템도 개발 단계였으며 경과 관찰이 필요했던 까닭도 있었다.

시스템이 정상적으로 D가 원하는 대로 가동되고 있는지, 유지 및 관리에 문제가 발생하지는 않는지 관찰하며 하나하나 확인했다.

그리고 필요하면 시스템을 수정하고 업데이트를 거듭함으로써 추가 요소를 적용시켰다.

이때 이루어진 대형 업데이트는 D의 비책이었다.

바로 마물의 투입.

인간끼리 벌이는 분쟁으로는 레벨 업에 한계가 있다.

살인 이외에도 경험치를 벌어들일 수단을 마련해주지 않는 한 인간의 평균 레벨은 어느 지점에서 천장과 맞닥뜨린다.

따라서 새로운 경험치 획득 수단으로서 마물이 투입되었던 것이다.

덧붙여 이 같은 마물의 투입은 한 가지 더, 식량난의 해결이라는 의미도 있었다.

식용육이 되어줄 만한 마물을 투입하면 마물을 쓰러뜨리는 것이 포상으로 이어진다.

경험치와 식용 고기, 양쪽을 베풀어 주는 일석이조의 계책.

이러면 식량난은 어느 정도나마 해소될 수 있을 것이다.

안 그래도 인간끼리 죽고 죽이며 자꾸만 줄어드는 인구가 더 이상 상잔을 벌임으로써 대폭 줄어드는 사태는 간과할 수 없었다.

인구 감소는 즉 회수되는 에너지의 감소로 이어지는지라 시스템의 이념에 반하는 셈이다.

무엇보다도 D의 개인적인 실험 대상이 줄어든다.

모름지기 실험은 대상이 많을수록 괜찮은 결과가 나오기 마련이다.

이 같은 추세로 인간이 전멸하는 사태마저 벌어진다면 애써 시스템이라는 대규모 마술을 만들어 낸 의미가 없다.

별 하나를 내키는 대로 좌지우지할 권리를 얻었는데 최대한 유효하게 활용해야 한다. 아니면 아깝잖은가.

그것이 D의 생각이었다.

이때 선량한 마음가짐은 추호도 존재하지 않았다.

식량난의 해결을 위해 마물을 투입하면서도 D는 정작 마물에 의해 살해당할 사람들의 안부는 전혀 고려하지 않았다.

D은 단순히 인간이라는 종이 전멸하는 사태를 피하고 싶을 뿐 마물에게 덜컥 살해당할 인간 한 명 한 명의 안위에는 애당초 아무 관심도 없었으니까.

고작 마물 때문에 도태되는 연약한 인간에게서 D는 가치를 찾아낼 수 없었다.

그러한 신의 오만함을 가지고 D는 구제이자 시련으로 기능할 업데이트를 실행했다.

고아원 식구들의 처지에서 그것은 몹시 갑작스러운 사건이었다.

고아원 식구들뿐이 아니다.

전 세계의 사람들에게도 마치 청천벽력과 같았다.

어딘가에서 불쑥 솟아나 들이닥치는 마물 떼.

이때 출현한 마물은 첫 번째라는 이유도 있어서 약한 부류뿐이었다.

다만 총화기 등의 무기는 시스템에 의하여 사용 불가 조처가 취해졌기에 인류는 마물과 맞서 맨손이나 원시적인 무기, 혹은 일용품을 무기로 대용해서 싸워야 했다.

마물은 평범한 야생 동물과는 달리 인간을 발견하면 적극적으로 덮쳐들었으며 상처 입어도 도망치지 않고 들러붙었다.

그런 상대에게 아무 대비도 없이 습격을 당했는데 침착하게 대처할 수 있는 사람은 적었다.

이때 마물들은 정말로 허공에서 불쑥 출현했다.

아무리 레벨이 다소 올랐을지라도 대부분의 사람들은 피비린내 나는 칼부림과는 인연이 없이 살아왔다.

전장에 몸을 둔 직업 군인처럼 언제나 전쟁터에 있는 듯 대비하는 마음가짐이 있을 리 없었다.

운 나쁘게 마물이 출현했던 지점의 코앞에 있던 사람들은 곧장 습격을 당하는 사례도 다수 발생했다.

그렇게 되면 이렇다 할 저항조차 못하고 고통 받다가 살해당하는 경우가 대부분이었다.

고아원 식구들은 마물의 출현 지점과 위치가 겹치지는 않았던지라 허공에서 나타난 마물에게 기습을 받는 봉변은 다행스럽게도 모면했다.

다만 그것이 반드시 행운이었음을 뜻하지는 않았다.

이들은 당시에 이동 중이었다.

조금만 더 움직이면 도시부에서 나갈 수 있는 지점까지 빠져나왔기에 이제 곧 상황도 개선되지 않겠느냐는 일말의 희망을 품은 참이었다.

그 때문에 의식하지 않아도 자연스럽게 내딛는 걸음걸이가 빨라진다.

조바심과 기대가 한데 뒤섞인 걸음걸이는 미처 알아차리지 못한 동안에 평소보다도 체력을 더욱 소모시켰다.

게다가 나날이 쌓인 피로와 공복 때문에 체력도 집중력도 떨어진 상태였다.

비록 마물에게 기습을 당하지는 않았지만 안타깝게도 변화를 알아차릴 기회까지 같이 잃어버린 것이다.

알아차렸을 때는 이미 포위당한 뒤였다.

이동 중이었기에 몸을 숨기지도 못했으며 어딘가에서 농성하며 버티는 선택도 취할 수 없었다.

결과적으로 허를 찔려서 뭐가 어떻게 된 일인지 깨닫지도 못하고 살해당하는 최악의 사태가 벌어지지는 않았으나, 그에 버금갈 만큼 안 좋은 상황에서 적과 맞닥뜨리게 되었다.

처음 마물을 목격한 고아원 식구들의 반응은 뜻밖에도 냉정했다.

패닉에 빠지지도 않고 마물을 적으로서 분명하게 인식할 수 있었다.

이는 시스템 가동 직후부터 세계의 급격한 변화를 겪는 과정에서 감각이 마비되었던 까닭이었다.

지난날의 평온한 일상과 너무나 괴리된 사건이 거듭 반복되었던 탓에 마물이 출현했는데도 「이제는 괴물까지 나타나는 건가」라며 대수롭지 않게 받아들였다.

상식의 범위를 벗어나는 존재가 눈앞에 나타났는데도 침착함을 유지할 수 있던 까닭은 사고보다도 먼저 생존 본능이 「어서 싸워야 한다」라며 경종을 울렸기 때문이기도 하다.

선량한 인간마저도 살아남기 위해서 강도질을 저지르는 상황이었던 터라 눈에 띄는 자신들 이외의 생물은 모두 적이었다.

따라서 마물과 싸우기 위한 마음가짐은 이미 가지고 있었다.

다만 마음가짐과 실제 전투의 수행은 다른 문제다.

고아원의 식구들 중에는 비전투원도 많았고 게다가 대부분의 인원이 몹시 지쳤을뿐더러 공복 때문에 힘을 온전하게 발휘할 만한 상황도 아니었다.

제대로 싸울 수 있는 인원은 몇 명뿐.

반면에 마물의 수는 곱절 이상이었다.

"도망쳐!"

극한 상태에서 감각이 예민하게 곤두선 채 훗날의 수인왕은 이때 최선의 선택을 했다.

싸울 수 있는 인원으로 마물을 제압하는 틈에 비전투원들을 대피시키는 것.

비전투원을 보호하며 싸울 여유는 없었다.

전투원이 부담감 없이 전력으로 싸우기 위해서라도 비전투원은 다른 곳으로 이탈시켜야 했다.

그런 사정을 전원이 이해할 수 있었기에 훗날의 수인왕이 한 말에 따라서 모두 순순히 둘로 갈라졌다.

판단이 딱히 틀리지는 않았다.

그대로 싸웠다면 희생자가 몇 명이 발생했을지 모른다.

남은 전투원들은 비록 마물에게 승리했으나 상당히 아슬아슬한 외줄 타기였다.

까딱 잘못됐다면 전멸도 각오해야 했을 박빙의 승리였다.

비전투원이 남아 있었다면 결과는 분명 무척이나 비참했을 것이다.

하지만 이때 따로따로 헤어진 이후로 다시 만날 때까지 이들은 애석하게도 무척 긴 세월을 견뎌야 했다.

남아서 싸운 전투원들은 이후 투쟁의 길을 걸어가게 된다.

그것은 수라의 길로 나아감을 의미했다.

언제나 하나로 뭉쳐 행동했었던 고아원의 식구들은 이 시점부터 두 개의 길로 갈라졌다.

훗날까지 살아남았던 인원들은 이때 헤어지지 않았다면 미래는 혹시 달라졌을까 싶은 마음으로 후회에 찬 나날을 보내게 된다.

한편 대피한 비전투원들 역시 혹독한 상황으로 내몰렸다.

마물은 처음 들이닥쳤던 무리뿐 아니라 전 세계에서 출현했으니까.

도망친 곳에도 마물이 있었다.

다 같이 마물을 피해서 거듭 도망쳤다.

비전투원으로 구성된 집단.

개중에는 훗날의 초대 용사인 쿨라와 초대 성녀인 나탈리 같은 인원도 있었지만, 결국 훗날의 이야기이며 이때는 아직 아무런 전투 능력도 갖추지 못했던 소년 소녀에 불과했다.

마물과 싸울 무력은 전무했기에 도망치는 것밖에 방법이 없었다.

다만 언제까지나 도망치는 것은 불가능했다.

안 그래도 체력의 한계에 달한 상태였던지라 힘이 다하는 순간도 빨랐다.

다행히 본래 점포였던 건물로 뛰어드는 데 성공했기에 그곳에서 짧게나마 휴식을 취하기로 했다.

하지만 느긋하게 쉴 여유는 없었다.

점포의 입구는 통유리였던 문이 깨져서 휑하게 뚫린 상태였기 때문이다.

점포 깊숙한 곳에 숨을 수는 있어도 그곳에서 농성하는 것은 무의미했다.

더한 악재는 소음을 들은 마물이 주변에서 몰려들었다는 것이다.

들키는 것은 시간문제였고 우물쭈물하다가는 수많은 마물에게 포위당한다.

아니, 정확하게는 이 시점에서 이미 반쯤 포위당한 상태였다.

주변을 어슬렁거리는 마물의 울음소리 및 기척 때문에 싫어도 알게 된다.

비전투원끼리 모여서 가능한 것은 숨을 죽인 채 마지막 순간을 기다리는 일뿐이었다.

"……."

고브는 공포로 딱딱 부딪쳐서 소리를 내는 이를 악물었다.

주위를 둘러보면 너나없이 안색이 안 좋았고 한껏 비장감을 드러내고 있었다.

이제는 살아날 가망이 희박하다는 것을 모두가 깨달았다.

"스읍, 후우……."

고브는 깊숙이 숨을 들이마셨다가 이어서 기다랗게 내뱉었다.

공포를 삼키고 각오를 다지기 위해.

"내, 내가 미끼가 될게."

기껏 꺼내는 목소리가 꼴사납게 갈라져서 나왔다.

각오를 애써 다지더라도 공포까지 사라지지는 않는다.

바짝바짝 마른 입속에서 나오는 말은 고브 본인도 한심하다는 생각부터 들 만큼 나약했다.

"난 어차피 오래 살지는 못하니까."

그럼에도 다진 각오는 진짜였다.

이 상황은 누군가가 희생하지 않는 한 벗어나지 못한다.

그리고 이때 적임자는 바로 자신이라고 고브는 생각했다.

고브의 수명은 짧다.

이 위기를 피해 살아남아 봤자 누구보다도 빨리 죽는 사람은 고브다.

그렇다면 친구들을 살리기 위하여 이때 제 목숨을 던지는 것이 최선이라고 고브는 판단했다.

"그러면, 내가."

고브의 선언에 아리엘이 똑같이 지원하고 나섰다.

그러자 고브는 고개를 옆으로 흔들었다.

"아리엘 너는, 저 녀석들을 데리고 도망칠 수 없어. 금방 붙잡힐 거야. 시간을 끌지도 못해."

고브가 받아치자 아리엘의 표정이 원통한 기색을 띠며 일그러졌다.

휠체어 생활이 기본인지라 제대로 된 일상생활을 누리는 것조차 어려운 아리엘이 마물 상대로 시간을 끌며 도망치기는 애당초 불가능했다.

살날이 짧다는 의미에서는 고브와 아리엘에게 큰 차이가 없었다만, 고브가 건강한 몸인데도 수명이 짧은 데 반하여 아리엘은 병약한 탓에 언제 죽어도 이상하지 않은 상태라는 차이가 있었다.

달려서 도망칠 수 있는 고브는 시간 끌기가 가능한 만큼 이 같은 상황에서는 적임이었다.

고개 숙이는 아리엘.

고브는 더 이상의 문답을 피하기 위해 일어섰다.

당장 행동으로 옮기지 않으면 각오가 흔들려버릴 것 같았기 때문이다.

고브는 절대 용감한 인물이 아니다.

오히려 겁쟁이에 자기주장도 제대로 못 하고, 이렇게 큰 결단을 감행할 만한 성격도 아니었다.

궁지에 몰린 이 같은 상황이었기에 비로소 행동으로 옮기자는 결단을 내릴 수 있었다.

그랬던 만큼 아주 자그마한 이유만 있어도 곧장 각오가 흔들린다.

볼썽사납게 삶에 매달리며 목숨을 구걸하고 싶어질 것이다.

수명이 짧은 제 처지를 어쩔 도리가 없다며 받아들이기는 했어도 막상 죽음과 바짝 직면하니까 역시 두려웠다.

"잠깐만!"

묵묵히 걸음을 내디디고자 했던 고브를 불러 세우는 아리엘.

"받아."

그리고 고브의 손에 무엇인가를 쥐여줬다.

받아 든 물건을 보니 그것은 압화로 만든 책갈피였다.

언제나 아리엘이 독서할 때 썼던 물건이었다.

"그거 마음에 드는 책갈피니까 꼭 다시 와서 돌려줘."

저 말에 담긴 메시지를 고브는 온전히 알아들었다.

살아서 돌아오라는 뜻이다.

고브는 아무 대답의 말도 꺼내지 않았다.

단지 애매하게 웃음을 짓는 것이 고작이었다.

살아서 돌아오고 싶다.

다만 살아서 돌아오기는 아무래도 어렵다고 생각했다.

결국 고브는 아무 말 없이 뛰쳐나갔다.

처음에는 살금살금.

다른 친구들이 있는 점포의 폐허에서 거리를 벌린 다음부터는 냅다 달음박질쳤다.

"와아아아아악!"

주의가 쏠리도록 일부러 비명을 질러 대면서.

"와아아아아악!"

그 행동은 마물들을 자신이 있는 위치로 유인하기 위함이기도 했고, 그 이상으로 자기 자신의 공포를 외면하기 위함이기도 했다.

"와아아아아악!"

소리라도 안 지르면 공포에 압도되어 제자리에서 움직이지도 못할 것 같았다.

고함 소리를 듣고 모여든 마물들과 마주하니 마음이 꺾여버릴 지경이다.

고함지르며 손에 쥔 꽃잎 책갈피를 세게, 세차게 부여잡았다.

아리엘이 마음에 들어 한다는 책갈피는 손에 꽉 쥐어서 찌그러져버렸지만, 어쨌거나 고브는 책갈피의 존재에 매달리고 있었다.

용기를 전해 받았다는 식의 긍정적인 감정은 아니다.

그저 오로지 공포를 외면하기 위하여 손에 꽉 쥔 존재를 의식에 깊이 새겨 넣으려 하는 발악에 지나지 않는다.

그렇게 하면 뇌리에 쭉 어여삐 생각해왔던 상대의 얼굴을 떠올릴 수 있었다.

고브는 아리엘을 동족이라고 생각하고 있었다.

수명이 짧은 고브.

건강에 큰 난점이 있어서 오래 살기는 어려운 아리엘.

각각 떠안은 문제는 다를지언정 같은 키메라이고 같은 고아원에서 생활하는 가족.

다른 고아원 식구도 고브는 물론 가족으로 봤으나 개중에서도 특히 친근감을 느꼈던 대상은 아리엘이었다.

성격도 비슷해서 자기주장이 별로 강하지 않은 유형이었기에 더욱 공감할 수 있었다.

고브는 아리엘에게 쭉 호의를 품어왔다.

연애 관련의 의미가 아니라 굳이 말하자면 상처를 서로 핥아주는 듯한 심경이었지만, 어쨌든 간에 고브가 가장 마음을 허락했던 대상은 바로 아리엘이었다.

아리엘이 고브를 어떻게 생각하고 있는지는 알지 못하나 적어도 싫어하는 않는다는 것을 막 건네받았던 꽃잎 책갈피가 증명해준다.

그것이 기쁘기도 하고, 더 이상 만날 수 없기에 슬프기도 하고, 돌려줄 수 없어 미안하기도 하고, 저러한 감정 전부를 덧칠하여 가릴 만큼 역시나 무서웠다.

"아아아악!"

바짝 들이닥치는 마물들.

이때 마물들은 초기인지라 경험치를 쉽게 획득할 수 있는 약한 마물뿐이었다.

달리기 속도도 썩 대단하지 않아서 체력의 한계에 달한 상태였던 고브도 제법 긴 거리를 도망 다닐 수 있었다.

그럼에도 언젠가는 한계가 온다.

게다가 이리저리 제법 긴 거리를 도망 다녔던지라 고브 본인의 예상보다도 훨씬 더 많은 마물을 유인하고 말았다.

어쩌면 약한 마물만 잔뜩이었던 만큼 숫자가 적었다면 고브도 격퇴할 수 있지 않았을까.

다만 약해도 숫자가 많아지면 어쩔 도리가 없다.

무수히 많은 개미에게 뒤덮인 대형 곤충처럼 조금씩 제 몸을 물어뜯기고 살점을 내주는 처지가 될 수밖에.

고브는 자신을 따라잡은 마물의 손에 넘어져서 상술한 곤충과 거의 비슷한 상태가 되고 말았다.

"아아악! 무서워! 무섭다고!"

몸부림친다. 발악한다. 고함지른다.

친구들을 위하여 제 목숨을 희생하고 미끼가 된 사내의 최후라기에는 무척이나 꼴사나운 모습이면서 또한 한심할지도 모르겠다.

그럼에도 다른 고아원 식구들에게 고브는 영웅이었다.

용감무쌍, 부정의 여지가 없는 영웅이었다.

고브의 헌신 덕분에 다른 고아원 식구들은 누구 한 사람도 다치지 않고 이 같은 위기에서 벗어날 수 있었으니까.

"아아, 아……."

고브는 제 목숨이 스러지는 마지막 한순간까지 꽃잎 책갈피를 꽉 부르쥐고 있었다.

그 후 고블린이라고 불리는 마물이 이 세계에 출현했다.

그들은 녹색의 피부를 가진 난쟁이이며 수명이 짧다.

또한 그들은 용감하게 행동하는 것을 긍지로 여기고, 싸움터로 나아갈 때는 꽃잎으로 만든 부적을 소지한다고 알려져 있다.

고브와 고블린에게 인과 관계는 없다.

그러나 고브의 삶과 각오가 세계에 영향을 준 결과, 고블린도 변화한 것이 아닐까 하고 아리엘은 생각했다.

고아원에서 보낸 소박한 일상 2

거실에는 페이지 넘기는 소리만 울려 퍼졌다.

저녁 식사가 끝난 시간대.

이미 대부분의 고아원 식구들은 각자의 방에 들어가서 각각 편하게 시간을 보내고 있거나 일찌감치 잠자리에 들었거나, 둘 중 하나였다.

그런 와중에 거실에 남아 있는 사람은 아리엘과 고브 두 명뿐이었다.

두 사람은 조용히 독서를 하고 있었다.

운동을 못 하는 아리엘의 취미는 한정적인지라 보통 독서와 뜨개질을 한다.

그 밖에도 텔레비전을 시청하거나 음악을 듣거나 움직여야 할 필요가 없는 취미도 있기는 있다.

다만 움직일 필요가 없는 저러한 취미는, 움직이지 못할 때 부득이하게 시간을 보내기 위한 수단에 가까웠다.

아리엘은 몸 상태에 따라서는 꼼짝하기조차 힘든 때가 있기 때문이다.

심지어 책을 들기도 힘들고 뜨개바늘을 움직이기도 버거울 만큼.

이때의 몸 상태는 적당히 좋은 정도였고 뜨개질을 하기보다는 책을 읽고 싶은 기분이었다.

거실에 남아 책을 읽고 있었던 까닭도 단순하게 기분 문제였다.

반면에 고브는 저녁 식사 후 거실에 남아 있는 것이 보통이었다.

거실에 있으면 누구든 말을 걸거나 놀아주기 때문이었다.

고브는 굳이 말하자면 낯가림을 꽤 하는 편이고 자기주장이 약한 성격을 가지고 있다.

속마음을 활짝 터놓고 지내는 고아원 친구들이 상대여도 적극적으로 자신이 먼저 말을 붙이지는 않는다.

다만 수명이 짧은 고브는 서로 함께하는 시간을 소중하게 여겼다.

1분, 1초가 귀중하기에 그 시간을 오직 자신만을 위해 사용하는 것이 아깝다는 생각을 한다.

어쩌면 이런 행동은 조금이라도 다른 누군가의 기억에 남고 싶다는 소소한 희망의 표출이었는지도 모르겠다.

거실에 많은 친구들이 남아 있을 때 대화에 같이 끼지는 않아도 고브는 한쪽에서 조용히 자리를 지키며 함께하는 것이 보통이었다.

이날은 우연히 아리엘과 고브 두 명만 남아 있었고, 두 명이 모두 다 딱히 재잘재잘 떠들며 수다를 즐기는 성격은 아니었을 뿐.

아리엘과 달리 고브는 독서를 썩 취미로 즐기는 편은 아니다.

독서는 온전하게 혼자서 즐기는 취미다.

가능하면 많은 친구들 틈에서 지내고 싶은 고브로서는 몰입하기 힘든 취미였다.

다만 책을 아예 안 읽는 것도 아니다.

이야깃거리로 화제에 오른 책을 읽거나 아무도 짬 나는 사람이 없을 때 등등 부득이하게 시간을 때우기 위해 독서를 했다.

이때 고브는 우연히 읽고 있었던 유명 베스트셀러가 뜻밖에도 재미있었던지라 다음 내용이 궁금해져서 드물게도 독서를 우선시했다.

따라서 아리엘과 고브 두 사람만 거실에 남아 있었고, 또한 두 사람이 모두 독서를 즐기는 것은 상당히 드문 상황이었다.

"어라~? 별일이네."

그래서였을 테지.

쏙 얼굴을 내민 나탈리가 독서 중이었던 두 사람을 보고 신기하다는 표정을 지은 까닭은.

책을 읽다가 얼굴을 들어 올리는 아리엘과 고브.

"늦었는데 슬슬 자는 게 좋지 않을까~?"

나탈리의 말에 시계를 봤더니 이미 꽤 늦은 시간이었다.

심야까지는 아니어도 확실히 방금 말대로 슬슬 자는 편이 좋은 시간대였다.

특히 아리엘은 밤샘을 하면 몸 상태가 걱정이다.

"그러게."

쓴웃음 지으며 애용하는 압화 책갈피를 책에 끼우는 아리엘.

저 책갈피 속의 압화는 예전 합동 생일 축하회 때 사리엘이 고아들에게 한 송이씩 선물한 꽃이었다.

고아들은 각각의 생일을 알지 못하기에 해마다 한 번씩 합동 생일 축하회를 준비해서 성대하게 파티를 개최하였다.

대부분의 고아들이 당시 받았던 꽃을 그냥 꽃병에 넣었기에 시간이 흘러 말라붙었는데 유독 아리엘은 압화로 만들어서 보존하는 것을 선택했었다.

원장에게 압화 만드는 방법을 배워 만들던 모습을 고브는 기억하고 있었다.

아리엘의 압화 책갈피를 볼 때마다 그때 자신도 압화를 만들면 좋앉겠다고 바짝 말라붙은 꽃 때문에 낙담했던 때의 기억이 되살아나는지라 고브는 복잡한 기분이 들었다.

참고로 나탈리도 아리엘과 같이 압화에 도전했었는데 실패해서 쭈글쭈글 망가뜨리고 끝났다는 사연이 있었다.

나탈리는 아리따운 용모와 달리 말괄량이이며 열렬한 성격을 갖고 있었다.

압화 같은 섬세한 작업에 성공할 리 없다고 작업하던 모습을 곁눈질로 보고 고브는 확신했었다.

"왜~ 빤히 야시시한 눈으로 보는 걸까~?"

그렇게 한숨 나오는 추억을 되새기며 나탈리를 보고 있었기 때문일까, 살짝 언짢아하는 눈치로 엉뚱한 말을 꺼내 놓았다.

"아, 안 봤어! 안 봤어!"

"진짜로~?"

허둥지둥 부정해봐도 나탈리는 몸을 쭉 내밀며 다가들었다.

제2차 성징을 맞이한 나탈리의 신체는 여자아이다운 면모가 많아졌다.

아리엘과 고브가 신체적으로 제2차 성징을 맞이할 연령에 다다랐는데도 딱히 변화가 없었던 것과 다르게 나탈리는 순조롭게 성장 중이다.

나탈리는 귀가 살짝 뾰족해서 엘프의 프로토타입이라고도 말할 수 있는 키메라였다.

완성형의 엘프는 수명의 길이에 비례하여 신체적인 성장도 지체되지만, 프로토타입인 나탈리는 평범한 인간과 차이가 없었다.

한창때의 여자아이답게 잘 자랐고, 잠옷 차림이었던 이유도 있어 체형이 훤히 드러났다.

쭉쭉 가까이 다가드는 나탈리에게서 어쩐지 좋은 냄새까지 나는 것 같았다.

자연히 고브는 얼굴을 붉히게 되었다.

그런 반응에 만족한 듯 웃음을 띠고 나탈리는 고브에게서 떨어졌다.

휴, 마음을 놓은 것도 잠시뿐. 일단 떨어졌던 나탈리가 불쑥 거리를 확 좁혔다.

"자, 꼬옥~!"

"푹?!"

갑자기 고브를 부둥켜안는 나탈리.

고브는 앉아 있었던지라 선 자세에서 부둥켜안으면 딱 나탈리의 가슴이 머리에 닿는 위치였다.

자신의 얼굴이 무엇에 감싸였는지를 이해한 고브가 몸을 홱 젖히다가 의자에서 요란하게 굴러떨어졌다.

그 모습을 깔깔 웃으며 내려다보는 나탈리와 어이없어하며 바라보는 아리엘.

"뭐야, 뭔데?!"

"아하하! 웃겨~."

나탈리의 웃음소리에 이어서 고브는 얼굴을 새빨갛게 붉힌 채 털썩 주저앉았다.

그리고 더는 버티지 못하고 도망치다시피 바닥을 기어 거실에서 나가버렸다.

"도망쳤네~. 귀~여워~."

"……악취미야."

"엥~? 좋아하는 애는 괴롭혀주고 싶어지는 게 보통 아니야~?"

"그런 건 주로 남자가 여자한테 하는 행동인데? 게다가 오히려 미움이나 받는 전형적인 패턴이고."

"괜찮아, 괜찮아. 여차하면 기정사실 만들어서 못 도망치게 붙잡을 테니까~."

"전혀 괜찮지 않아."

깔깔거리며 웃는 나탈리와 어이없어하며 바라보는 아리엘.

이런 대화가 오갔다는 것을 새빨개져서 냅다 도망친 고브는 알지 못했다.

훗날에 초대 성녀가 되는 나탈리.

나탈리는 초대 용사인 쿨라와 함께 행동했고, 두 사람은 서로 사랑하는 사이라는 소문이 있다.

그러나 나탈리 본인은 명확하게 부정했으며 쿨라도 마찬가지로 부정했다.

주위 사람들은 쑥스러움을 감추기 위한 변명이라거나 연애 따위에 한눈을 팔 상황이 아닌지라 저렇게 둘러댄 것이라고 착각을 하고 있었다.

나탈리가 자기 자신의 공적 및 헌신적으로 부상자와 병자를 치료하는 모습, 성녀라는 칭호에 대하여.

"난 진짜로 딱히 훌륭한 인물이 아냐."

이렇듯 겸손하게 반응한 것도 착각을 부추겼던 요인으로 작용했다.

나탈리는 생전에 고브가 보인 용감한 모습을, 고브가 지켜 낸 식구들의 가치를 단지 끝까지 드높이고 지켜 나가고 싶었기 때문에 쿨라라는 진짜 영웅을 도와 따라다녔을 뿐이었다만.

그러나 고브가 비록 볼품없을지언정 영웅이었듯이 나탈리의 헌신도 또한 은혜를 받은 사람들의 입장에서는 역시 진짜였다.

아리엘, 과거를 이야기하다 2

"그러니까 고브고브는 지금 고블린처럼 딱히 용맹무쌍했던 녀석이 아니었어. 단지 마지막에 멋 부렸던 게 미화돼서 지금 고블린들에게 영향을 줬고 아마도 그게 쭉 이어졌을 거야."

이야기를 마친 아리엘은 한숨 돌렸다.

표현만 듣자면 폄하하는 말로 들리기도 할 터이나 정감이 묻은 저 표정을 보면 아리엘이 얼마나 고브고브를 아꼈고 그리워하는지 알 수 있었다.

"고블린의 시조쯤 되는 고브고브의 무용담이라기에는 차라리 진실을 밝히지 않는 게 나았을지도 몰라. 어때? 실망했어?"

"아니요. 오히려 더 깊이 존경하게 됐습니다."

라스는 아리엘의 이야기를 듣고 진심으로 그렇게 생각했다.

자기 목숨을 내던지는 행위가 누구에게나 가능하지는 않다.

그런데 심약한 인물이 끝내 해냈다.

그것만으로도 충분히 존경할 만하다.

직접 관련은 없더라도 같은 계보를 잇는 고블린으로 태어난 것이 기껍게 생각될 정도로 라스는 감명을 받았다.

"아리엘 씨, 아리엘 씨."

"뭐야, 뭐야?"

그때 소피아가 살짝 몸을 앞으로 내밀면서 아리엘에게 말을 건넸다.

"흡혈귀는요? 뭔가 장대한 에피소드가 있진 않아요?"

두근두근 기대하는 분위기를 감추지도 않으며 묻는 소피아.

알지 못했던 고블린의 에피소드로 이렇게나 인상적인 내용의 옛날이야기가 나왔으니까 분명 흡혈귀도 비슷한 이야기를 들을 수 있을 것이라고 굳게 확신하는 듯한 모습이었다.

왜냐하면 초대 마왕은 흡혈귀의 진조인 포두이라는 남자였으니까.

그 초대 마왕과 싸웠던 초대 용사도 아리엘과 같은 고아원 출신이라는 관계까지 고려한다면 분명히 장대한 이야기가 따라오리라는 것을 어렵지 않게 상상할 수 있었다.

"……아. 많이 기대했나 본데 미안하지만 고브고브의 이야기랑 비교하면 그쪽은 내가 아는 게 별로 많지는 않거든."

다만 소피아의 기대를 배반하고 약간 겸연쩍어하며 아리엘이 뺨을 긁적거린다.

"엥~?! 그치만 아리엘 씨, 연설할 때 초대 마왕 포두이의 유지를 잇겠다고 어쩌고저쩌고 말했었잖아요?!"

"그때는 그냥, 분위기 맞추려다가 얼결에?"

"에엥~?!"

불만에 찬 소피아를 워워, 달래는 라스.

"아니, 실제로 난 전해 들었던 이야기밖에 포두이 씨를 아는 게 없단 말이야~. 만난 적은, 아마도 있기는 있는 것 같은데. 하지만 고아원 시찰하러 왔을 때 잠깐 지나가면서 본 게 전부라 진짜로 별거 아니야. 미안, 게다가 텔레비전으로 본 장면이랑 막 섞이기도 했거든. 이야기해줄 만한 내용이 거의 없지 않으려나?"

아리엘조차 너무나 옛날 일인지라 기억이 선명하지 않아서 어쩌면 한두 마디쯤 대화를 주고받은 경험이 있을지도 모르겠지만, 적어도 친근하게 대화를 나눌 만한 관계는 아니었다.

"시스템 가동 후에도 결국 나랑은 만나지 않고 쿨라가 쓰러뜨려버렸거든~. 전해 들었던 이야기라도 괜찮다면 해줄 얘기가 없진 않은데, 어떡할래?"

"그거라도 괜찮으니까 듣고 싶어요!"

말꼬리를 잘라먹다시피 즉답한 소피아에게 아리엘은 쓴웃음을 지어줬다.

"뭐, 들은 이야기가 전부긴 해도 진짜로 굉장한 사람이라서 아마 지루하지는 않을걸. 그럼 우선은 포두이 씨가 어떤 사람이었는지부터 이야기할까."

그렇게 아리엘은 거의 교류를 갖지 않았었으나 아직껏 분명하게 이름을 기억하고 있을 만큼은 강렬했던 인물의 이야기를 시작했다.

포두이

　재계의 마왕이라고 불렸던 남자, 포두이.

　그 남자의 반생을 타인이 살펴본다면 만범순풍이라고 생각할 것이다.

　실제로 크게 틀린 인식은 아니었다.

　포두이는 커다란 재벌의 후계자로서 이 세상에 태어났다.

　그 시점에서 이미 인생의 승리자라는 말도 과언은 아니었을 텐데 심지어 하늘은 둘 이상의 재능을 내주기까지 했다.

　후계자로서 마땅한 능력을 갖출 수 있도록 교육을 받아 남김없이 습득한 두뇌.

　분 단위의 빠듯한 일정에도 견디며 노령에 이를 때까지 큰 병을 앓지 않은 건강한 육체.

　그런 역량을 온전하게 활용함으로써 본래 거대했던 재벌을 더욱 발전시켰고 재계의 마왕이라는 호칭으로 불리게 될 만큼 대단한 활약을 펼쳐왔다.

　이렇듯 멸칭을 감당해야 했음에도 꺾이지 않은 정신성까지 포함해서 포두이는 어떤 의미로 완성된 인간이라고 말할 수 있었다.

　다만 잘 완성된 인간이기에 행복했느냐 묻는다면 딱히 그렇지는 않았다.

　적어도 본인은 행복 따위 느껴본 경험조차 없다.

　돈을 벌기 위해서라면 무슨 짓이든 한다며 쑥덕거리는 말을 뒤로 한 채 매진했던 탓에 결국은 재계의 마왕이라고 불릴 지경까지 두려움을 산 인물이 포두이였으나 정작 본인은 전혀 원해서 얻은 호칭이 아니었다.

포두이는 애당초 돈벌이에 썩 집착하지 않는다.

본가로 둔 재벌 집안을 더 팽창시키기 위하여 부심하던 사이에 어느 틈인가 저러한 호칭으로 불리게 됐을 뿐이다.

또한 본가를 더 확대시키고자 했던 까닭도 단지 기업가의 집안에서 태어났다는 의무감에 근거하여 생겨난 책임이었다.

후계자로서 집안을 더 크게 만드는 것은 의무이고 여기에 포두이 개인의 가치관이나 목표는 개입되지 않았다.

단지 성실하게 본가를 성장시키기 위해 일했더니 돈의 망자라는 취급을 받게 되었고 재계의 마왕이라는 뜻하지 않은 평가까지 덧붙었으니 포두이도 불만을 가질 법했다.

하지만 포두이에게 아무 과오가 없었던가 묻는다면 또 그렇지는 않다.

단적으로 말해서 포두이는 너무 지나쳤다.

본래부터 큰 재벌이었기에 수중에 가진 자본은 윤택했다.

그런 환경에서 포두이는 자신이 가진 재능을 유감없이 발휘했고 재벌을 더욱 크게 성장시켰다.

너무나 크게 성장시켰다.

그 과정에서 경쟁자를 아주 당연하다는 듯이 철저히 무너뜨리기도 했고, 합법과 비합법의 중간 지대는커녕 완전히 불법에 속한 범위에까지 손을 담그기도 했다.

다만 대재벌이라면 어쩔 수 없는 범위였으며 다른 재벌과 비교하면 깨끗한 편이었다는 것이 포두이의 생각이었다.

그럼에도 수단을 가리지 않고 재벌을 크게 성장시킨 성과는 뒤집을 수 있는 것이 아니었고, 너무나 많은 매출을 올려서 시선을 끈 탓에 비난의 표적으로 대두된 측면도 있었기에 포두이의 이미지는 재계의 마왕으로서 확고하게 굳어져버렸다.

태어났을 때부터 깔려 있었던 인생의 레일.

그 위를 나아갔을 뿐인데 문득 깨달은 순간, 재계의 마왕이 어쩌고저쩌고하며 떠드는 사람들이 잔뜩 생겨났으니 포두이가 자신의 반생에서 행복을 찾아내지 못했던 것도 어떤 의미로 어쩔 없는 결과였다.

그래서였을까.

포두이가 사리엘에게 이끌렸던 까닭은.

이끌렸다기보다는 동족에 대한 연민의 감정이 컸다는 말이 더 정확하겠다.

깔아준 레일 위쪽을 나아가기만 하는 공허함을 누구보다도 잘 알고 있었던 포두이였기에 더더욱 사리엘의 삶에 깊이 공감하는 바가 있었다.

포두이가 사리엘과 만났던 때는 막 은퇴를 고려하기 시작한 무렵이었다.

노령에 접어들어 슬슬 후임자에게 사업을 넘겨주자는 생각을 하던 시기에 우연히 업무 관계로 얼굴을 마주했던 것이 계기였다.

엄밀하게 말하면 포두이와 사리엘이 처음 만났던 것은 이때가 아니다.

사리엘은 예전부터 사리엘라 모임이라는 조직을 운영하고 있었고, 사리엘 본인이 인간을 벗어난 초자연적인 존재라는 사실은 정치가 및 재계의 중진들에게는 공공연한 비밀이었다.

당연히 포두이도 잘 아는 사실이었고 업무상의 교류도 제법 있었다.

다만 어디까지나 업무상의 교류에 불과한지라 개인적인 친분은 전혀 없었다.

평소 같았다면 사무적인 대화를 나눈 뒤 잡담 한마디조차 없이 헤어졌을 터이나 포두이는 그날 변덕으로 사리엘에게 같이 식사나 하자는 말을 꺼냈다.

그리고 사리엘도 제안을 받아들였다.

이 식사 자리는 기적적인 사건이었다.

포두이도 사리엘도 더없이 바쁜 일정에 쫓기는 처지이기에 당일 식사를 제안한들 대부분의 경우 시간이 나질 않았다.

포두이도 그날은 우연히 시간이 비어 있었기에 변덕 삼아서 제안한 것에 불과했다.

거절당할 것을 전제로 꺼냈던 비위 맞추기 같은 말이었으며 썩 대단한 의미는 없었다.

그런데 이때 사리엘도 역시 우연히 시간이 비어 있었다.

그리고 사리엘은 기본적으로 다른 사람이 하는 상식적인 제안은 거절하지 않는다.

이리하여 포두이와 사리엘라는 사적인 식사 자리를 가졌다.

이 식사 자리에서 딱히 무엇인가 극적인 사건이 있었던 것은 아니다.

양쪽 다 처음부터 끝까지 무난하게 세상 돌아가는 이야기를 나눴을 뿐이었다.

서로가 바쁜 처지인지라 식사에 쓴 시간도 짧았고 친교를 깊이 다졌다는 말은 하기 어려웠다.

그러나 인연은 생겨났다.

이때를 경계로 포두이는 사리엘라 모임에 출자를 늘렸다.

이 또한 포두이의 입장에서는 비위 맞추기 이상의 의미가 없었다.

이름과 얼굴만 아는 거래 상대에서 어쩌면 안면은 튼 관계로 다가갈 수도 있겠다는 상당히 타산적인 이유에 따른 결정이었다.

그게 전부였다면 포두이가 사리엘라 모임과 더 깊이 관련을 맺는 앞날은 오지 않았을 것이다.

권력자에게 출자를 받는 경우는 사리엘라 모임에서 왕왕 있는 일이었다.

사리엘라라는 초자연적인 존재에게 좋은 인상을 남기고 싶다는 딴마음이 있었기 때문에.

포두이의 결정도 다른 권력자들과 별반 차이는 없다.

설령 포두이가 출자한 금액이 다른 출자자보다 0이 하나는 더 많았더라도, 그걸로 호감을 가질 만큼 사리엘에게는 인간미라고 할 만한 부분이 없었다.

다만 이후부터 포두이는 사리엘라의 오른팔 비슷한 위치에 서게 되었다.

그렇게 된 경위는 무척 단순한데, 포두이가 출자한 단체를 시찰하면서 경영에 참견을 한 것이 계기였다.

사리엘라 모임의 활동은 다방면에 걸쳐 이루어지고 있었는데 이념은 단 하나, 오로지 약자 구제이다.

이러한 성격 때문에 어쩔 수 없이 이익을 도외시하는 활동에 주력하는 부서도 있었고, 적자는커녕 재정 상태가 파탄 직전에 처한 조직도 있었다.

보다 못했던 포두이가 개입함으로써 경영 방침의 재검토가 이루어졌다.

저러한 부서는 선의의 출자에 의해 유지되었던 만큼 거액을 낸 출자자인 포두이의 의견을 함부로 거부할 수는 없었다.

포두이의 여러 발언이 틀리지 않았던지라 차마 거부하기가 어렵기도 했다.

사리엘라 모임의 관계자들은 돈의 망자라는 인식이 있는 대재벌의 총수가 낸 의견을 들으려 하니 처음에는 저항감이 앞섰다.

약자 구제를 기치로 내건 사리엘라 모임의 입장에서 부자라는 족속은 약자에게서 돈을 갈취하는 존재인지라 적에 가깝다는 감정을 갖고 있었다.

그런 부자의 출자 덕분에 활동이 유지되고 있는 상황에 사리엘라 모임의 구성원들도 적잖은 수치심을 느꼈다.

하지만 포두이의 의견을 받아들이는 부서는 순식간에 매출이 개선되었다.

적자였던 경영은 흑자로 전환되었고 그뿐 아니라 다른 적자 부서의 예산까지 보전해줄 수 있을 만큼 매출이 빠르게 회복되었던 것이다.

그에 따라서 사리엘라 모임의 활동 범위가 더욱 넓어졌고, 지원 가능한 분야도 팽창되었다.

오직 이익을 올리는 것이 목적인 부자다운 방침이라며 처음에는 혐오를 드러냈던 사리엘라 모임의 구성원들도 막상 상황을 목격한 이후에는 생각을 달리할 수밖에 없었다.

포두이가 보았을 때는 몹시 당연한 결과였다.

약자 구제라는 이념은 비록 고귀할지언정 사리엘라 모임은 제대로 된 수단을 갖추지 못했다.

지원의 폭을 넓히고 싶다면 이익을 낼 만한 부문에서는 확실하게 이익을 얻는 것이 마땅하다.

가령 병원을 경영하더라도 자금 순환이 원활하지 못하면 의료 기구 및 설비 갱신도 제때 추진할 수 없다.

의료 기술은 하루하루 진보하고 있으며 병원도 기술 발전에 따라 시설을 갱신하지 못하면 서비스의 악화로 손님의 발걸음도 멀어지기 마련이다.

적절한 부문에서 이익을 발생시키지 못하면 상황은 점점 더 악화될 뿐 개선의 가망은 아예 기대할 수 없다.

사리엘라 모임은 수령한 출자금을 고스란히 약자에게 환원하는 것이 전부였다.

하지만 그게 전부여서는 사리엘라 모임의 운영은 언제나 허덕이는 상태를 못 벗어나고 발전성도 없다.

포두이는 그런 부분을 개선한 것에 불과하다.

이것이 사리엘라 모임의 입장에서는 천지개벽이었다.

약자 구제를 위해 성직자처럼 청빈한 마음가짐을 견지했던 사리엘라 모임의 구성원들은 더한 발전을 위해서 이익을 얻을 필요성이 있다는 인식을 애당초 갖지 않았다.

오히려 이익을 내는 행위는 악업과 같다는 분위기마저 있었다.

포두이와 사리엘라 모임의 시점 차이였다.

이 같은 개혁의 성공에 따라 사리엘라 모임은 서서히 포두이에게 의지하게 된다.

포두이도 이 무렵에는 은퇴를 미리 준비하면서 업무를 친족 및 부하에게 인계하고 있었던 터라 시간에 여유가 생긴 참이었다.

일이 전부인 인간이며 분주한 것이 일상이었던 포두이는 갑작스레 생긴 여가를 어떻게 보내야 할지 갈팡질팡했던 까닭도 있어 사리엘라 모임의 의뢰를 흔쾌히 수락했다.

결국 포두이의 인생은 일이 전부였던 것이다.

이렇듯 사리엘라 모임과의 접점을 늘려 나갔던 포두이는 언제부터인가 사리엘의 오른팔 격 위치를 차지하게 됐다.

포두이도 딱히 의도한 결과는 아니었으나 매우 성실하게 사리엘라 모임의 개혁에 몰두했던지라 자연스레 생긴 인식이었고 실제로도 썩 다르지는 않았다.

본가의 재벌을 크게 성장시켰던 때처럼 포두이는 지나치게 몰두하고 말았다.

과하게 성실한 품성이 발휘되었던 결과였다.

다만 그런 상태에 포두이가 불만을 품었느냐고 묻는다면 그렇지는 않았다.

대재벌의 총수이자 재계의 마왕이라는 평까지 들어 가면서 재계의 꼭대기까지 올라갔던 인물이 포두이였으나 단지 성실하게 업무에 임했을 뿐, 특별히 권력욕이나 권세욕이 있어서 이룬 업적은 아니었다.

재계 쪽에서는 자신들의 수장으로 간주되는 인물이 사리엘의 시중이나 드는 것 같은 상황을 달갑게 여기지 않는 부류도 있었지만, 포두이 본인은 누군가의 아래에서 행동하는 데 어떤 유감도 없었다.

자존심보다 효율을 우선한다.

그것이 포두이라는 남자였고 이 같은 성실함과 효율 중시의 자세로 재계의 꼭대기까지 치고 올라갔던 것이다.

포두이를 잘 아는 인물은 아래와 같은 평가를 남겼다.

"기계 인간."

저런 소리를 듣는 처지였음에도 포두이에게 인간미가 아예 없지는 않았고 하물며 감정이 없지도 않았다.

주위 사람들이 말을 하듯이 차가운 인간이라는 자각은 갖고 있었고, 또한 비난의 말에 이렇다 할 상처를 받지 않는 대담한 정신력도 겸비했으니 기계 인간이라는 평가는 타당하다는 생각마저 들었다.

그러나 아무리 대담한 이라도 전혀 상처를 안 받지는 않는다.

불현듯 모든 것이 허망하게 느껴질 때도 간간이 있었다.

재계의 마왕이라는 허상만이 자꾸 커다래지고 진짜 포두이를 아는 사람은 적었다.

그런 진정한 모습마저도 일이 전부인 부지런한 인간이라는 것이 전부이니 재미가 없었다.

일만 하면서 살아왔던 포두이는 친밀한 벗도 없을뿐더러 마음이 통하는 가족조차 없었다.

결혼은 했지만 정략 목적이었기에 완전한 가면 부부.

자식조차도 상사와 부하처럼 맺은 관계가 전부였기에 가족다운 교류는 전무했다.

다른 친척들도 마찬가지다.

업무를 제외하면 포두이에게는 아무것도 남지 않았다.

스스로도 그렇게 인정해버릴 만큼 공허한 인생을 살아왔다.

미리 깔아준 레일 위에서 나아가기만 했던 인생이었고, 거기에 포두이라는 개인의 의사는 딱히 고려된 바가 없었다.

성실한 포두이는 제 처지를 가만히 받아들여서 업무에 몰두했었지만, 노력에 접어들어 죽을 날이 가까워지자 일말의 허전함을 느끼게 됐다.

그런 시기에 사리엘과의 교류가 늘었던 터라 무의식중에 마음이 기울어진 것은 부정할 수 없다.

사리엘 또한 포두이가 보기에는 공허한 존재였다.

사리엘이 예비된 레일 위에서 쭉 우직하게 나아간다는 것은 잠시만 알고 지내도 곧 알 수 있었다.

사리엘은 매사에 사명이라는 표현을 쓰며 구태여 숨기려는 내색도 보이지 않았던 만큼 당연한 귀결이었다.

그리고 잠시만 대화를 나눠보아도 사리엘이야말로 인간미가 결여되어 진짜 기계 인간처럼 감정이 없는 인물이라는 것을 절감하게 된다.

감정이 없다는 말은 비유를 쓴 표현이 아니었는데 사리엘에게는 정말로 감정이라는 기능이 존재하지 않는다.

사리엘은 인간이 아닌 존재이기에 처음부터 감정이 없었다.

단지 냉철했기에 기계 인간이라고 불린 포두이와는 명확한 차이 였다.

감정이 희박한 것과 완전히 없는 것은 근본부터 다르다.

포두이는 처음에 사리엘을 대할 때 동족과 비슷한 친근감을 느꼈 고, 이후 사리엘에게 감정이 없음을 알았을 때는 동정심을 느꼈다.

포두이는 주체할 수 없이 사리엘을 가엾은 존재로 간주하게 된다.

사리엘에게 감정은 없다.

그럼에도 불구하고 인간을 편애하며 약자 구제라는 거창한 기치 를 내건 사리엘라 모임이라는 조직을 이끌어주고 있다.

사리엘은 자기 자신도 제 목적을 자각하지 못한 것 같았다. 포두 이의 눈에 보인 바로는.

아마도 사리엘에게는 감정이 없다.

아니, 없었다.

그러나 소소하게나마 감정의 조짐 비슷한 것이 싹트고 있었다.

그럼에도 불구하고 사리엘 본인은 자기 심경을 자각조차 하지 못 했다.

애당초 가지지 못했던 탓인지 감정의 존재를 미처 인지하지 못했다.

포두이의 눈에는 그런 모습으로 비쳤다.

포두이가 봤을 때 사리엘은 정서가 미처 다 형성되기도 전에 어른이 되어버린 어린아이 같다는 느낌을 받았다.

또한 제 감정을 어디에 두어야 할지 몰라서 사명이라는 레일에 억지로 얹고 달려가기만 했다.

정말 융통성 없고 비뚤어진 모습인지라 가만 보자면 애처롭고도 답답한 마음이 들었다.

포두이는 스스로 바랐기에 레일 위에서 나아가는 인생을 걸어왔다.

본가를 위함이라는 의무감이 이유로 주어졌으나 얼마든지 레일 위에서 벗어나는 선택을 할 수 있었음에도 끝내 자리를 지켰던 것은 틀림없이 스스로의 의사에 따른 행동이었다.

그에 반하여 사리엘은 레일 위에서 나아가는 것 이외의 선택지를 알지 못한다.

알고자 하는 의사가 결여되어 있다.

성실하다는 말은 입발림 소리에 불과하다. 저것은 더없는 우직함이며 또한 자유의사가 결여됐고 정서도 미숙했다. 포두이의 눈에 비치는 모습은 역시 달라지지 않았다.

레일에서 벗어나라는 말까지는 안 하겠으나 포두이는 하다못해 사리엘 본인이 선택할 의사를 가지기를 바랐다.

지금 이대로는 혹시나 길거리에서 헤매게 될까 봐 잠자코 레일 위를 나아가는 모습으로만 보이지 않는가.

레일에서 벗어나면 곧장 아무것도 못 하는 미아가 되어버린다.

그렇게 확신할 수 있을 만큼 사리엘은 어린아이와 마찬가지로 보였다.

포두이는 사리엘의 삶과 존재의 방식 전부를 동정했고 가능한 한 성심껏 지켜봐주고자 했다.

남편으로서도 아버지로서도 낙제였던 자신이 사리엘을 가르쳐 인도할 수 있을 것이라고 생각하지는 않았다.

다만 이제껏 가꿔왔던 업무 능력을 활용하여 사리엘을 보조했다.

어차피 늙어 살날도 짧으니 여생을 전력으로 쏟아부어도 벌을 받지 않을 것이라며 죽 매진했다.

규리에와의 만남은 포두이에게 뜻밖의 행운이었다.

살날이 얼마 안 남은 자신과 달리 용이었기에 사리엘과 같은 시간을 함께 걸어갈 수 있는 종족이다.

게다가 처음 마주친 병원에서 냅다 분노를 폭발시키는 모습은 어떠했던가. 뻔히 티 나게 감정을 가졌음을 짐작할 수 있는 인물이지 않은가.

대화를 나눠보니 의외로 이지적이었고 또한 자부심 같은 가치관도 인간과 비슷했다.

어디까지나 사리엘보다는 낫다는 주석을 달아야겠으나 말이 안 통하는 상대는 아니었다.

인간이 아닌 존재임에도 인간 세계에서 살아가는 사리엘.

인간이 아닌 존재이자 용의 세계에서 살아가는 규리에.

양자가 서로 다가설 수 있다면 혹시 사리엘에게도 새로운 안식처가 생겨나지는 않을까?

그렇게 생각했던 포두이는 우선 규리에가 인간 사회를 학습할 수 있도록 부추겼다.

사리엘이 이후에도 인간 사회에서 살아가는 선택을 하게 된다면 규리에 또한 그 결정을 존중하여 인간 사회에 대해서도 이해심을 가진 존재로서 발전해주기를 바랐기 때문이다.

그때 말재간으로 규리에를 호되게 조롱하고 도발했었는데 내심은 도대체 뭐가 잘났다고 신조차 손바닥 위에 올려서 농락하려고 드는 것인가 하고 자신이야말로 정말이지 오만한 인간이라면서 쓴웃음을 지었더랬다.

규리에에게 부린 수작은 어디까지나 포두이 자신의 소망을 떠넘기는 행위였다.

고함지르며 화냈던 규리에의 주장을 묵살하다시피 받아치면서도 포두이는 규리에에게 오히려 자기 자신의 소망을 떠안겼다.

도무지 염치가 없는 짓이었고 상대가 신이자 용이었음을 떠올리면 정말 터무니없는 오만이다.

다만 최종적으로 규리에가 사리엘과 관계를 이어 나갈지는 포두이도 관여할 수 없는 문제였다.

어디까지나 두 존재가 친분을 쌓아주기를 바랐던 것은 포두이 개인의 소망이었으니 규리에의 자유의사조차 무시한 채 끝까지 밀어붙일 뜻은 없었다.

결과를 보면 포두이는 자신이 생각했던 이상의 무게를 규리에에게 짊어지우게 된 것을 후회하는 처지에 놓았다.

MA 에너지를 계기로 촉발되었던 세계 멸망의 위기.

그것을 저지하기 위하여 사리엘이 자기 자신을 산 제물로 바치고자 했고, 또한 사리엘의 행동을 저지하고자 나선 규리에가 D를 자처하는 상위 존재에게 머리를 수그렸다. 그 결과 세계는 시스템이라는 불가해한 체제가 더해짐으로써 변모했다.

이 같은 일련의 사건에서 포두이는 전혀 관여할 수 없었다.

설령 포두이가 관여할 수 있었더라도 딱히 무엇인가가 달라지지는 않았을 것이다.

다만 완전히 소외되어 어떤 보탬도 되지 못했다는 안타까움이 포두이의 마음에 짙은 암운을 드리웠던 것 또한 사실이었다.

"어쩌면, 무엇 하나도 못 했기 때문인가…….'"

포두이는 가만히 중얼거린다.

이렇게 된 것이 마치 운명이라는 듯이.

시스템의 핵이 되어서 감금당해버린 사리엘.

그녀를 구출할 이유가 포두이에게는 있고 아울러 힘도 있었다.

MA 에너지를 세계에 확산시켰던 범인이자 일련의 사건에서 모든 흑막에 가까웠던 존재인 포티머스.

또한 포티머스가 추진했던 불로불사 실험 중 하나가 흡혈귀화다.

포두이는 저 불완전한 실험의 여파에 휩쓸려서 흡혈귀가 되고 말았다.

사리엘라 모임과 무도한 인체 실험을 되풀이하는 포티머스의 암투는 MA 에너지가 세상에 퍼지기 이전부터 계속되었다.

그 일환으로서 포두이는 용병 부대를 포티머스의 실험 시설 중 한 곳에 파견하여 제압하는 데 성공했다. 하지만.

유감스럽게도 제압 과정에서 용병 부대가 흡혈귀화되어 폭주.

포두이 또한 폭주한 용병의 습격을 받아 물려버렸던 탓에 흡혈귀화를 피하지 못했다는 경위가 있다.

이때 벌어진 흡혈귀화의 피해자 중 제정신을 유지한 자는 포두이뿐이었고, 다른 감염된 인물들은 모두 짐승과 같은 상태로 전락해버렸다.

제정신을 붙드는 데 성공한 포두이조차 언제 다른 감염자처럼 이성을 잃어버리게 될지 장담할 수 없었던 터라 격리당해버렸다.

본래는 노령이었던 이유도 있어 조용히 격리 시설에서 일생을 마쳤을 것이다.

불완전한 흡혈귀화로 포티머스가 기대했던 불로불사에 이르는 것은 도저히 불가능했기 때문이다.

그러나 시스템이 가동됨으로써 상황은 변화했다.

시스템의 보조를 받은 포두이는 스킬로서 흡혈귀의 힘을 제 몸에 정착시켰고 불완전했던 흡혈귀화를 완전한 상태로 갈무리했다.

이에 따라서 포두이는 불로의 존재로서 흡혈귀의 힘 또한 자유롭게 발휘할 수 있게 되었다.

시스템 가동 이후의 혼란을 틈타 격리 시설로부터 탈출한 포두이는 잠시 정보를 수집하면서 잠복했다.

그렇게 얻은 정보를 조합하여 현재 상황을 파악한 뒤 행동을 개시한다.

"……누군가가 꼭 쌓아야 하는 업이라면 기꺼이 내가 감당하겠다."

사리엘을 구출하려면, 세계를 구하려면 감행해야 한다.

"내가 인류를 모조리 죽여 사리엘 님을 구하는 것이 먼저인가, 나와 인류의 살육전으로 에너지가 가득 차오르는 것이 먼저인가, 아니면 내가 뜻을 이루지 못하고 스러지는 것이 먼저인가. 세계를 건치킨 레이스를 벌여보자꾸나."

포두이라는 남자는 지나치게 성실한 인간이었다.

자기 자신의 행복마저 돌보지 않은 채 타인이 깔아준 레일 위를 스스로의 의사로 쭉 걸어왔을 만큼은 성실한 남자였다.

그리고 재계의 마왕이라 불리며 두려움을 살 만큼 수단을 가리지 않는 남자이기도 했다.

무엇보다도 그는 신조차 두려워하지 않고 자신의 소망을 끝까지 관철할 수 있는 오만한 남자였다.

"그래, 시작하지."

훗날 초대 마왕으로서 공포의 상징이 된 흡혈귀의 시조는 이렇게 첫걸음을 내디뎠다.

아리엘, 과거를 이야기하다 3

"이러이러해서 포두이 씨는 인류를 멸망시키려고 닥치는 대로 마주치는 사람들 전부 다 흡혈귀로 만들었고 또 부하 흡혈귀한테도 마주치는 사람을 전부 흡혈귀로 만들도록 명령했어. 기하급수적으로 흡혈귀를 늘려 나갔던 거야."

"……그러면 인류한테 승산이 있어요?"

"아, 뭐, 들어보면 흡혈귀가 압도적으로 유리한 것 같지? 그런데 실상은 조금 달랐거든. 왜냐면 흡혈귀가 돼도 의식은 원래대로 남아 있잖아? 아무리 권속 지배 같은 스킬을 써서 주인의 명령에 강제로 따르게 만들더라도 마지못해 행동을 하면 어쩔 수 없이 움직임이 둔해진단 말이지~."

"아하, 그렇겠네요."

아리엘의 말에 납득하는 소피아.

"나는 이런 짓 하기 싫다고~! 울고불고 발작하면서 덮쳐드는 흡혈귀. 힘겹게 맞서 싸우는 인류. 돌려 말해도 지옥도나 마찬가지였어."

"……아하, 그랬겠네요."

명령에 따라 강제로 인류를 공격해야 하는 흡혈귀로 전락한 피해자.

그리고 그런 흡혈귀를 죽여야 하는 인류.

양쪽 다 지옥이었을 것이다.

흡혈귀군과 인류군의 전쟁이 얼마나 비참했을지는 보지 않고도 상상할 수 있다.

"그렇게 지옥도를 만들어 냈던 초대 마왕 포두이는 공포의 상징이 됐어. 시골 고아원에 틀어박혔던 우리 귀에도 들어올 만큼 퍼졌는데 얼마나 끔찍했을까."

유통망이 파괴되고 물자도 정보의 확산도 곤란해진 시스템 가동 직후의 시기였는데도 마왕 포두이의 소문은 전 세계를 휩쓸었다.

이는 포두이 본인이 일부러 퍼뜨리고자 획책했던 까닭이었으며 또한 한발 먼저 그의 존재를 알아차렸던 더스틴 대통령이 조직적으로 활동한 결과이기도 했다.

"진짜 더스틴은 굉장한 녀석이야. 비록 방침은 전혀 마음에 안 들고 서로를 용납할 수도 없었지만 능력만큼은 진짜배기거든."

여신 사리엘을 산 제물로 바쳐 세계를 존속시키고자 했고 제 결단에 따라 염치없이 신을 내팽개쳐서라도 인족을 우선하는 방침을 내세워서 행동에 나섰던 더스틴.

그런 태도는 사리엘을 지상(至上)의 존재로 받든 아리엘과는 도저히 어우러질 수 없었으나 어쨌든 유능함만큼은 인정하고 있었다.

적이기에, 어쩌면 적이라서 더더욱.

또한 더스틴은 시스템 가동 직후의 혼란기 중 누구보다도 빨리 조직적인 체계를 갖춘 집단을 통솔하며 국가라고 부르는 데 지장이 없는 규모의 인원수를 이끌고 있었다.

더스틴은 시스템 가동 직후는 대통령 관저를 거점으로 삼아 농성하면서 피난민을 받아들이고 폭도로 화한 인간들로부터 지켜주었다.

마물이 출현한 이후부터는 폭도가 줄어드는 변화도 있어 서서히 세력권을 확대하면서 어느 정도는 질서를 되찾기 시작했다.

식량이 너무나 부족했던 탓에 폭도로 화한 사람들이 적지 않았으나 마물의 출현에 따라 인간끼리 싸움이나 할 상황이 아니게 됐던 것이다.

그와 동시에 쓰러뜨린 마물의 고기 덕택에 다른 사람을 약탈하지 않아도 끼니를 때울 수 있었던지라 분쟁이 점점 진정되었던 것은 참 얄궂은 일이었다.

물론 진정 단계에 이를 때까지 수많은 인간이 폭도에 의해, 또 마물에 의해 목숨을 잃어버렸다.

그 희생자 중에는 물론 고브도 포함된다.

가족 중 사망자가 생긴 경험을 한 아리엘로서는 부조리한 화풀이임을 이해할 수 있음에도, 더스틴이 더 빨리 치안을 회복시켜주었다면 어땠을까 자꾸만 안타까워하게 된다.

고브가 죽은 시기는 마물이 발생했던 직후였으며 더스틴이 치안회복을 추진했던 즈음은 훨씬 나중이었던 만큼 어차피 피할 수 없는 비극이었음은 잘 알았다.

그러나 머리로는 알아도 감정은 별개다.

더스틴의 능력은 인정하면서도 끝내 마음에 안 든다는 생각부터 앞서는 까닭은 이렇듯 쌓인 사건과 시간이 있기 때문이었다.

그렇다 해도 시스템 가동 직후의 아리엘은 더스틴에게 딱히 원망하는 감정을 갖고 있지는 않았다.

그뿐 아니라 비록 짧은 기간이었을지언정 대통령 관저에서 보호를 받았던 만큼 은혜를 느끼기도 했다.

"쿨라가 더스틴에게 협력했던 게 이런 사정도 있어서였거든~."

초대 용사인 쿨라와 더스틴은 협력 관계였다.

조직으로서 지닌 힘으로 더스틴이 쿨라를 서포트한다.

그것은 후대에 나타났던 신언교와 용사의 관계와 비슷했다.

오히려 초대 용사와의 이런 관계가 신언교와 용사의 관계성에서 본보기가 되어주었다고 말할 수 있겠다.

압도적인 개인의 전력을 광고탑으로 내세우고, 그런 개인을 보조하는 체재가 이때부터 차츰 만들어졌던 것이다.

"응~?"

거기까지 듣고서 소피아는 고개를 갸웃거렸다.

"쿨라 씨는 아까 고브 씨 얘기에서 들은 내용대로면 처음에는 못 싸웠던 거죠?"

쿨라가 싸울 수 있었다면 굳이 고브가 몸을 던져서 아리엘 및 다른 사람들을 피난시킬 필요는 없었을 테니까.

"……고브고브가 희생해준 덕분에 바뀔 수 있었던 거야."

고브가 제 몸을 바침으로써 아리엘도 다른 식구들도 위기에서 벗어날 수 있었다.

다만 이후의 안전한 여행까지 보장되는 것은 아니다.

첫 번째 마물의 출현에 따른 혼란 속에서 싸울 수 있는 식구들과 떨어져버린 일행의 여정은 고난의 연속이었다.

마물은 도처에서 출현했기 때문이다.

고브 덕분에 버텨 냈던 위기는 어디까지나 제1파에 불과했다.

그 후에도 걸핏하면 마물에게 습격당하는 사태가 벌어졌던 것이다.

그리고 이때 마물을 물리친 인물은 쿨라였다.

"초대 마왕인 포두이 이야기도 했는데 초대 용사인 쿨라 이야기도 해볼까."

그렇게 아리엘은 초대 용사의 이야기를 하기 시작했다.

쿨라

초대 용사 쿨라의 이름 및 공적은 후세에 거의 전해지지 않았다.

시스템 가동 직후의 혼란기 중 기존의 국가 등 여러 자치체가 붕괴되었고 기록을 남길 여유도 없었다.

게다가 더스틴이 후세에서 불리하게 작용할 만한 진실을 어둠에 묻어버리려는 듯이 각지에 남은 전승 따위도 의도적으로 말소했던 터라 혼란기의 기록은 거의 남지 않았다.

혼란기를 거쳐 재건된 세계에서 인류의 과오에 의해 세계가 붕괴 직전까지 몰렸고, 그 뒷감당을 여신 사리엘에게 떠넘겨서 산 제물로 바치고자 했다는 부끄러운 진실은 차라리 망각되는 편이 더 나았다.

적어도 더스틴에게 민초의 마음에 짙은 그림자를 드리울 진실 따위는 필요 없었다.

그럼으로써 후세에 남은 것은 초대 용사가 강대했던 초대 마왕과 싸워 무찔렀다는 정도의 사실뿐.

초대 용사의 인품 및 전투 방법, 초대 마왕과 싸우게 된 경위 등은 알려지지 않았고 단지 분명하게 존재했었다는 사실 하나만이 전해져 내려온다.

그 또한 대대로 용사가 있었기 때문에 초대 용사도 있었다고 사람들에게 인식되었을 뿐.

초대 용사 쿨라의 이름을, 세운 업적을 아는 사람은 기껏해야 아리엘과 더스틴과 규리에까지 세 명밖에 남지 않았다.

포티머스는 당시에 종적을 감춘 채 세간을 벗어나 있었던 터라 쿨라라는 인물은 알지 못했다.

설령 알았더라도 포티머스의 흥미는 자신이 불로불사를 이룰 수 있는 방법뿐이기에 그것과 관계가 없는 쿨라라는 인물을 굳이 의식하지는 않았을 터였다.

이렇듯 대부분의 사람들에게 망각되어버린 초대 용사 쿨라.

그러나 초대 마왕 포두이가 역대 최악의 피해를 끼친 마왕이었던 것과 마찬가지로 그를 무찔렀던 쿨라도 또한 초대임에도 역대 용사 최강의 힘을 갖고 있었다.

시스템 가동 전에는 싸움과는 인연이 없이 생활해왔던 쿨라.

그가 역대 최강의 용사에 이를 때까지 어떠한 길을 걸어왔는가.

당시의 사람들은 불살의 용사를 두고 「스스로의 정의를 관철하는 고귀한 용사」라며 격찬했다.

하지만 쿨라 본인의 가슴속에 저런 고상한 가치관은 없었다.

언제나 끝내 단호해지지 못하고 그때그때 상황에 따라 대응했을 뿐.

그런 자기 자신을 혐오하면서도 어쨌든 가만히 있는 것보다는 낫다고 마지못해서, 울적한 마음을 달래면서 싸움에 몸을 던졌다.

시스템 가동 이전의 쿨라가 어떤 인물이었는지 물었을 때 좋게 말한다면 어른스러운 청년, 나쁘게 말한다면 냉담한 청년이었다.

우수한, 혹은 지나치게 우수한 다른 고아원의 식구들에게 둘러싸여 생활한 까닭인지 매사에 자기 평가가 낮은 편이었다. 게다가 무슨 일이든 포기할 때는 일찌감치 내던지는 경향이 있었고.

신체 능력은 평범한 사람보다 다소 높았기에 예컨대 학교였다면 운동 신경이 좋아서 학급 안에서 제법 분위기를 주도하는 입장에 있었을 것이다.

그러나 초인이라고 표현하는 데 모자람이 없는 훗날의 수인왕을 비롯하여 고아원의 다른 키메라 식구들 중에서는 특별히 눈길을 끌 만큼 대단하지는 않았다.

두뇌도 나중에 엘로 대미궁을 건설했던 던전 마스터이자 초대 나태의 지배자가 무척 특출했다는 이유 때문에 자랑할 만한 수준은 못 된다는 생각을 갖고 있었다.

애당초 학교에 다닌 경험이 없는 고아원 식구들의 학습은 원장 및 사리엘에게서 받는 지도나 자주 학습에 치우쳐 있었다는 사정도 작용했기에 바깥 세계와의 비교가 불가능했던지라 자신들이 어느 수준인지를 알 방법이 없었다.

실제 쿨라의 성적은 만약 학교에 다녔다면 역시나 학급 안에서 상위권의 위치를 차지할 수 있을 만큼 높았다.

다만 결국에 천재적인 능력은 아니었다.

상대성 이론을 주제로 떠들 수 있는 던전 마스터와는 비교조차 안 된다.

세간의 일반적인 사람들이 봤을 때 충분히 우수하다고 말해줄 만한 능력을 보유했음에도 비교 대상이 너무 안 좋은 탓에 쿨라는 자기 평가가 지나치게 낮아져버렸다.

그런 까닭일까, 아니면 타고난 기질 때문일까, 쿨라는 적당히 애써보고 만족하는 인간이었다.

적당히 괜찮은 일자리를 구하고, 적당히 먹고살 만한 월급을 받고, 적당히 탈 없이 인생을 걸어 나아간다.

어쩌면 그것은 자기 자신에게 일찌감치 체념을 하게 된 탓에 이루어진 선택이었을지도 모른다.

쿨라는 자기 자신에게 별 기대를 하지 않았다.

이렇듯 냉담한 일면을 가진 청년인지라 역시 타인에게도 별 기대를 하지 않았고 굳이 긴밀한 인간관계를 구축하려고 하지 않았다.

적당히 무난한 거리감을 유지하며 지인 이상 친구 이하의 교류밖에 갖지 않았다.

진짜 가족과 다를 바 없는 고아원 식구들에게는 제법 마음을 터놓으나 어디까지나 제법에 그칠 뿐이다.

고브처럼 목숨을 던질 만큼 뜨거운 열의는 딱히 가지고 있지 않았다.

가지고 있지 않다고 생각했었다.

'왜 나는 이렇게 제 몸을 내던지는 거지?!'

쿨라는 마물과 싸우고 있었다.

마음속으로 푸념을 마구 늘어놓으면서.

대체 왜 목숨을 걸고 마물과 싸우는가. 이제껏 굳이 티격태격 실랑이조차 한 경험이 없는 쿨라로서는 믿기지 않는 행동이었다.

그렇게 믿기지 않는 행동을 스스로 하고 있다.

쿨라는 스스로 생각했던 것 이상으로 고아원 식구들을 훨씬 소중하게 아끼고 있었음을 자각했다.

고브가 뛰쳐나갔을 때 쿨라는 자신이라면 도저히 따라 할 수 없겠다는 생각을 했다.

그럼에도 불구하고 고브가 끝내 돌아오지 않았을 때 다음은 자신의 차례라는 생각을 자연스럽게 갖게 되었다.

남은 인원은 모두 비전투원.

그중에서 쿨라는 가장 온전하게 움직일 수 있는 남자였다.

순수한 운동 신경이라는 의미에서는 예컨대 나탈리도 쿨라에게 뒤지지 않았지만, 사나이라면 이런 상황에 처했을 때 솔선해서 일어나 달려 나가는 것이 옳지 않겠는가.

심약한 녀석이라고 생각했었던 고브가 자신보다 먼저 사나이다운 모습을 보여줬다.

그렇게 생각이 미쳤을 때 쿨라는 스스로도 어울리지 않게 뜨거워졌음을 깨닫고 쓴웃음을 지었다.

다만 최후의 순간 정도는 어울리지 않을지언정 멋을 부리는 것도 나쁘지 않겠다는 생각이 들었다.

그리고 일행이 마물에게 습격당했을 때 쿨라는 가장 먼저 마물 앞으로 뛰쳐나갔다.

이길 수 있을 것이라는 생각은 하지 않았다.

죽음을 목전에 두었는데 기묘하게도 쿨라의 마음에 공포는 없었다.

쿨라는 매사에 일찌감치 체념을 하는 성격이다.

이 순간에 이미 쿨라는 자신의 목숨을 체념한 상태였다.

쿨라의 냉담한 부분이 「이제 자신은 살아날 수 없다」라고 속삭였고, 그 말을 고분고분 받아들였다.

반면에 다른 부분이 또 다른 소리를 속삭거리고 있었다.

'지금 나까지 죽으면 남은 사람들은 어떻게 되지?'

남은 인원들 중에 가장 잘 움직일 수 있는 남자가 쿨라였다.

이제 곧 쿨라가 쓰러진다면 늦든 빠르든 일행은 전멸을 면치 못할 것이다.

쿨라가 목숨을 던져 봤자 파멸의 때가 조금이나마 연기될 뿐 결국 마지막은 달라지지 않는다.

목숨을 바친 고브의 헌신도 헛수고가 된다.

안 된다, 싫다, 쿨라는 강한 거부감에 휩싸였다.

따라서 상처투성이가 됐음에도 아랑곳 않고 포기하지 않은 채 싸우고 있다.

평소 같았다면 일찌감치 대강 마무리 짓고 체념했을 상황.

어울리지도 않게 발버둥 친 결과, 쿨라는 기적을 제 손에 부여잡았다.

혹은 그것은 쿨라의 고집이 실체를 이루고 힘으로 바뀌어서 발현했던 결과인지도 몰랐다.

쿨라는 태생적으로 눈이 보이지 않았는데 그뿐 아니라 제 눈과 마주한 자에게 몸 상태가 이상하게 악화된다는 사안 비슷한 힘을 발휘하기까지 했다.

그 때문에 쿨라는 언제나 안대로 눈을 가리고 지내야 했는데 마물과 한창 싸우던 중에 안대가 벗겨져버렸다.

그리고 날 때부터 갖춰져 있던 사안의 힘은 스킬이라는 형태로 분명하게 힘을 얻었다.

저주의 사안으로서.

훗날 7대 미덕 스킬 중 하나, 인내를 획득하게 될 쿨라.

후세에서는 인내의 지배자에게 사안계 스킬 개방이 특전으로 부여되는데, 이는 인내 스킬을 획득한 쿨라가 본래 사안을 보유하고 있었던 터라 후속 조처로서 특전을 추가한 것이 진상이었다.

저주의 사안에 의해 쇠약해진 마물을 쿨라는 이번에도 그저 우연히 갖고 있었던 와이어로 목을 졸라서 교살했다.

여행 중 무엇인가에 혹시 쓸모가 있진 않을까 싶어서 갖고 다녔던 와이어.

와이어인 까닭은 뜨개질이 취미였던지라 자주 손에 잡아서 만져 본 실과 비슷했기 때문이었다.

그리고 익숙하게 만져본 감각과 비슷해서인지 쿨라는 이때 실부림 스킬을 획득했다.

저주의 사안과 실부림.

두 개의 스킬을 얻음으로써 쿨라는 전투 능력을 획득했다.

사실 이 시대의 인간은 아직 전생을 경험하지 않아서 힘이 생생한 상태였기에 그만큼 전생을 되풀이하며 혼이 마모되어버린 현대인보다도 스킬 및 능력치에 대한 친화성이 높았다.

요컨대 현대인보다 스킬을 더 빨리 익히고 능력치가 더 빨리 성장했다.

마물 격퇴를 한 번이라도 성공시키면 그 마물에게 대항할 수 있는 힘을 얻게 될 만큼.

처음 한 번이 몹시 큰 곤경이었으나 쿨라는 끝내 해냈다.

그리고 이때를 경계로 쿨라는 들이닥치는 마물과 싸워 모조리 무찌름으로써 고아원의 식구들을 지켜 나갔다.

그 활약은 여행의 종점, 고향이라고도 말할 수 있는 고아원에 다다를 때까지 이어졌다.

마침내 도착한 고아원은 몹시 엉망이었다.

건물 자체는 온전하게 남아 있을지언정 내부는 이미 쭉 약탈당한지라 사라거나 없어진 물건이 많았다.

결코 짧지는 않은 기간을 비워 놓았었기에 어쩔 수 없는 일이었다.

시스템 가동 후 세계는 무법천지나 마찬가지였고 강도질은 아주당연하다는 듯이 횡행했다.

쿨라와 식구들 또한 중간중간 들렀던 점포에서 물자를 조달하기도 했다.

그렇게 하지 않았다면 도저히 살아남지 못할 상황이었다.

아무도 없는 고아원에서 닥치는 대로 물건을 훔쳐 간 것은 어쩔수 없는 일이었다.

그렇게 이해는 되더라도 자꾸 서글퍼지는 마음을 달래기는 힘들었다.

오래도록 지내온 곳, 목숨을 건 여행을 버텨 간신히 돌아온 본가가 엉망진창이니 눈물이 나올 만했다.

그와 동시에 드디어 돌아왔다는 안도도 기쁨의 마음도 있었고 실제 눈물을 흘리는 식구들이 적지 않았다.

쿨라도 비록 눈물을 흘리지는 않았을지언정 복받치는 감정은 있었다.

비록 싸울 수 있는 힘을 얻었으나 그럼에도 여정은 힘든 사건의 연속이었다.

마물에게 습격당하는 때도 있었고 사람에게 습격당하는 때도 있었다.

이 무렵에는 사람들도 어느 정도 체계가 갖춰진 공동체를 형성하기 시작했었다.

인간 혼자서 살아가기는 어려우니 집단을 이루는 것은 자연스럽다.

다만 모여든 인간의 부류에 따라 공동체의 성질은 천차만별이었다.

산적처럼 다른 공동체를 약탈하는 공동체.

여행자처럼 물자를 찾아 이동을 계속하는 공동체.

한곳을 거점으로 삼아 오로지 방어에 전념하는 공동체.

쿨라와 다른 식구들은 여행 중 다양한 공동체와 접촉했다.

때로는 서로 도왔고, 때로는 도움을 받았고, 때로는 도왔고, 때로는 거절당했고, 때로는 적대했다.

평범하게 살아가기만 했다면 볼 수 없었을 인간의 선함과 악함, 둘 모두를 보아왔다.

인간이 이렇게나 고결하고 선량해질 수 있는가 싶어 감동을 받은 경험도 있었고, 반대로 인간은 이렇게까지 잔학하고 추악해질 수 있는가 싶어 말문이 막힌 상황도 있었다.

좋은 기억도 생겼으나 그 이상으로 슬픈 기억들, 괴로운 기억이 늘어났다.

그중 가장 가혹했던 것이 고브와 아울러 원장의 죽음이었다.

고아원에 다시 돌아오기는 했음에도 쿨라는 남은 식구들 전원을 끝까지 지켜 내지는 못했다.

원장이 죽은 원인은 특수한 치료 마법의 과도한 사용이었다.

그 스킬의 이름은 자비.

7대 미덕 스킬 중 하나이자 유일한 사자 소생 스킬.

여행 도중에 통상의 치료 마법을 익힌 원장은 그것을 써서 가능한 한 많은 사람을 구해주었다.

평소에는 서글서글하고 배짱 좋은 어머니 같은 사람이었지만, 사리엘이 고아원의 원장으로 지명할 만큼 자비롭고 또한 차별 의식이 없는 인물이었다.

그리고 자기 자신보다 타인의 안부를 우선하는 사람이기도 했다.

"나는 이렇게 배가 통통하잖니. 지방은 듬뿍 있으니까 너희가 먼저 먹으려무나."

식량이 부족했을 때는 저러한 말로 고아들에게 자신의 몫까지 나눠 주었다.

포동포동했던 체형은 여행 중 홀쭉하게 오므라들었고 자비 스킬을 익힌 다음부터는 더욱 두드러지게 가늘어졌다.

원장의 자비 덕분에 벗어난 위기도 있었고 그것으로 구해 낸 목숨도 있었다.

다만 사망한 인간을 되살리는 기적의 대가는 더없이 무거웠다.

최후는 어느 공동체와 협력해서 강대한 마물을 물리쳤을 때.

그 마물을 쓰러뜨리는 데는 성공했으나 다수의 사망자가 발생했었다.

원장은 사망자를 전부 소생시켰고 마치 대가를 치르듯이 숨을 거됐다.

도중부터 명백하게 무리를 하고 있음이 드러났기에 공동체의 사람들까지 나서서 말렸는데도 끝내 원장은 모두를 살려 냈다.

"살날도 얼마 안 남은 할멈의 목숨으로 살릴 수 있다면 싼값이란다."

그렇게 말하고 장절한 웃음을 띠어 보이며 원장은 끝까지 해냈고, 마지막 한 사람을 소생시키자마자 쓰러져서 결국…….

저게 원장이 최후에 남긴 말이 되었다.

쿨라에게 원장은 사리엘과 나란히 어머니를 대신해준 사람이었다.

쿨라는 어떻게 하면 원장을 구할 수 있었을까 생각했다.

생각했지만 원장을 구해 내는 이미지가 전혀 보이지 않았다.

원장이 끝까지 제 몸을 내던져 희생했을 것임을 쉽게 상상할 수 있었다.

쿨라가 아무리 힘껏 활약하더라도 가는 곳마다 불행이 기다리고 있었으니까.

쿨라가 지킬 수 있는 대상은 기껏해야 고아원의 식구들이었으며 그 이외는 감당하지 못한다.

그리고 쿨라의 손 바깥으로 벗어나 떨어지는 사람들에게까지 도움의 손길을 내밀어준 인물이 원장이었다.

그러한 삶과 자세를 굽히도록 쿨라는 요청할 수 없었고 굽혀서는 안 된다고도 생각했었다.

그런 강인한 심지야말로 원장의 매력이었으며 그러한 사람이었기에 쿨라는 기꺼이 존경할 수 있었다.

그렇다 해도…….

"나는, 당신이 살아주기를 바랐어……."

사리엘은 물론, 원장도.

쿨라가 존경하는 훌륭한 사람은 모두 제 신념을 위해 목숨을 바친다.

살아남은 사람은 언제나 쿨라처럼 신념에 따라 목숨을 던지지도 못하는 범인들이다.

그리고 신념을 위해 희생하는 사람의 잔향은 세계에 큰 영향을 불러오는 법이다.

원장 덕분에 살아난 사람들은 원장뿐 아니라 고아원의 식구들에게도 감사하는 마음을 가졌다.

그리고 그런 마음이 사람들을 통해 전해지면서 언제인가부터 말 전하기 게임처럼 서서히 실체를 갖춰 수많은 사람들의 귀에 들어갔다.

즉 고아원의 식구들이 사람을 구원하면서 여행을 계속하고 있다고.

완전히 틀린 말은 아니다.

원장뿐 아니라 쿨라도 손을 내밀 수 있는 범위에서는 사람들을 도왔다.

쿨라의 경우는 어디까지나 가능한 범위에서 행동한 것이 전부였지만, 너나 가리지 않고 여유가 없는 혼란기에서 저런 행동은 다른 사람들이 봤을 때 충분히 구세주라고 불러줄 만했다.

원장의 활약에도 보조를 받아 지명도가 높아졌고, 본인이 딱히 원하지 않았는데도 영웅 취급을 받게 되었다.

여행 도중에, 원장이 죽은 이후에도 소문을 전해 듣고서 쿨라와 고아원의 식구들에게 도움을 청하러 오는 사람들은 많았다.

쿨라도 거부하지 않고 계속해서 손을 내밀어준 것이 잘못이었는지도 모른다.

쿨라는 상대의 손을 뿌리침으로써 원장의 명성에 혹시 흠집을 내 버릴까 봐 두려웠던 것이다.

쾌히 수락했다기보다는 어쩔 수 없이 수락한 측면이 강했다.

그러나 쿨라의 내심이야 어쨌든 간에 구함을 받은 입장에서 감사 하게도 구함을 받았다는 결과는 달라지지 않는다.

좌우간에 쿨라는 사람들이 봤을 때 영웅이었다.

그리고 쿨라와 비슷한 생각을 갖고 있었던 나탈리가 원장의 뒤를 따르는 것처럼 치료사로서 행동에 나서기 시작하자 쿨라는 용사 취 급에 나탈리는 성녀 취급을 받게 되었다.

여행 도중에 뜻하지 않게 얻었던 명성은 여행이 끝나고도 흐려지 지 않았고, 고아원에는 쿨라에게 의지하고자 하는 사람들이 빈번히 밀려들었다.

쿨라는 어떤 요청도 거절하지 않았다.

고아원을 지키기 위해서였다.

쿨라의 명성이 높아지면 고아원에 손을 댈 인간이 줄어들 것이라 고 생각했기 때문이었다.

키메라에 대한 편견도 문제였고, 사리엘의 관계자인 고아원 식구 들에게 오히려 원망하는 마음을 갖는 사람도 있었다.

앞뒤가 맞지 않더라도 자신의 불행을 다른 누군가의 탓으로 돌려 서 무작정 비난하고자 하는 인간은 어디에나 있는 법이다.

세상이 이렇게 되어버린 까닭은 사리엘이 묵묵히 산 제물이 되지 않았기 때문이라고 떠드는 인간도 있었다.

전혀 사리엘의 탓이 아닐뿐더러 하물며 고아원의 식구들과는 아무 관계가 없음에도 말이다.

쿨라가 활약함으로써 저런 황당한 악감정을 표시할 수 없도록 막고자 하는 시도였다.

활약을 하면 한 대로 다른 이유를 들어서 비난하는 부류도 있었지만, 많은 사람들에게 은혜를 베풀어 두면 섣불리 수작을 부리기는 어려워진다.

원장과 사리엘의 명성을 지키기 위해, 아울러 고아원을 지키기 위해.

그런 타산적인 꿍꿍이로 쿨라는 싸울 것을 결심했다.

그것은 용사라기에는 너무나 속물 같은 생각이었기에 쿨라는 자기 자신을 사이비 용사라고 생각했었다.

이렇듯 언제나 가짜라는 생각을 못 떨치며 자조했던지라 막상 구함을 받은 사람들에게 자신은 진정 용사였다는 발상을 쿨라는 끝내 떠올리지 못했다.

그리고 마왕과의 싸움이 시작된다.

세력을 거듭 확대하는 포두이 휘하의 흡혈귀군.

더스틴은 이대로 가면 인간군은 흡혈귀군에게 패배해버릴 것을 예감했다.

아무리 흡혈귀군의 수를 줄이더라도 인간군의 사상자 중에 몇 할이 고스란히 새로운 흡혈귀군으로 보충되어버린다.

인간군은 줄어들기만 하는 반면에 흡혈귀군은 줄지도 않고 오히려 꾸준하게 늘어난다.

아직껏 공동체 단위로 분산되어 통합을 이루지 못한 인간군과 달리 흡혈귀군은 포두이라는 단 한 명의 마왕에 의하여 굳건하게 통솔된다.

흡혈귀로 전락한 사람들은 자유의사를 박탈당한 채 포두이에게 조종당하는 하수인에 지나지 않는다.

흡혈귀군은 집단이면서도 포두이 개인의 수족에 불과했다.

개인이면서 군대인 포두이와 맞서 공동체 단위로 저항하기는 애당초 어림도 없었고 사람들은 차례차례 흡혈귀의 파도에 압도당하는 처지가 됐다.

더스틴은 탁월한 수단으로 여러 공동체를 차례차례 산하에 거두어들이며 어떻게든 흡혈귀군에게 저항할 수 있을 규모의 인원수를 모았다.

그러나 어디까지나 저항이 가능했을 뿐 흡혈귀군을 격파할 만한 위력을 갖추지는 못했다.

시간이 흐르면 흐를수록 상황은 점점 악화될 테니 언젠가는 못 버티고 무너질 앞날이 훤히 보였다.

이 상황을 타파하자면 적의 수괴인 포두이를 직접 토벌할 수밖에 없다.

포두이가 살아 있는 한 흡혈귀군은 기껏 숫자를 줄여 봤자 시간만 조금 지나도 부활한다.

적진을 돌파해서 포두이를 쓰러뜨릴 수 있는 특별한 전투 요원이 필요했다.

그때 기대할 만한 후보자로 꼽힌 인물이 바로 쿨라였다.

더스틴에게 요청을 받아 포두이 토벌에 힘을 빌려주기로 결정한 쿨라.

작전은 매우 단순했는데 더스틴이 지휘하는 인간군이 흡혈귀군을 붙들어 놓는 동안에 쿨라가 포두이를 물리친다는 것이 전부였다.

스킬 및 능력치 따위로 개인의 힘이 큰 비율을 점하게 된 전장에서 선불리 복잡한 작전을 세웠다가는 오히려 위험하다는 판단이 내려졌기 때문이었다.

막상 작전을 입안하고 싶어도 이 시기에는 아직 스킬은 미지수였던지라 작전 수행 능력에 관한 데이터가 매우 부족했던 까닭도 있었다.

발현된 스킬부터 개개인마다 달랐고 체계적인 작전을 펼치려 해도 본래는 일반이었던 사람이 대부분인지라 군대와 같이 잘 통솔되어 행동하기는 어려웠다.

결국은 각자 알아서 전력을 다하는 편이 더 효과적이었던 것이다.

오합지졸이라는 말은 삼가도록 하자.

그럼에도 참전자들은 시스템 가동 직후의 혼란기를 살아서 버텼을 만큼 용맹함을 자랑했으니까.

스킬 및 능력치가 현대보다 쉽게 상승하는 시대였다는 이유도 있어, 한 사람 한 사람이 현대의 영웅급에 해당하는 힘을 보유하고 있었다.

다만 그러한 이점은 상대 흡혈귀군도 다를 바 없었다.

본래는 인간군에 있었던 흡혈귀도 많았는데 그런 게 아니더라도 싸움을 겪는 동안에 더욱 성장했다.

조종당하는 처지인 탓에 움직임은 좋지 않았으나 그런 난점도 흡혈귀가 됐을 때 종족적인 힘을 얻음으로써 비슷비슷하게 전투력이 유지됐다.

즉 각자의 전력에는 별 차이가 없었다.

숫자에서 뒤지는 인간군이 흡혈귀군에게 승리를 거두려면 대장끼리 싸워서 포두이를 타도하는 방법밖에 없었다.

다만 그 또한 지독한 역경이었다.

쿨라와 포두이의 대결은 격전이었고 그야말로 사투라는 표현이 딱 들어맞았다.

고아원으로 돌아오기 위한 여정과 이후의 용사 활동으로 힘을 키웠던 쿨라.

지닌 실력은 역대 용사 중 최강.

게다가 2위와 큰 차이가 벌어졌기에 역대의 다른 용사가 한꺼번에 맞선들 쉬이 승리를 장담하지 못할 미증유의 힘을 갖고 있었다.

그 힘은 현대의 신화급 최상위 마물인 퀸 타라텍트나 고룡의 수장들마저 상회했다.

시스템 가동 직후의 혼란기라는 역사 중 가장 가혹했던 시기를 싸우고 싸우고 또 싸워서 버틴 까닭에 얻은 힘이었다.

그러한 역대 최강의 용사와 호각 이상으로 맞서 싸우는 포두이.

순수하게 카탈로그 스펙만 두고 비교하면 포두이는 최전성기의 아리엘과 호각에 가까웠다.

비결은 포두이가 보유한 오만 스킬에 있었다.

오만 스킬의 효과는 성장률의 대폭 강화.

스킬 및 능력치의 성장을 가속하는 효과였다.

오만 스킬 효과에 따라 포두이는 급격하게 힘을 획득할 수 있었다.

불살을 관철했던 쿨라와 달리 포두이는 역대 마왕 중 최악의 피해를 발생시켰다.

당연히 제 손으로 목숨을 거둔 인간의 숫자도 최다이다.

그리고 쓰러뜨렸을 때 받는 경험치의 양은 마물보다 인간이 더 많다.

이렇듯 효율적으로 경험치를 얻은 결과로 포두이의 힘은 아리엘에 다음가는 역대 2위까지 자리매김했다.

그런 포두이와 어떻게든 쿨라가 대등하게 싸울 수 있었던 이유는 포두이가 본인의 힘을 기껏해야 절반밖에 끌어내지 못했기 때문이었다.

포두이는 애당초 노령이었고 체력도 쇠한 상태였다.

흡혈귀가 되었으며 또한 시스템의 능력치 보조를 받더라도 본래 노쇠한 육체의 영향을 완전히 배제하기는 불가능했다.

단순히 육체적인 노쇠함뿐 아니라 늙은 나이로 인해 새로운 것을 습득하기 어려운 측면도 있었다.

스킬 따위를 습득해 봤자 도저히 온전하게 활용할 수 없었던 것이다.

애당초 포두이는 칼보다 펜을 잡는 인간이었고 육탄전과는 인연이 없었던지라 전투 관련의 감이 둔했다.

카탈로그 스펙이 아무리 높을지언정 그것을 움직이는 하드웨어가 전투에 적합하지 않았던 셈이다.

포두이 본인도 자각하고 있는 사실이었으며 흡혈귀 무리로 압살하는 수법을 채택한 것도 그것이 가장 효율 좋게 인류를 줄일 수 있는 방법이었기 때문이기도 했으나 한편으로는 자신이 직접 전면에 나서서 싸우지 않아도 되는 작전을 강구한 결과였다.

다만 그것은 포두이에게서 실전 경험을 쌓을 기회를 빼앗는 결과로도 이어졌다.

포두이는 빈사의 상대에게 마지막 일격을 가하거나 아득히 약한 인물을 상대하는 것이 전부였기에 이제껏 호각 이상의 상대와 전투를 치른 경험이 없었다.

즉 쿨라와 맞선 싸움이 마왕 포두이의 최초이자 최후의 진검 승부였던 것이다.

쿨라의 전법은 매우 단순했다.

사안으로 약화시키고 실로 구속, 혹은 교살이나 참살한다.

상대가 인간이라면 구속하고 마물이라면 죽인다.

손가락과 같은 숫자만큼 뻗어 나가는 실을 종횡무진으로 부려서 적을 철저하게 궁지로 몰아넣는다.

실의 움직임에 대응할 수 있는 상대는 많지 않았다.

쿨라는 눈이 안 보이는 대신에 기척 감지의 정확도가 현격하게 높았다.

360도 전방위를 마치 동시에 내다보는 것처럼 파악해서 실로 공격할 수 있었다.

배후를 돌아들든 사각에 숨든 쿨라에게서는 도망칠 수 없다.

반면에 포두이가 싸우는 방법은 자신의 몸을 안개로 바꿔서 상대의 공격을 무시하다가 기회를 노려 상대의 사각으로부터 몸을 원래대로 되돌린 뒤 기습을 가하는 것이 기본이었다.

흡혈귀 유래의 몸을 안개로 바꾸는 능력은 극히 흉악하다.

안개가 된 상태에서는 거의 모든 공격이 무효화된다.

상대의 공격은 받지 않는데 자신은 언제나 내키는 타이밍에 원래 모습으로 돌아온 뒤 공격을 펼칠 수 있다.

대부분의 상대는 안개화 하나도 못 버티고 속절없이 거꾸러졌다.

그런데 쿨라에게는 이 수법이 통용되지 않았다.

기습을 가하려 해도 쿨라의 기척 감지는 언제나 포두이의 위치를 포착하고 있는 데다가 빈틈을 노출시키지 않았다.

그뿐 아니라 쿨라의 사안은 안개화 상태의 포두이에게도 대미지를 가할 수 있었다.

스펙은 분명 포두이가 압도적으로 높은데도 불구하고 상성 차이가 쿨라의 편을 들어주었다.

포두이는 온갖 수단을 동원해서 쿨라를 몰아붙였으나 끝내 어떠한 공격도 결정타가 되어주지는 않았다.

오만의 효과로 획득했던 수많은 스킬.

정작 실전에 투입되지 못한 채 먼지만 뒤집어쓰고 있었던 온갖 스킬을 꺼내서 쏟아부어도 쿨라에게는 미미한 대미지밖에 주지 못했다.

특출한 기척 감지 능력으로 공격을 피할 뿐 아니라 직격당해도 버텨 내었기 때문이다.

쿨라는 인내라는 스킬을 획득해서 갖고 있었다.

7대 미덕 스킬 중 하나인 인내. 칭호의 효과는 내성 스킬의 성장 촉진.

오만의 효과에는 전혀 못 미치는데도 쿨라가 이제껏 쌓아왔던 전투 경험이 끝내 차이를 뒤집었다.

내성계 스킬의 성장 수준에서 쿨라는 포두이를 압도하고 있었다.

풍부한 내성 스킬로 포두이의 맹공을 끝끝내 버텨 내었고, 버틴 시간만큼 사안을 힘을 쏟아부었다.

신화급 강자 두 사람의 충돌은 주위에서 봤을 때 진정 신화 속 광경 같았다.

전투의 여파만으로 지형이 바뀌는 싸움이었기에 아무도 차마 끼어들지 못했다.

그렇게 요란한 양상과 달리 두 사람의 대결은 진구렁 속의 소모전이었다.

쿨라의 사안이 포두이의 생명력을 바닥내느냐, 포두이가 맹공으로 쿨라의 방어력을 돌파하느냐.

먼저 힘이 다한 인물은 포두이였다.

아무리 다채로운 스킬을 보유하고 있을지라도 정작 온전하게 활용하지 못하면 의미가 없었다.

전투에 익숙하지 않은 포두이는 획일적인 움직임밖에 펼치지 못했고 어떻게 해야 빈틈을 찌를 수 있다는 이미지는 머릿속에 떠올랐지만 몸이 따라와주지 않았다.

그리고 안개화를 써도 쿨라의 사안은 막을 수 없었으며 안개화를 해제한 한순간의 틈에 곧바로 실이 날아드는 경우도 적지 않았다.

전투 경험의 차이가 스펙 차이를 뒤집었다.

포두이에게 조금 더 전투 감각이 갖춰졌더라면 상성 차이가 역력하더라도 스펙 차이로 기어이 밀어붙여서 끝장을 낼 수 있었을 것이다.

포두이는 자신이 전투에 별 재주가 없음을 자각했던 까닭에 가능한 한 피격을 피하기 위한 움직임을 의식적으로 구사하고 있었다.

안개화 덕분에 이제까지는 잘 통한 전법이었지만, 쿨라와 싸우고 있는 지금은 차라리 방어를 포기하고 공세에 전념했다면 오히려 승률이 높아졌을 것이다.

포두이는 자신의 생명력이 얼마 남지 않았음을 깨닫고 마지막 도박으로서 방어를 아예 포기한 채 혼신의 일격을 쏟아부어야 할까 고민했다.

그러다가 관뒀다.

지금 내기에서 이기고 승리를 거둘 수 있다면 포두이를 막을 인물은 사라지리라.

다만 인류를 모조리 죽이는 것은 불가능함을 이제 깨달았다.

포두이는 자신의 한계를 깨달은 참이었다.

오만 스킬은 스킬 보유자의 혼에 내재된 허용량을 무시한 채 경험치를 억지로 욱여넣는 스킬이다.

포두이의 혼은 이미 한계까지 가득 차오른 상태였다.

이 이상 경험치를 쌓으면 혼이 파열되어버린다.

이 같은 상태에서 설령 쿨라에게 승리하더라도 머지않아 포두이는 죽음을 맞이하리라.

게다가 단순한 죽음이 아니라 혼의 소멸이라는 형태로.

그렇다면 기특하게도 사리엘의 고아원 출신자가 앞을 막아주었다는 것을 감안하여 이만 마무리를 지어야겠다. 그게 정답이라는 느낌을 받았다.

"쿨라 군이었지. 맞나? 자네는 불살을 관철한다는 말을 소문으로 들었네. 나의 이 행동은 자살일세. 따라서 자네가 나의 죽음을 짊어질 필요는 없어. 나의 몸, 나의 혼, 한 조각 남김없이 이 세계의 주춧돌로서 바치도록 하지."

마지막 말을 전한 뒤 포두이의 몸은 재가 되어서 사라졌다.

포두이는 선언한 대로 바친 것이다.

제 혼을 순수한 에너지로 변환하여, 시스템에.

모든 것은 사리엘을 위하여, 세계를 위하여.

이렇게 초대 용사와 초대 마왕의 격전은 막을 내렸다.

쿨라는 대기 중이던 나탈리에게 치료받은 뒤 휴식도 제대로 취하지 않고 귀로에 올랐다.

쿨라도 만신창이이기는 했다.

만약에 설령 포두이가 마지막으로 방어를 포기한 채 혼신의 힘으로 공세를 펼쳤다면 쿨라도 결코 무사하지는 못했다.

그럼에도 아마 인내의 효과 덕분에 버텨 내었을 가망이 컸다만.

그렇게 계산이 가능할 만큼은 격전 중에도 머릿속은 차가웠다.

다만 포두이의 마지막 말은 다른 의미에서 쿨라의 머리를 얼어붙게 만들었다.

포두이는 자신의 죽음을 짊어질 필요는 없다고 말했다.

마치 누군가의 죽음을 짊어지기 싫어서 불살을 관철했던 쿨라의 속마음을 꿰뚫어 봤던 것처럼.

쿨라는 딱히 신념에 근거하여 불살을 관철하지는 않았다.

단지 누군가의 죽음을 짊어지고 싶지 않았을 뿐이다.

이제껏 주변 상황에 휩쓸려서 뜻하지 않게 싸우는 길을 걸어왔었던 쿨라에게 누군가의 죽음을 짊어질 만큼 굳건한 각오는 없었다.

따라서 어떤 악인일지라도 구속만 할 뿐 목숨까지 빼앗지는 않았다.

무력화해서 피해자의 가족에게 넘겨준 때도 있고, 구속한 채 가만히 방치한 때도 있다.

어느 쪽이든 지금쯤 살아 있지는 못할 것이다.

피해자의 가족은 가해자를 용서하지 않을 터이고, 마물이 배회하는 이런 세계에서 꼼짝도 못 하는 상태로 방치당하면 먹이가 될 앞날이 훤히 보인다.

직접 손쓰지 않았을 뿐 살해한 것과 마찬가지인 행위다.

포두이 또한 마찬가지.

포두이는 자살이라고 말을 했으나 실상은 쿨라가 죽인 셈이다.

쿨라는 사람의 죽음 따위 짊어지고 싶지 않았다.

그럼에도 자신의 등은 이미 수많은 죽음이 무겁게 내리누르고 있었다.

그 무게에 부스러질 것 같았다.

쿨라는 빠르게 걸어 고아원으로 향해서 문을 열었다.

"어서 와."

쿨라는 알고 있었다.

그곳에 자신들의 귀가를 기다려주는 사람이 있다는 것을.

"……다녀왔어."

쿨라는 마중해주는 아리엘에게 어색한 웃음을 지어 보이며 대답했다.

그리고 휠체어에 앉은 아리엘의 앞에 무릎을 꿇고 소녀의 허벅다리에 머리를 얹었다.

"……나, 열심히 했어."

"응. 착하다, 착해."

아리엘이 머리를 쓰다듬어준다.

눈물을 쏟고 싶었던 마음이 덕분에 가라앉았다.

이곳에 돌아올 수 있기에 쿨라는 계속해서 싸웠다.

이곳에 돌아오기 위하여 싸운다.

위대한 초대 용사가 싸우는 이유는 단지 그것뿐이었다.

아리엘, 미래를 이야기하다

"쿨라는 있지~ 섬세한 데다 너무 착했던 거야. 말로는 이제 싫어~ 힘들어~ 싸우기 싫어~ 막 투정 부리면서 말이야. 이러니저러니 해도 결국은 부탁은 거절을 안 해. 뭐랄까, 이상하게 책임감이 강했더랬지~. 속마음은 다 내던지고 내팽개치고 싶은 주제에 자꾸 싸우러 가더라니까. 게다가 그만두고 싶어 하는 자기 자신한테 혐오감을 갖고 있었어. 나처럼 어중간한 마음으로 싸우는 녀석이~ 이렇게. 내가 한마디 하자면 매사에 굳건하게 딱 신념을 갖고 싸우는 녀석이 오히려 더 적다고 생각하는데 말이지~. 중요한 건 마음가짐이 아니라 결과거든. 그런 점에서 쿨라가 만든 결과는 용사라는 칭호에 전혀 부끄럽지 않았어. 아니지, 역대 용사 중에서 가장 대단한 위업 아니야? 진짜로 인류 멸망의 위기를 막아 냈으니까 말이지."

아리엘의 이야기를 듣고 소피아와 라스는 미묘한 기분에 사로잡혔다.

초대 용사의 이미지가 생각했던 바와 달랐던 까닭이기도 했고, 게다가 초대 용사가 눈앞에 있는 아리엘에게 어리광을 부렸다는 말도 두 사람이 미묘한 기분에 사로잡히게 된 원인이었다.

"……아리엘 씨랑 쿨라 씨는 혹시, 아니, 진짜 사귀었던 거죠?"

그리고 소피아는 무척 궁금했던 부분을 캐물었다.

아리엘이 쿨라 관련의 이야기를 하는 모습이 마치 부부처럼 자랑을 늘어놓는 듯한 분위기였기 때문이다.

"비밀. 나머지는 상상에 맡기겠습니다. 쿨라의 위업이나 품성은 알아주길 바라서 해준 이야기지만, 내 가슴속에만 감추고 싶은 추억도 있으니까."

이러면 그냥 대답을 해준 셈이지 않나?

소피아와 라스는 그렇게 생각했지만 입을 열지는 않았다.

라스는 물론이거니와 소피아도 그 정도 분위기 파악은 된다.

"여기에서 쿨라의 귀가를 기다리는 게 내 일이었어."

아리엘은 그렇게 말한 뒤 실내를 둘러봤다.

아리엘과 두 사람이 있는 이 장소는 과거에 고아원이었던 곳이다.

건물 자체는 세월의 흐름에 따라 열화되어 몇 번인가 보수 및 개축이 이루어졌기에 당시와 같은 모양새는 아니다.

그러나 이곳이 특별하다는 것은 달라지지 않았다.

"하지만 말야, 너무나 오래 기다렸던 거야."

아리엘은 줄곧 이 고아원에서 기다려왔다.

쿨라의 사후에도, 세계가 구원받아 사리엘이 다시 돌아오는 때를.

이 고아원에서 줄곧.

그러나 그때는 결국에 오지 않았고 자신에게 죽을 날이 다가왔음을 깨달은 아리엘은 고아원에서 가만히 기다리기를 포기한 뒤 직접 사리엘을 마중하러 나가기 위해 행동을 개시했다.

"돌아올 집을 지키는 게 물론 중요하지만 귀가가 너무 늦어지면 마중 나가는 것도 중요하니까."

그러니까 말이야, 라고 아리엘은 말을 이었다.

"이번에는 내가 마중을 나가보려고. 더 이상 이곳에 돌아올 수는 없으니까. 내세에 어딘가에서 만날 수 있도록."

아리엘은 임종이 머지않았다.

그러니 이제 내세에서 고아원의 식구들을 찾으러 가겠다고 말한다.

내세에서 아리엘이 지금 세상의 기억을 부지할 가능성은 없다.

따라서 찾겠다는 목적 자체를 떠올리지 못할 것이다.

애당초 고아원 식구들 중 다수는 죽음 직전에 스스로의 혼을 바쳐 버렸다.

포두이와 마찬가지로.

즉 그들의 혼은 윤회의 고리로 들어가지 못하고 이미 사라져 없어져버렸을 것이다.

그럼에도 어딘가에서 다시 태어났을지도 모른다는 엷은 희망을 아리엘은 믿었다.

"내세에서 못 만나면 또 다음에. 그다음에도 안 된다면 다시 또 다음. 괜찮아, 이제까지 실컷 기다리면서 바람만 맞았는걸. 그래도 계속 기다릴 만큼 난 마음 느긋한 사람이야. 그러니까 언젠가 만나는 그때까지 나는 포기하지 않아."

그렇게 말한 뒤 아리엘은 온화하게 웃었다.

캐릭터 설정

Character settings

쿨라

사안

초대 용사
초대 인내의 지배

시선 저편의 상대를 쇠약케 하는 사안을 태어났을 때부터 갖고 있었다. 다만 본인은 그 대가인지 눈이 보이지 않는다. 사안의 영향을 억제하기 위해서 평소에는 안대로 눈을 가린다. 능력적으로는 특별히 강점도 약점도 없다는 것이 본인의 생각이지만, 세간의 일반적인 기준으로 보면 충분히 우수한 부류. 좋게 말하면 어른스럽고, 나쁘게 말하면 냉담한 성격. 태생 및 자신의 능력을 과소평가하는 이유도 있어 풍파와 맞닥뜨리지 않는 평온한 인생을 바랐었다. 취미는 뜨개질.

시스템 가동 이후의 활동 🖊

시스템 가동 이후, 초기는 비전투원으로서 고아원 식구들과 함께 행동했다. 고브의 희생 이후에「다음은 나의 차례다」라며 몸을 던지고 마물과 맞서 싸우면서 사안 스킬을 각성시켰다. 그때부터 친구들을 지키는 것을 최우선으로 행동하면서도 가는 곳곳에서 번번이 트러블에 휘말리기를 반복하는 동안 의도치 않게 명성을 얻어버린다. 걸핏하면 귀찮은 사건은 피하고 싶다는 말을 늘어놓지만, 이러니저러니 해도 선량한 사람인지라 부탁받으면 거절을 못 하는 성격. 그런 탓에 용사로서 떠받들어졌고, 마지못해서 거듭 싸우다가 많은 공적을 남겼다. 마왕 포두이 토벌은 그중에서도 첫 번째로 꼽히는 업적.

전투 능력 🖊

전투 방법은 사안으로 상대를 약화시키고 실로 구속하거나 교살 내지는 참살하는 것. 눈이 안 보이기 때문인지 기척 감지의 정확도가 높고, 적이 날리는 공격은 매우 정확하게 받아치거나 피해버린다. 반대로 쿨라의 공격은 명중률이 높다. 설령 피격당하더라도 인내 스킬의 효과가 거대해서 대단히 튼튼한지라 장기전에도 강하다. 전투력의 뛰어남을 견주면 역대 용사 중 몹시 큰 차이를 벌리며 1위. 현대의 용사였던 슌(슈레인 재건 애너레이트)을 포함한 쿨라 이외의 역대 용사가 한꺼번에 덤벼도 과연 승리를 거둘 수 있을지 장담하지 못하는 수준. 전투 스타일 및 스테이터스가 아라크네였던 시절의「나」와 상당히 가깝다.

기타 사항 🖊

평생을 인간(인족, 마족 포함) 상대로 불살을 관철했다. 본인이 말하기를「사람의 삶과 죽음을 짊어지고 싶지 않았기 때문에」라고 한다.

Name

고브

Ability

없음

Title

없음

이미 스무 살을 넘긴 연령의 청년인데도 피부 색깔이 초록빛이고 어린아이처럼 작은 몸집에 얼굴의 생김새도 동안. 식물의 인자를 강하게 주입받은 키메라. 그 탓에 피부 색깔이 초록빛이 되었으나 광합성은 불가능하다. 포티머스가 의도했던 것은 식물의 긴 수명이었지만, 고브는 반대로 수명이 짧아 실패작 취급이었다. 평범한 인간의 평균 수명에 비해 채 절반도 살지 못함이 판명되었는데, 짧은 수명을 받아들인 탓인지 매사에 별 집착이 없다. 자기 의견을 말하지 못하는 나약함에서도 이같은 면모가 드러난다. 우선 용모가 문제이고 본인에게 의욕도 없어 취직은 하지 않았고, 자질구레한 부업으로 근근이 돈을 벌었다.

시스템 가동 이후의 활동

시스템 가동 이후에는 비전투원으로서 고아원 식구들과 함께 행동했다. 마물의 발생과 함께 절체절명의 위기에 빠졌을 때 수명이 짧은 자신이 가장 먼저 희생하는 것이 옳다는 생각으로 인생 최초이자 최후의 용기를 쥐어짜서 마물 무리를 향하여 돌진, 수많은 마물을 유인해서 고아원 식구들이 도망칠 수 있는 기회를 만들어 낸다. 그러나 고브 본인은 마물 떼에게 따라잡혀서 결국 목숨을 잃어버렸다. 이 돌진에 앞서 아리엘에게서 꽃잎 책갈피를 받았다. 고블린에게 전해지는 꽃으로 만든 부적의 유래가 이때의 사건과 관련이 있는지는 불명. 애당초 고블린과 고브에게는 아무 관련성이 없기는 한데……

고블린에게 전해지는 꽃잎 부적

고블린은 험난한 자연환경과 강력한 마물이 다수 서식하고 있는 산맥에 마을을 꾸려서 살아간다. 전투력 높은 개체가 수렵조로서 사냥을 나가지만, 출발한 뒤 무사히 복귀하는 인원은 기껏해야 절반 정도. 위험하다는 것을 뻔히 알면서도 그들은 마을을 살리기 위해 사지로 나아간다. 꽃잎 부적에는 「부디 무사히 살아 돌아오세요」라는 마음이 담겨 있다. 그 의지를 가슴에 품고 고블린들은 목숨을 건 여정에 올랐다가 돌아온다.

나탈리

사안

초대 성녀
초대 구휼의 지배자

외모는 평범한 인간과 거의 다르지 않으나 유일하게 귀가 살짝 뾰족하다. 엘프의 프로토타입이라고 말할 수 있는 키메라 소녀. 나탈리의 데이터를 기반으로 개량을 진행하여 완성시킨 것이 후대의 엘프이다. 나탈리 본인의 능력은 평범한 인간과 거의 다르지 않으며 성장 속도도 평범. 다만 수명이 평범한 인간보다 살짝 더 길다. 성격은 말괄량이에 기가 세고, 일단 결정을 내리면 자신의 길에 쭉 매진하는 타입. 장래에는 의료 종사자가 되고자 하는 꿈을 가지고 공부했다. 고브에게 관심이 있어 나중에 고브를 꽉 휘어잡고자 차근차근 계획을 세워 놓았었다. 고아원의 다른 친구들은 나탈리의 마음을 잘 알고 있었는데 모르는 사람은 고브 본인뿐이었다. 나탈리가 의료의 길로 나아가고자 생각했던 이유는 사리엘 및 원장에게 얼마간 영향을 받아서였으나 고브의 수명 문제를 어떻게든 해결할 수는 없을까 고민했기 때문이기도 하다.

시스템 가동 이후의 활동 ⚡

시스템 가동 이후에는 비전투원으로서 고아원 식구들과 함께 행동했다. 고브가 스스로 희생한 사건 이후로 매일 밤 눈물지었고, 한때는 불면증에 시달리며 몸 상태가 악화되었다. 그러나 고브가 구해준 제 생명을 헛되이 쓸 수는 없었기에 천천히 재기해서 원장의 조수를 시작으로 치료 마법의 재능을 개화시켰다.

성녀로서 펼쳤던 활약 ⚡

원장의 사망 이후에는 마치 후계자가 된 것처럼 적극적으로 부상자 및 병자를 치유하면서 성녀 대우를 받기 시작했다. 고아원 귀환 후에도 활동은 계속되었고, 쿨라와 함께 행동하며 수많은 사람들을 구원했다. 쿨라와 행동을 함께했던 까닭은 그게 더 효율이 좋기 때문이기도 했으나, 쿨라를 끌고 다녀서라도 고아원으로, 아리엘의 곁으로 꼭 보내주겠다는 사명감이 있어서였다. 성녀로서 떠받듦을 받는 처지는 고브가 지켜준 자신의 가치를 높이 올려놓았다는 긍지를 느끼는 반면, 원장처럼 순수한 마음으로 활동하는 것이 아니라는 죄책감도 느끼고 있어서 상당히 복잡한 심경.

기타 사항 ⚡

쿨라와 사랑하는 사이가 아니냐는 소문은 솔직히 말해서 진짜 민폐다.

포두이

흡혈귀

초대 마왕
초대 오만의 지배자

재계의 마왕이라고 불리며 두려움을 샀던 재계의 대중진. 본래 거대한 재벌의 도련님으로 태어났고, 더한 발전을 원하는 집안의 의향에 따라 업무에 집중했더니 뜻하지 않게 마왕으로 불리게 되어버린지라 어떤 의미로 가엾은 사람. 본인은 성실하게 열심히 일했을 뿐이었는데…….
그런 사정도 있어 남이 깔아준 레일만 달린 자신의 인생, 사회의 톱니바퀴 일부에 불과한 자기 자신에게 허망함을 느끼던 차에 비슷비슷하게 사명에 속박된 채 살던 사리엘과 만나서 친근감을 가졌다. 한편으론 미처 정서가 발달되지 못한 사리엘이 하다못해 자신의 행복쯤은 스스로 고를 수 있는 정서를 가져주기를 바라기도 했다. 규리에를 부추겼던 까닭은 이런 의도가 있었기 때문.

흡혈귀화의 경위

사리엘라 모임과 친밀하게 지냈던 인연으로 포티머스의 무도한 실험에 대해서도 상당히 자세하게 알게 되었고 적대 관계로 이어졌다. 그 일환으로서 포티머스의 실험장 중 하나를 휘하 용병단에 지시하여 괴멸시켰지만, 해당 실험장은 흡혈귀 관련 실험을 하던 곳이었던지라 용병단이 흡혈귀에 감염. 하필이면 용병단의 단장에게 사태의 전말을 보고받던 중에 단장까지 흡혈귀로 각성하여 포두이를 물었다. 이 같은 사고로 포두이도 흡혈귀로 감염. 본인의 의지가 강해서인지 혹은 또 다른 어떠한 요인이 있어서인지는 불명이지만, 의식을 유지한 채 흡혈귀화된 유일한 존재가 됐다(다른 감염자는 좀비처럼 의사도 없이 사람을 덮치기만 하는 존재가 됐다). 흡혈귀화를 이유로 유폐를 강제당함으로써 공식 석상에서 사라지게 된다.

시스템 가동 이후의 활동

시스템 가동 이후에는 잠시 은둔한 채 정세 파악에 주력했었지만, 사리엘 구출을 위해서는 누군가가 악역을 맡아야 한다는 생각에 행동을 개시했다. 눈에 보이는 인간 전부를 흡혈귀로 전락시켰고, 더욱이 권속 지배를 써서 강제로 복종시킨 뒤 거듭 인간을 습격하도록 명령 내리는 상당히 잔인한 전법을 감행. 그 과격함과 사리엘의 관계자였다는 이유 때문에 후세에서 포두이는 인류에 대한 바닥을 알 수 없는 분노에 따라 흉행을 저질렀다고 인식되어 있다. 그러한 측면이 전무했다고 말 할 수는 없겠지만, 실제는 감정론을 제외하고 단지 세계를 위해 악역을 자처했었다.

전투 능력 🔃

전투 방법은 흡혈귀 유래의 능력에 의지한 우격다짐 힘 싸움. 본래 일반인이었고 게다가 노령이었기에 육탄전에는 적합하지 않았던 터라 채택할 만한 수단이 달리 없었다. 스킬 〈오만〉에 따른 성장 속도 상승과 수많은 인간을 살해한 영향으로 카탈로그 스펙만 비교하면 아리엘에게 필적하는 역대 마왕 2위의 실력을 보유했었지만, 실상은 스펙의 절반도 끌어내지 못했다(그럼에도 아리엘을 제외하면 역대 마왕 중에서 큰 격차가 나는 강력한 힘을 보유했다).

마왕(과 용사) 🔃

포두이가 마왕이라고 불리게 된 경위는 애당초 야유조로 재계의 마왕이라 불리던 인물이었다는 데서 비롯되었다. 아울러 포두이가 발생시켰던 흡혈귀의 범람, 그에 뒤따른 전쟁은 사람들의 기억에 깊이 각인되었으며 공포를 매개로 포두이를 진정한 마왕이라 인식시켰다. 쿨라와의 대결은 정말이지 용사와 마왕 같았다. 이는 그 광경을 관전했었던 관리자 D 또한 인정한 사실이다. 관리자 D는 이 대결을 계기로 용사와 마왕이라는 칭호를 시스템에 추가하였고 초대 용사로 쿨라를, 초대 마왕으로 포두이를 등재했다. 누대에 걸친 용사와 마왕의 대결은 두 사람이 용사와 마왕으로 임명되었기에 시작된 것이 아니라 두 사람의 대결이 진짜 용사와 마왕과 같은 양상으로 전개되었다는 이유 때문에 후속 조처로서 인정을 받은 결과였다.

더스틴 대통령

없음

초대 절제의 지배자

Name

Ability

Title

더즈톨디아 국 최후의 대통령. 일련의 소동이 일어나기 전에는 인기가 높은 대통령이었으나 자국의 MA 에너지 공급 금지 따위의 정책으로 지지율이 급락. 이후에도 이래저래 말이 많았고 과격한 단체에서는 암살 미수 사건까지 저질렀으나 자신의 생각을 번복하지는 않았다. 용의 습격 이후에는 MA 에너지를 금지한 것은 용단이었다며 손바닥을 뒤집는 사람들이 잔뜩 나타났지만, 세계 멸망의 위기였던지라 본인의 평판 따위 신경 쓸 겨를이 없는 상황이었다. 포티머스가 발안했던 사리엘을 희생시키는 세계 재생의 술식을 고뇌에 찬 결단으로 추진. 이 같은 사연도 있어 이후부터는 무엇을 희생시켜서라도 인족을 기필코 구원하겠다는 신념을 고집하게 된다.

미입니다만, 문제라도? Ex 2

MA 에너지 문제에서 촉발된 용의 습격 사건 🗾

포티머스가 발견한 뒤 세계에 퍼뜨렸던 MA 에너지. 그 정체는 별의 생명력을 착취한 힘이었으며, 사용하면 할수록 별은 점점 쇠약해지다가 이윽고 붕괴를 향해 치닫게 되는 지극히 위험한 에너지였다. 용은 세 번에 걸쳐서 인간들에게 MA 에너지 사용을 중지하도록 경고했으나 결국 받아들여지지 않았다. 설득을 단념한 용은 인간을 멸망시키고자 습격을 개시했고, 인간을 지키기 위하여 맞서 들고일어난 사리엘과 충돌하게 된다. 사리엘과의 대결에서 궁지에 몰린 용들은 아예 별 자체를 포기하고 남아 있었던 소량의 MA 에너지를 송두리째 회수한 뒤 별에서 떠나갔다.

시스템 가동 이후의 활동 🗾

시스템 가동 이후에는 대통령 관저를 중심으로 치안 유지에 힘쓰며 천천히 주변을 평정했고 공동체의 관할 범위를 확대시켰다. 더욱이 주변 공동체를 차차 거두어들임으로써 세력을 확대. 더즈톨디아 대륙의 평화에 다대한 공헌을 남겼다.

전투 능력 🗾

마왕 포두이와 전쟁에서는 쿨라를 지원. 그 후에 수인왕과 여제의 토벌까지 성공시켰다. 이때는 같은 고아원 출신이라는 이유가 있어 쿨라에게는 참전을 요청하지 않고 독자적으로 움직여서 토벌했다. 전법은 통솔과 지휘 등 군단 버프를 활용하며 본인의 전투력은 거의 없다시피 한 수준. 후방 지원이 주특기이고 순수한 전투력이라는 의미에서는 초대 지배자들 중 최약이라고 평가할 수 있다. 다만 보유한 능력의 최대 효과가 기억을 유지한 채 이루어지는 전생이기에 훗날 신언교를 설립한 뒤 사실상 인족을 쭉 지배했던 수완이야말로 이 인물의 가장 큰 힘이라고 말할 수 있다.

Name
원장
Ability
없음
Title
초대 자비의 지배자

아리엘 등 키메라들이 몸을 의탁했던 고아원 원장. 키메라가 아닌 평범한 인간. 본래는 사리엘라 모임 계열의 병원에서 근무하던 의사. 키메라의 건강 상태를 진단할 만한 의료 지식이 있고 아울러 아이들을 돌봐주는 데 적합한 성격 및 능력을 두루 갖춘 인물이었기에 특별히 지목을 받아 고아원 원장으로 취임했다. 사리엘이 기대를 가진 인물답게 성품 면으로도 능력 면으로도 걸물. 성격은 배짱 좋은 어머니를 그림으로 그린 듯한 인물이다. 정에 두터우나 혼내야 할 때는 따끔하게 혼낸다. 다만 신체 능력의 측면에서는 평범한 인간이기에 키메라 고아들을 상대할 때는 이래저래 고생이 많았고, 실제 부상을 당한 경우도 한두 번이 아니었다. 그러나 이렇듯 다쳐 아파하면서도 자신들과 끝까지 진심으로 마주해주는 원장을 고아들은 사리엘과 나란히 어머니처럼 아끼고 존경했다.

시스템 가동 이후의 활동

시스템 가동 이후에는 비전투원으로서 고아원의 고아들과 함께 행동했다. 가는 곳 도처에서 마주친 부상자 및 병자에게 손을 내밀어주었기 때문인지 일찌감치 자비 스킬과 치료 마법의 재능이 개화. 자비 스킬로 사자 소생까지 감행하며 자기 목숨을 돌보지 않고 사람들을 거듭거듭 치료하다가 최후에는 혼까지 모조리 불태워버리고 힘이 다했다. 그렇게까지 한 이유는 본래 헌신적인 성격을 가진 인물이기도 했으나, 그 이상으로 고브를 희생시켜버렸다는 후회 때문. 늙어서 살날이 얼마 안 남은 자신의 생명으로 많은 사람을 살릴 수 있었다며 본인은 만족한 채 사망했다. 이 같은 처연한 삶은 쿨라와 나탈리의 이후 인생에 큰 영향을 남겼다.

Name	수인왕
Ability	괴력
Title	초대 분노의 지배자

외형처럼 짐승의 인자를 주입당한 키메라. 짐승의 인자가 강하게 발현되어 키메라 중에서도 신체 능력이 높다. 성격은 단순. 매사에 깊이 생각하지 않고 그때그때의 분위기나 감정에 따라 독주하는 타입. 고아원에서 손꼽히는 악동인지라 한때는 가출한 뒤 패거리의 동생의 집에서 지낸 전적도 있다. 폭주족의 리더 비슷한 노릇을 한 시절도 있었고, 그 무렵에는 약간 중2병을 앓았던 터라 시인이었다. 시스템 가동 전후의 시기에는 중2병이 나아서 꽤 차분해졌다. 외형은 완전히 인간을 벗어났으나 「그래서 어쩌라는 거냐!」라며 인간 사회로 돌격하여 옛날 패거리의 동생들과 함께 토건업자로 일했다.

시스템 가동 이후의 활동

시스템 가동 직후에는 전투원으로서 고아원 식구들과 행동을 함께했다. 비전투원과 따로 떨어진 다음부터는 고아원을 목적지로 행동했었지만, 초대 질투의 지배자를 잃고 나서는 분노에 휩싸여 폭주하게 된다. 초대 질투의 지배자를 살해했던 공동체의 구성원을 전부 죽였으며, 이후로는 인간에 대한 믿음을 철저하게 버린 채 조금이라도 적의나 악의를 느끼면 주저하지 않고 상대를 살해했다. 그럼에도 친구를 빼앗긴 분노는 가라앉지 않았기에 자기 스스로는 도저히 억제할 수 없는 파괴 충동에 시달리게 된다. 이대로 가면 언젠가 친구들한테까지 폭력을 휘두를 것 같아서 걱정하다가 말없이 행방을 감췄다. 그 후 본편의 라스와 마찬가지로 분노에 삼켜져서 온갖 파괴 행위를 일삼았고 끝내는 더스틴 휘하의 군단과 맞서 싸우다가 쓰러졌다.

전투 능력

전투 스타일은 곧장 뛰어들어서 싹 날려버리는 것. 뛰어난 신체 능력은 이렇게 쓰라는 것 같은 단순한 싸움박질 전법이다. 분노에 삼켜진 뒤에는 똑바로 달려 다니면서 모조리 치어 죽이는 원시적인 돌격 전법.

Name

여제

Ability

강탈

Title

초대 탐욕의 지배자

외형은 인간과 비슷한데 유독 동공이 파충류처럼 세로로 길게 갈라진 모양새이고 손이 살짝 큼직하다. 성격은 속물. 돈을 굉장히 좋아한다. 권력을 아주 좋아한다. 자기 자신만 예뻐한다. 고아원 출신자 중에서는 드물게 악인에 치우친 사고를 가졌으며 본인에게도 자각이 있다. 일단 고아원 식구들은 소중하게 생각하는지라, 속마음은 어쨌든 간에 인간의 길을 크게 벗어나는 행위는 하지 않고자 쭉 자중해왔다. 그렇다 해도 절도와 같은 행동은 수인왕을 방패막이로 쓰며 저질렀고 경범죄의 이력은 제법 많은 편. 다만 시끄럽게 문제가 되지 않을 만큼은 잘 처신했다. 모두가 일을 시작할 연령이 된 다음부터는 경범죄에서 손을 뗐는데, 딱히 마음을 고쳐먹었기 때문이 아니라 수지가 맞지 않음을 학습했기 때문이다. 범죄에서 손을 뗀 이후는 남자를 뜯어먹는 방향으로 수법을 바꿨으며 선동왕의 인맥을 써서 연예계의 관계자에게도 독니를 들이밀었다. 참고로 선동왕 본인은 이 같은 행각을 전혀 알지 못했다. 또한 베개 영업을 하고 있다는 명예롭지 못한 소문도 실은 여제의 방패막이로 쓰였기 때문.

시스템 가동 이후의 활동 🎱

시스템 가동 직후에는 전투원으로서 고아원 식구들과 행동을 함께했다. 키메라 중에서는 전투력은 낮은 편이지만 평범한 인간보다는 신체 능력이 높기 때문에 전투를 수행했었다. 초대 질투의 지배자가 어느 집단의 함정에 빠져 살해당한 사건을 겪으며 애써 착한 사람인 양 행세해 봤자 멍청한 짓이라는 것을 느끼고 이후로는 내키는 대로 살고자 마음먹는다. 수인왕 이탈을 계기로 「그러면 나도~」라며 이탈했고, 패거리의 부하를 늘리며 온갖 약탈을 저지르는 산적 비슷한 공동체를 발족. 메뚜기 떼처럼 가는 곳곳에서 마구잡이로 약탈을 감행했고 풀 한 포기도 자라나지 못할 것 같은 광경을 거듭거듭 만들었다. 네 것도 내 것이라는 사고방식의 화신처럼 탐나는 재물은 무력으로 손에 넣는 생활을 죽을 때까지 계속했다. 최후에는 더스틴 휘하의 군단과 맞닥뜨려 공동체와 함께 괴멸당한다.

전투 능력 🎱

전투 방법은 손재간을 축 삼아 다채로운 스킬로 적을 농락하는 트리키 타입. 여기 저기에서 강탈한 미술품 검과 창 따위도 무기로 사용했었다. 저러한 무기를 염동 스킬로 다수 휘둘러 대는 한편으로 본인은 마법 따위로 공격을 가하는 등 재주가 무척 좋았다. 탐욕 스킬로 죽인 상대에게서 빼앗은 스킬 및 능력치도 있었기에 다채로움으로는 역대의 전 인류 중에서도 톱클래스. 보유 스킬의 숫자로 말하자면 역대 톱이었다.

Name
선동왕

Ability
매료

Title
초대 색욕의 지배자

외형은 평범한 인간과 다를 바 없으나 터무니없이 수려한 용모를 가진 미남이다. 성격은 언뜻 경박하다는 인상을 주는데 사실은 일편단심에 답답이. 수려한 용모와 키메라 유래의 뛰어난 신체 능력을 살려서 노래 부르며 춤출 수 있고 입담도 특출한 아이돌로서 인기몰이를 했다. 격한 댄스를 추면서도 호흡이 흐트러지지 않고 노래를 부를 수 있는 퍼포먼스로 일약 유명해졌고, 입담도 뛰어났던 덕에 대인기 아이돌로서 출연 요청이 쇄도했다. 아이돌 활동으로 얻은 수입 대부분은 고아원에 기부했다. 초대 질투의 지배자와는 서로 짝사랑하는 관계였는데 그녀를 부양하기 위한 수단을 갖고자 연예계에 뛰어들었다. 하지만 정작 당사자가 인간 사회에 나설 수 없는 처지에 울적한 감정을 품고 있었던지라 크게 싸우고 결별하는 모양새로 헤어지며 관계가 꼬여버렸다. 서로가 진지하게 대화를 나눴다면 화해는 분명 가능했을 터이나 그 전에 시스템 가동과 맞닥뜨리며 대화를 나눌 시간을 가질 짬조차 사라졌고 결국 사이가 다시 좋아지기 전에 그녀가 덜컥 사망하는 사태가 벌어졌다.

시스템 가동 이후의 활동 📝

시스템 가동 직후에는 전투원으로서 고아원 식구들과 행동을 함께했다. 초대 질투의 지배자가 사망한 뒤 살아갈 목표를 잃고 실의의 구렁텅이에 빠진다. 수인왕이 말없이 행방을 감춘 사건을 계기로 친구들도 뿔뿔이 흩어져버리며 더더욱 살아가야 할 의미를 찾아내지 못하는 처지가 된다. 유일하게 마음의 기둥이 되어준 것이 레벨 업 때에 들려오는 사리엘의 목소리였다. 사리엘의 목소리를 들음으로써 고아원에서 보낸 나날을 떠올리고 힘겹게 제정신을 부지하던(그렇게 착각을 했던) 상태. 오로지 사리엘의 목소리를 듣기 위해서 행동을 개시했으며 이윽고 사리엘을 구출하려면 더욱 많은 사람들이 스킬을 열심히 단련해야 된다는 신념을 갖고 자신에게 찬성하는 동지를 모아 사람들을 전투로 몰아넣게 된다. 본인의 말재주에 힘입은 선동력은 물론이거니와 색욕 스킬에 의한 매료의 힘도 맞물려서 세력을 계속 확대했으며 이윽고 전장을 찾아 대륙을 건너 마족을 표적으로 지목한 뒤 마구 날뛰게 된다. 마족이 카사나가라 대륙 북방으로 밀려났던 원인을 제공한 인물이다. 후세에서 그의 가르침을 더스틴이 이용함으로써 수립한 것이 신언교이다. 그만큼 후세에 많은 영향을 남겼으나 어떤 최후를 맞이했는지는 분명하지 않다. 마족과 싸우던 도중 목숨을 잃었다는 둥 여자에게 찔려서 죽었다는 둥 말만 무성할 뿐 원인은 불명이다. 전투 스타일은 매료를 활용하여 적끼리 서로 싸우게 만드는 것.

선동왕과 렝잔드 제국 🖌

선동왕이 이끌었던 인족 집단은 마족을 카사나가라 대륙의 북방으로 몰아넣었다. 당연히 선동왕이 아마 최후의 순간에 있었던 곳은 인족령의 최북단에 있는 나라인 렝잔드 제국이라고 짐작된다. 힘을 신봉하는 렝잔드 제국의 시조, 초대 검제에게는 수수께끼가 많다. 초대 검제의 기록은 거의 남지 않았으며 비슷하게 이 시기에 전혀 기록이 남지 않은 선동왕과 동일 인물로 추정해도 무리는 없다. 검제의 혈족이 선동왕의 자손인지 여부는 더스틴이나 아리엘도 알지 못한다.

Name
질투
Ability
없음
Title
초대 질투의 지배자

용의 인자를 강하게 주입당했다. 그런 까닭인지 신체 능력은 상당히 높은데도 특수한 능력은 없다. 사실은 신체 능력만 주목한다면 수인왕을 상회하는 강자이며 스펙적으로는 수인왕을 맨손으로 때려눕힐 수 있는 소수의 인물. 다만 본인은 거친 싸움질을 싫어하는지라 순수한 전투력으로는 키메라 중에서 썩 높지는 않다. 외형 때문에 인간 사회에 녹아들지 못했고, 수인왕처럼 뻔뻔하게 휘젓고 다닐 만한 배짱도 없었던 터라 고아원에서 울적한 생활을 보냈다. 인간 사회에 동경심을 가지면서도 그곳으로 들어갈 수 있는 고아원의 친구들에게 질투심을 품고 있었다. 그런 스스로에게 자기혐오의 마음을 갖는 견실한 면모와 답답한 면모를 함께 가졌다. 고아원 안에서 가장 「평범함」을 동경했으며, 평범한 인간으로서 당당하게 거리를 걷고 생활하고 싶다는 꿈이 있었지만, 도저히 이루어질 수 없는 꿈이라는 것도 잘 이해하고 있었다. 선동왕과는 서로 짝사랑을 하는 관계. 자신이 걸음을 내디딜 수 없는 인간 사회에서 아이돌로서 활약하는 선동왕에게 이래저래 느끼는 바가 많았던 탓에 관계가 꼬였다.

시스템 가동 이후의 활동 🔳

시스템 가동 이후에는 전투원으로서 고아원 식구들과 행동을 함께했다. 거친 싸움은 싫어했으나 투정을 부릴 여유가 없었기에 수인왕 등 전투원들과 함께 앞에 나서기로 결의. 어디까지나 적을 쓰러뜨리는 것이 아니라 식구들을 지키기 위해 싸웠던 터라 방어계 스킬이 주력이었다. 타고났던 용의 인자가 시스템의 힘에 영향을 받아 스킬로서 발현. 용린 계통의 스킬을 중심으로 철벽의 방어를 구사하게 된다. 질투 스킬이 적을 무력화하는 능력이며 칭호 효과로 신룡린 스킬을 획득할 수 있게 된 데는 그녀의 영향이 크다. 고아원의 비전투원 식구들과 떨어진 이후 전투원 식구들과 고아원을 목표로 이동했었지만, 도중에 강력한 마물에게 공격을 받는 공동체를 구출하고자 나선다. 비록 마물은 물리쳤으나 공동체의 소속 인물에게 뒤에서 칼을 찔림으로써 목숨을 잃어버린다. 공동체의 구성원들은 고아원의 식구들을 외형만 보고 인간으로 취급하지 않았던지라 처음부터 이용만 하고 뒤에서 찌를 작정이었다. 그녀의 죽음을 계기로 수인왕이 폭주를 시작하게 된다.

질투의 방패 🔳

전투 상황에서는 수비에 주력했었는데 그녀는 방패를 들고 다녔다. 마물의 공격으로부터 식구들을 지켜준 방패이며 요릿집에서 슬쩍 조달한 철판이다. 본래 철판구이에 사용된 물건이다. 거리를 지나던 중에 입수했으며 커다랗고 튼튼했기에 방패 대신에 쓰기에 딱 알맞은 장비였다. 비록 요리에 사용되었던 철판이었지만, 마지막 순간까지 주인과 친구들을 무사히 지켜준 지고의 방패이다.

Name
던전 마스터

Ability
사역

Title
초대 나태의 지배자

짙은 다크서클이 눈에 띄기에 엄청나게 건강이 안 좋아 보이는 점 이외에는 평범한 인간과 외모가 별반 다르지 않다. 사고 특화형의 키메라이며 항상 뇌 내 물질이 평범한 사람을 아득하게 능가하는 형태로 계속해서 분비되고 있다. 사고 속도가 예사롭지 않은 대가로 뇌 내 물질의 흥분 상태에 의해 잠들 수 없다. 게다가자신의 의사로 사고를 중지하지도 못하고 항상 무엇인가를 계속해서 생각하는 상태가 강제된다. 키메라 유래의 쓸데없이 튼튼한 몸과 정신 때문에 정신을 잃어버리지도, 건강 악화로 죽지도 못하는지라 어떤 의미로 살아 있기만 해도 지옥인 처지. 『자고 싶어, 일하기 싫어』가 말버릇. 고아원에서 쭉 은둔형 외톨이 생활을 했다. 은둔한 채 넘쳐나는 시간을 써서 해킹 등 이것저것 활동을 했다. 사리엘이 산제물로 바쳐질 것 같다는 정보를 한발 먼저 포착한 것도 이 인물이다.

시스템 가동 이후의 활동 📝

시스템 가동 직후에는 비전투원으로서 고아원의 식구들과 함께 행동했다. 그러나두뇌 노동 담당이었기에 전투에서는 별 도움이 못 됐다. 세기말 세계로 화한 시스템 가동 이후의 세계에서는 뛰어난 두뇌도 힘을 발휘할 기회가 적었던 터라 고아원으로 귀환할 때까지는 짐이나 다름없는 상태였다.

던전과의 연관성 📝

고아원 귀환 이후는 더스틴과의 연줄 따위를 활용하여 정보 수집에 힘썼고, 그 정보와 자신의 추측에 근거하여 사리엘이 봉인되어 있는 시스템 중추의 좌표를 산출하는 데 성공. 초대 겸양의 지배자를 동반하고 그곳을 목표로 여행을 시작했고좌표축을 분석하니 위치가 지하였다는 이유도 있어 광부처럼 지면을 파헤친다. 그러던 중 인력으로는 한계가 있다는 생각에 마물을 길들여서 발굴원으로 삼아일손을 늘렸다. 부하 마물이 일정 수 이상 있는 동굴이 관리자 D에 의하여 던전으로 인정되면서 인류 첫(정확하게는 역대 유일의) 던전 마스터가 된다. 그 후 사리엘이 있는 시스템 중추까지 파고 들어갔으나 사리엘을 해방시키는 단계에는 이르지 못했기에 사리엘을 지키기 위해 중추로 가는 길을 마물로 가득 채워버렸다. 그후 죽을 때까지 예의 던전 확장을 계속했다. 훗날 저 던전은 엘로 대미궁이라고 불리게 된다. 상층에 독을 보유한 마물이 많은 까닭은 그로써 인간의 접근을 막기 위함이며 중층이 인간은 도저히 공략하지 못할 용암 지대인 까닭은 단순하게 공략을 허락할 뜻이 없었기 때문이다. 하층 및 최하층에 강력한 마물이 있는 까닭은 상층, 중층을 돌파해서 내려온 용맹한 자를 무찌르기 위함이다. 참고로 하층과 최하층에는 훗날 아리엘이 퀸 타라텍트를, 규리에가 지룡 가키아를 배치해서 만전의 수비 태세를 갖췄다.

전투 능력 🖋

전법은 부하로 거둔 마물을 돌격시키는 몬스터 테이머. 본인의 전투력은 거의 없다시피 한 수준이지만, 키메라이기에 더스틴보다는 조금 더 활약할 수 있다. 다만 까놓고 말하자면 엘로 대미궁이라는 아예 공략을 허락할 생각이 없는 난공불락의 장소에 틀어박혀서 지냈던 터라 애당초 본인이 싸울 기회는 거의 없었다.

특수 스킬 🖋

다른 초대 지배자들의 스킬이 7대 죄악 스킬이나 7대 미덕 스킬 등 선천적으로 타고난 능력이 스킬화된 결과인 데 반하여 던전 마스터만은 시스템 가동 이후의 행동에 따라 특수한 스킬을 획득했다. 던전 마스터의 능력도 그러하며 테이머로서의 능력도 마찬가지. 저것들은 사리엘을 구출하기 위해서 필요했기에 갖추게 된 능력이지만, 본인은 광부들의 대장 노릇을 하는 것 같아서 싫어했다던가.

Name
겸양

Ability
없음

Title
초대 겸양의 지배자

신장 2미터를 넘기는 거인. 어린 시절에는 수인왕과 죽이 잘 맞는 악동 콤비였다. 하지만 사리엘 및 원장에게 혼나며 점점 마음을 고쳐먹고 자신의 마음속에 있는 정의란 무엇인지를 고민하기 시작한다. 본래부터 수인왕과 나란히 악동 취급을 받았던 이유는 고아원을 두고 악담을 늘어놓는 바깥의 아이들에게 화가 치밀어서 싸움을 걸고 다녔기 때문이다. 저러한 행적에서도 알 수 있듯이 원래 정의감이 강한 인물이었다. 단지 생각하기보다 먼저 손이 나갔을 뿐. 성장함에 따라 감정에 휩쓸려서 행동하는 버릇이 사라지고 무척 차분해졌다. 경찰이 되고자 하는 목표가 있었지만, 키메라인 까닭으로 그 길을 나아가기 어려웠기에 포두이의 소개를 받아 요인 경호 따위의 의뢰를 받는 경비 회사에 입사했었다.

시스템 가동 이후의 활동 📝

시스템 가동 이후에는 전투원으로서 고아원 식구들과 행동을 함께했다. 초대 질투의 지배자 사후, 친구들이 뿔뿔이 흩어져버렸기 때문에 고아원을 목표로 계속 움직였으며 전투원 중 유일하게 고아원으로 귀환했다. 그 후는 고아원을 거점으로 삼아서 쿨라 및 나탈리가 부재중일 때마다 거의 도맡아 고아원의 수비를 담당했다.

던전과의 연관성 📝

쿨라의 용사 활동이 차츰 정착되던 시기에 던전 마스터와 함께 사리엘 구출을 위한 실낱같은 희망을 품은 채 여로에 올랐다. 던전 마스터를 도우며 엘로 대미궁을 만들어 냈고 시스템 중추에 다다랐으나 사리엘 구출의 뜻은 이루지 못했다(당시에는 아직 방어 체계가 갖춰지지는 않았으나 우격다짐으로 사리엘을 시스템에서 끄집어낼 수는 없었다). 사리엘을 시스템 중추에서 직접 구출하는 꼼수는 통하지 않았지만, 다른 하나의 꼼수인 신을 쓰러뜨려서 에너지를 공급하는 방법을 선택하기로 결의를 다진 뒤 규리에와 싸우고자 한다(이 방법을 제시했던 인물은 물

론 던전 마스터이다). 사리엘을 구출하고 싶었던 겸양의 지배자와 관리자 D가 부
과한 계약 때문에 전력을 발휘할 수 없는 규리에의 대결. 겸양의 힘을 써서 단 한
번뿐인 혼신의 일격을 날린다. 그 일격에는 규리에를 충분히 쓰러뜨릴 만한 위력
이 담겨 있었으나 규리에를 희생시키려는 행위에 대한 죄책감이 작용한 결과로
힘도 겨냥도 미세하게 흔들렸고 규리에는 아슬아슬하게나마 견뎌 냈다. 그리고
모든 힘을 일격에 쏟아부었던 겸양은 기진했다.

전투 능력 🎴

전법은 커다란 신체에 담긴 피지컬을 활용하는 육탄전. 히든카드로서 겸양의 일격.

던전 마스터와의 좌충우돌 콤비 🎴

겸양은 과묵한 성격이고 딱 필요한 말만 꺼내는 성격이었다. 반면에 던전 마스터
는 언제나 중얼중얼 혼잣말을 늘어놓는 인물이었다. 함께 사리엘 구출을 목표로
던전 발굴을 진행했었는데 한쪽은 묵묵히, 한쪽은 중얼중얼 혼잣말을 끝없이 늘
어놓았기에 모르는 사람이 보면 무척이나 기이한 2인조였다. 그러나 허물없는 사
이였던 두 사람에게는 저런 기이한 광경도 일상의 일부였다. 이렇듯 두 사람은 대
조적이나 시스템 가동 전부터 고아원 안에서도 사이가 좋았고 다른 고아원의 친
구들에게서 좌충우돌 콤비 취급을 받았다.

Name	순결
Ability	결계
Title	초대 순결의 지배자

외형은 몸 곳곳에 비늘이 자라난 것 이외는 평범한 인간과 다르지 않다. 비늘을 숨기면 평범한 인간으로 보인다. 용의 인자를 강하게 주입당한 키메라이지만, 똑같이 용의 인자를 주입당했던 초대 질투의 지배자보다도 인간과 가까운 용모를 지녔다는 이유 때문에 질투의 대상이 되고 말았다. 그런 사정으로 고아원에 있기 불편했기에 바깥에서 혼자 자취를 했다. ……이런 건 반쯤 구실이고 오타쿠 굿즈와 오타쿠 생활을 보이고 싶지 않았던 그냥 오타쿠였고 소심한 인물. 「나」처럼 아예 말을 안 하는 건 아니지만, 누군가 말을 붙이면 횡설수설한다. 일러스트레이터(별로 잘 팔리지는 않았다)로서 활동했었다.

시스템 가동 이후의 활동 🖊

시스템 가동 직후에는 비전투원으로서 고아원의 식구들과 함께 행동했다. 여행 도중에는 거의 아무것도 하지 않았던 부류 중 한 사람. 일단 중간부터 용의 인자에서 유래된 용 결계의 전 단계에 해당하는 약한 결계와 비슷한 수단을 사용할 수 있게 되었으나 그 시기에는 이미 쿨라가 무쌍의 활약을 펼치고 있었던 터라 별달리 도움은 되지 않았다. 고아원에 돌아오고 나서는 고아원에 상시 결계를 쳐서 방어에 기여했다. 참고로 항상 결계를 치고 지냈었기 때문에 최종적인 결계의 강도는 「나」조차 돌파하려면 꽤 시간을 들여야 할 만큼 굉장한 수준으로 올라갔다. 그녀의 결계가 있었던 덕에 고아원은 별 간섭을 받지 않았던 사실은 분명하지만, 다른 초대 지배자들과 비교하면 화려한 실적이 없이 수수하게 생애를 마쳤다. 또한 순결이라는 스킬을 획득할 수 있었던 이유는 2차원에 청춘 전부를 바쳤으며, 살아남은 고아원 친구들 중 유일하게 특별한 스킬을 따로 받지 못했다는 이유로 관리자 D가 자비를 베풀었기 때문이다. 참고로 그녀가 소중하게 아꼈던 오타쿠 굿즈는 고아원에 돌아온 이후 남몰래 혼자서 자취했던 방에 가지러 가봤더니 전부 사라져버렸다…….

시스템 가동 이후의 시계열

각지에서 공동체끼리 교류 및 합병,
반대로 분쟁 따위가 일어나다

때때로 강력한 마물이 튀어나오는 사태가 발생
(가칭 레이드급 몬스터)
원장과 초대 질투의 지배자가 목숨을 잃어버리는
원인으로 작용한 것도 레이드급 몬스터의 등장이었음

마물에 대한 대처가 당면 문제로 대두된 덕에
인간끼리의 분쟁이 줄다
마물의 고기 덕분에 식량 사정이 개선되어
인간끼리의 분쟁이 더더욱 줄다
분쟁이 줄어들면서 인간들이 서로 힘을 모아서
공동체를 형성하기 시작하다

초기 마물 발생

고아원이 식구들이 대통령 관저에서
고아원을 향하여 출발
식량 등 물자를 손에 넣고자
각지에서 폭동이 발생, 세기말화

사리엘을 산 제물로 바쳐서 별을 연명—
시스템 가동 개시

경양
vs.
규리에디스트디에스—
경양 사망

던전 마스터가 던전을 만들다
(훗날의 엘로 대미궁)

던전 마스터와 초대 경양이 고아원을 뒤로하다

선동왕, 카사나가라 대륙으로 떠나다

여제군
vs.
더스틴군—
여제 사망

수인왕
vs.
더스틴군—
수인왕 사망

쿨라
vs.
포두이—
포두이 사망

초대 경양, 고아원으로 귀환

포두이 세력 확대, 수인왕 폭주 개시,
선동왕 공동체 형성, 여제 공동체 형성

쿨라 및 고아들이 고아원으로 귀환

포두이가 활동을 개시

인내의 지배자

초대 보유자: **쿨라**   최종 보유자: **메라조피스**

습득 스킬 「외도 무효」「단죄」   습득 조건 「인내」를 획득

효과 방어, 저항 각 능력치 상승. 사안계 스킬 해금. 내성계 스킬의 숙련도에
+보조. 지배자 계급 특권을 획득

설명 인내를 지배하는 자에게 수여되는 칭호

외도 무효 혼을 직접 침범하는 「외도」 속성의 공격 및 마법을 무효화한다.

단죄 혼에 시스템상의 죄과를 쌓은 자에게 죄과의 합산치와 비례하
는 저항 불가능 대미지를 가한다.

인내 자신이 지닌 신성 영역을 확장한다. MP가 남아 있는 한 아무리
대미지를 받아도 HP 1로 살아남는다.

구휼의 지배자

초대 보유자: **나탈리**   최종 보유자: **필리메스 하이페너스**

습득 스킬 「기적 마법 LV 10」「헌상」   습득 조건 「구휼」을 획득

효과 MP, 마법, 저항 각 능력치 상승. 지원계 스킬의 숙련도에 +보조. 지배자
계급 특권을 획득

설명 인내를 지배하는 자에게 수여되는 칭호

기적 마법 상위 회복 마법. 죽지만 않았다면 어떤 상태에서도 회복을 장
담해주는 탁월한 마법.

헌상 자신의 HP, MP, SP를 전부 소비해서 기적을 일으킨다.

구휼 자신을 중심으로 아군이라고 인식하는 대상 전부에게 「HP 초
속 회복 LV 1」에 해당하는 효과를 준다.

오만의 지배자

초대 보유자: **포두이**　최종 보유자: **「나」**

| 습득 스킬 | 「심연 마법 LV 10」「나락」 | 습득 조건 | 「오만」을 획득 |

효과 ▶ MP, 마법, 저항 각 능력치 상승. 정신계 스킬의 숙련도에 +보조. 지배자 계급 특권을 획득.

설명 ▶ 오만을 지배하는 자에게 수여되는 칭호

심연 마법 ▶ 심연의 어둠을 조작하는 최상급 어둠 마법.

나락 ▶ 나락을 현현시킨다.

오만 ▶ 습득하는 경험치와 숙련도가 대폭 상승되고, 각 능력의 성장치 가 상승한다.

폭식의 지배자

초대 보유자: **아리엘**　최종 보유자: **아리엘**

| 습득 스킬 | 「부천 LV 1」「승화」 | 습득 조건 | 「폭식」을 획득 |

효과 ▶ HP, MP, SP 각 능력치 상승. 능력치 강화계 스킬의 숙련도에 +보조. 지 배자 계급 특권을 획득

설명 ▶ 폭식을 지배하는 자에게 수여되는 칭호

부천 ▶ 스킬 레벨 × 100만큼 SP(적)을 추가로 올려준다. 또한 레벨 업 시에 스킬 레벨 × 10만큼 성장 보너스를 부여한다.

승화 ▶ SP(적)을 소비해서 일시적으로 모든 능력치 상승.

폭식 ▶ 모든 물질과 현상을 포식 가능하며 순수 에너지로 저장할 수 있다.

습득 스킬 「기적 마법 LV 1」「안녕」　습득 조건 「자비」를 습득

효과 MP 능력치 대폭 상승. 치료계 스킬의 숙련도에 +보조. 지배자 계급 특권을 획득

설명 자비를 지배하는 자에게 수여되는 칭호

기적 마법 상위 회복 마법. 죽지만 않았다면 어떤 상태에서도 회복을 장담해주는 탁월한 마법.

단죄 사망자를 천국으로 보낸다. 즉 시스템 바깥의 정상적인 윤회 체계로 혼을 보내준다.

인내 사자 소생.

질투의 지배자

초대 보유자: **질투**　최종 보유자: **소피아 케렌**

습득 스킬 「천린 LV 10」「화근」　습득 조건 「질투」를 획득

효과 HP, 방어, 저항 각 능력치 상승. 방어계 스킬의 숙련도에 +보조. 지배자 계급 특권을 획득

설명 질투를 지배하는 자에게 수여되는 칭호

천린 용종이 보유하는 강건한 비늘. 마법 술식을 분해하는 힘을 지닌다.

화근 원념을 힘으로 바꿔서 두른다.

질투 대상의 스킬을 봉인한다.

탐욕의 지배자

초대 보유자: **여제**   최종 보유자: **유고 반 렝잔드**

습득 스킬 ▶ 「감정 LV 10」「정복」   습득 조건 ▶ 「탐욕」을 획득

효과 ▶ 모든 능력치 약간 상승. 모든 스킬의 숙련도에 약간의 +보조. 지배자 계급 특권을 획득

설명 ▶ 탐욕을 지배하는 자에게 수여되는 칭호

감정 LV 10   숨겨지지 않는 모든 정보를 감정 가능.

나락   정복자의 위광에 의해 아군을 고무한다.

오만   살해한 상대의 능력을 랜덤으로 빼앗는다.

절제의 지배자

초대 보유자: **더스틴 대통령**   최종 보유자: **더스틴 교황**

습득 스킬 ▶ 「금기 LV 10」   습득 조건 ▶ 더스틴 본인일 것
「기억 LV 10」「조화」

효과 ▶ 지배자 계급 특권을 획득

설명 ▶ 더스틴에게 수여된 칭호

금기 LV 10   자신의 죄를 잊지 마라.

기억 LV 10   자신의 죄를 기억하라.

조화   아무도 상처 입지 않는 허망한 평화를 잠시나마 가져다준다.

나태의 지배자

초대 보유자: **던전 마스터**　최종 보유자: 「**나**」

습득 스킬 〉「수면 무효」「퇴폐」　습득 조건 〉「나태」를 습득

효과 〉HP, SP(황), SP(적) 각 능력치 상승. 모든 스킬의 숙련도에 약간의 +보조. 지배자 계급 특권을 획득

설명 〉나태를 지배하는 자에게 수여되는 칭호

수면 무효 〉수면 상태 이상에 걸리지 않게 되고, 잠들지 않아도 괜찮게 된다.

퇴폐 〉모든 것을 끝장내는 부식의 파동을 발출한다.

나태 〉주위의 HP, MP, SP 감소치를 대폭 상승시킨다.

겸양의 지배자

초대 보유자: **겸양**　최종 보유자: **아리엘**

습득 스킬 〉「기도 LV 10」「복음」　습득 조건 〉「겸양」을 획득

효과 〉지배자 계급 특권을 획득

설명 〉겸양을 지배하는 자에게 수여되는 칭호

기도 〉그 기도는 분명 누군가에게 가닿을 것이다.

복음 〉눈부신 미래가 찾아올 것을 믿으며.

겸양 〉목숨도 혼도 불살라서 규격 외의 힘을 얻는다.

순결의 지배자

초대 보유자: **순결**　최종 보유자: **카르나티아 세리 애너발드**

습득 스킬　「부식 내성 LV 1」「몽상」　**습득 조건**　「순결」을 획득

효과　저항이 대폭 상승. 방어계, 내성계 스킬의 숙련도에 +보조. 지배자 계급 특권을 획득

설명　순결을 지배하는 자에게 수여되는 칭호

부식 내성　부식 속성 공격에 내성을 보유한다.

몽상　꿈속의 세계에서 살아간다.

순결　신룡 결계 이상의 방어 성능을 보유한 결계를 전개한다.

색욕의 지배자

초대 보유자: **선동왕**　최종 보유자: **유고 반 렝잔드**

습득 스킬　「집중 LV 10」「자실」　**습득 조건**　「색욕」을 획득

효과　SP(황), SP(적), 속도 각 능력치 상승. 상태 이상계 스킬의 숙련도에 +보조. 지배자 계급 특권을 획득

설명　색욕을 지배하는 자에게 수여되는 칭호

집중　집중력이 늘어난다.

자실　대상의 정신을 때려 부순다.

색욕　대상을 세뇌한다.

분노의 지배자

초대 보유자: 수인왕　최종 보유자: 라스

 습득 스킬 ▶ 「투신법 LV 10」「염마」　습득 조건 ▶ 「분노」를 획득

효과 ▶ 공격, 방어, 속도 각 능력치 상승. 물리 공격 스킬의 숙련도에 +보조. 지
배자 계급 특권을 획득

설명 ▶ 분노를 지배하는 자에게 수여되는 칭호

투신법 ▶ SP를 소비해서 물리 능력치를 상승.

염마 ▶ 지옥의 심판자가 부리는 불길을 불러낸다.

분노 ▶ 분노가 자아를 집어삼키나, 능력치 열 배.

근면의 지배자

초대 보유자: 포티머스 하이페너스　최종 보유자: 포티머스 하이페너스

 습득 스킬 ▶ 「사고 초가속 LV 10」「탐구」　습득 조건 ▶ 「근면」을 획득

효과 ▶ MP, SP(적), 저항 각 능력치 상승. 정신계 스킬의 숙련도에 +보조. 지배
자 계급 특권을 획득

설명 ▶ 근면을 지배하는 자에게 수여되는 칭호

사고 초가속 ▶ 사고 속도가 초가속된다.

탐구 ▶ 감정으로 조사할 수 있는 분야를 조사 가능.

근면 ▶ 혼이란 무엇인지를 알 수 있게 된다.

예지의 지배자

초대 보유자: 「나」   최종 보유자: 「나」

습득 스킬 「마도의 극의」「성마」   **습득 조건** 「예지」를 획득

효과 MP, 마법, 저항 각 능력치 상승. 마법계 스킬의 숙련도에 +보조. 지배자 계급 특권을 획득

설명 예지를 지배하는 자에게 수여되는 칭호

마도의 극의 시스템 내부에 근거한 마력 제어 보조 및 술식 전개와 관련된 각종 능력치가 최대가 된다. 또한 MP 회복 속도가 최속이 되고, 소비는 최저가 된다.

성마 MP, 마법, 저항 각 능력치를 1000만큼 추가로 올려준다. 또한 레벨 업 시에 100만큼 성장 보너스를 부여한다.

예지 자신의 지각 범위 내에 존재하는 모든 대상에 대하여 열람 레벨 1까지의 정보를 습득할 수 있다.

미공개 일러스트

일러스트◆키류 츠카사

규리에의 기억

Memory of Gyurie

규리에의 나 홀로 이야기　요리

흠, 요리라.

지금의 아리엘은 요리를 맛있게 할 줄 알지만, 옛날에는 그렇지 않았군.

애당초 아리엘은 온종일 휠체어에 앉은 채 생활했으니까.

요리는 아예 시도조차 할 수 없었다.

그리고 시스템이 생겨나기 이전, 이후는 식자재와 조미료 등 많은 부분이 달라져버렸다.

시스템 탓에 일부 세균 따위가 사라져버려 발효 등 숙성이 필요한 식자재 및 조미료는 대부분이 실전되어버렸지.

이러한 이유 때문에 아리엘은 시스템 도입 이전의 요리를 만들 수 없을 것이다.

나 말인가?

유감스럽게도 나 또한 요리는 못한다.

아예 아무것도 못 만들지는 않으나 거의 경험한 바 없군.

왜냐하면 우리 용들은 애당초 식사를 필요로 하지 않기 때문이다.

우리가 주식으로 취하는 것은 별에서 새어 나오는 잉여 에너지다.

그것을 흡수하면 그만이기에 구태여 식사라는 효율 나쁜 방법을 채택할 필요가 없다.

딱히 불가능하지는 않으니 오락으로서 식사를 즐기는 용도 아주 없지는 않았지만 말이지.

아무튼 나는 음식에 취미를 갖진 않아서 요리하거나 먹는 행위를 굳이 즐기지는 않았다.

참고로 이 논리는 사리엘에게도 똑같이 적용된다.

다만 나와 결정적으로 다른 부분은 사리엘은 요리 솜씨가 터무니없이 엉망이라는 것이다.

엉망? 뭐랄까, 일종의 재해에 가깝겠군.

사리엘은 맛을 도외시하고 필요한 영양만 계산해서 요리하니까.

그 때문에 완성된 음식은 괴식에 가까운 경우가 많았다.

겉모양은 물론이거니와 맛도 마찬가지지.

고아원 출신 아이들은 사리엘을 아끼고 존경했지만, 사리엘의 요리만은 절대로 입에 넣으려고 하지 않았다.

원장도 제발 주방에 들어가지는 말라며 신신당부를 할 지경이었으니까.

"불가해."

황당하게도 본인은 저런 발언을 늘어놓았는데 제아무리 영양 밸런스가 완벽할지언정 겉모양도 맛도 나쁜 음식을 굳이 나서서 먹으려는 생각이 들 리 없잖은가.

우리 용들은 인간들의 미각을 재현함으로써 대응할 수 있지만, 사리엘은 저런 자질구레한 감각은 못 따라가는 듯했다.

그 때문에 자신이 만든 요리가 인간들에게 어떤 맛으로 느껴지는지를 이해하지 못하는 눈치였지.

……먹은 인간의 반응을 보고 눈치채라는 생각은 들었다만.

뭐, 사리엘에게 저런 눈치를 요구하는 게 잘못된 생각일 테지.

고아원의 식사를 혼자 도맡았던 인물이 예의 원장이었는데 그 여자의 요리는 좋은 의미든 나쁜 의미든 평범했다.

어쩔 수 없다. 한창 성장기에 있는 아이들 여럿을 배불리 먹여줘야 하는 입장이었으니까.

맛보다는 양이 우선이었겠지.

요리를 한 경험이 있는 인물이라면 저게 얼마나 힘든지 알 것이다.

게다가 개중에는 아리엘처럼 개별로 특별 메뉴를 만들어줘야 하는 아이도 있었다.

그런 상황에서 평범한 수준의 맛을 제대로 확보할 수 있었다는 것은 오히려 원장의 요리 솜씨가 상당히 뛰어났다는 말이 아니겠는가.

고아원 아이들이 사리엘 이상으로 꼼짝 못하는 인물이었지.

원장이 얼마나 힘들었을지는 아이들도 잘 알고 있었는지 몇 명은 솔선해서 도우미 역할을 맡곤 했었다.

처음 시작한 무렵에는 실수도 많긴 했지만 말이지.

실수 없이 제 역할을 한 녀석은 기껏해야 후세에서 여제라고 불렸던 초대 탐욕의 지배자 정도였던가.

그 아이는 뭐든 능숙하게 해내는 재주가 있었으니까.

반대로 괴멸적으로 요리를 못했던 아이가 초대 성녀다.

그 아이는 도를 넘어서 대충대충이었으니까.

불을 쓰는 요리는 대부분 숯덩이를 만들곤 했다.

초대 용사가 그 아이에게 「회복만 맡아줘라」라고 부탁한 것도 이해가 된다.

분명히 다른 분야의 임무를 맡겼다면 상대를 숯덩이로 만들어 놓았을 테지.

그런 부분은 사리엘과 닮은 것 같기도 하군.

아리엘까지 닮지 않아서 운이 좋았는지도 모르겠다.

규리에의 나 홀로 이야기 스마트폰

스마트폰이라.

전생자들의 세계에서 통신 단말 장치를 부르는 명칭이었던가.

이쪽 세계에도 비슷한 물건은 있었다.

물론 명칭은 달랐지만 말이지.

세계의 이면 사회와도 통화가 가능했던 만큼 인간의 발명품치고 제법 잘 만들었다며 감탄을 했다.

……무척 거만한 발언이라고?

글쎄, 당연한 감상 아닌가.

애석하게도 우리들 용은 저러한 단말기가 없어도 같은 결과를 만들 수 있다.

꼭 도구에 의지해야 하는 인간들과는 다르다.

이것은 딱히 통화에만 한정되지는 않는다.

텔레비전을 비롯해서 영상 및 SNS, 네트워크 등등.

인간이 통신 단말기를 써서 누리는 기능 대부분을 용은 도구 없이 재현할 수 있다.

인간이 통신 단말기를 써서 형성한 네트워크, 그와 비슷한 체계는 사실 용에게도 있다.

큰 차이는 앞서 언급했듯이 도구를 쓰지 않는다는 것과 우주 규모로 저러한 네트워크가 확대되어 있다는 것인가.

용의 영역은 이 세계뿐 아니라 광대한 우주 곳곳으로 뻗어 나간다.

이 세계는 용의 관점에서는 변경의 깡촌이니까.

이렇듯 변경 깡촌에 있어도 최신 정보를 획득 가능한 수단이 바로 용의 네트워크였다.

유감스럽게도 이단자 신세가 된 나에게는 저러한 네트워크에 접속할 권한이 이미 없지만 말이지.

용의 이미지에 안 맞는다고?

그러할 테지.

인간들은 우리에게 신비함 같은 분위기를 바라는 경향이 있으니까.

인간은 이해할 수 없는 능력을 행사한다는 점에서는 맞는 말이지만, 인간이 곧잘 상상하는 신비한 모습과 실제 우리가 활용하는 힘의 방식에는 상당한 차이가 있을 것이다.

마법이라거나 마술과 같은 명칭이 기담이며 환담의 이미지를 자극하기에 괜한 착각이 생겼을지도 모르겠군.

실제 우리가 행사하는 힘은 인간이 과학 발달로 이루어 낸 결과의 연장선상에 있다.

단지 과학에 의한 결과인지 마술에 의한 결과인지 차이가 있을 뿐이다.

또한 우리가 마술을 써서 구현하는 기능은 인간의 과학으로 구현 가능한 결과보다도 훨씬 더 많았다.

표현은 좀 나쁜데 인간의 과학력은 우리가 봤을 때 많이 뒤처진다.

인간이 본 우리의 힘은 굳이 분류하자면 SF의 영역에 가까울 테지.

다만 기계 등 도구를 쓰지 않고도 같은 결과를 만들어 내는지라 이미지가 어긋나버리는 듯싶다.

그렇다 해도 착각을 하면 곤란하다만 우리들 또한 인간의 과학력을 딱히 조롱하는 것은 아니다.

굳이 도구를 써야 우리의 힘을 따라 할 수 있다는 말을 뒤집어보면 어떠한가. 요컨대 도구만 쓸 수 있다면 우리와 같은 힘을 사용할 수 있음을 뜻하지 않겠는가.

이 세계의 과학 수준으로는 유감스럽게도 아직 동등한 영역까지 따라오지는 못했다만, 다른 세계에서는 용의 마술을 과학이 따라잡은 곳도 있었다.

그곳이 바로 이 세계의 인간이나 전생자들이 SF로서 상상하는 세계에 해당될 테지.

다만 그러한 곳에 용들이 태연하게 섞여서 사는 모습은 역시 이미지에 안 맞을지도 모르겠군.

그런 의미에서는 전생자들의 세계도 아직은 발전 도상의 단계에 있다는 뜻이다.

뭐라고? 용이 도구 없이 스마트폰과 같은 기능을 구사할 수 있다면 D가 스마트폰을 쓰는 이유는 무엇이냐고?

……단순히 연출이지 않겠나?

굳이 매개체를 쓰지 않아도 D는 염화든 뭐든 직접적인 대화가 가능하다.

그럼에도 구태여 스마트폰을 쓴 이유라면 연출 이외에 딱히 떠오르는 게 없군.

별로 신기한 일은 아닐 터이지.

다른 누구도 아닌 D잖은가?

D는 단지 본인이 더 재미있겠다는 생각을 해서 연출에 굳이 힘을

빼고도 남을 인물이다.

　직접 두뇌 안쪽에 말을 건네는 행위보다 더욱 큰 존재감을 발휘하기 위해서 굳이 매개물을 무엇인가 하나 더 끼워 넣은 것 아니겠는가?

　유감스럽게도 나 따위가 D의 의도를 파악할 수는 없다.

　……별로 대단한 의미는 애당초 없었을지도 모르겠군.

규리에의 나 홀로 이야기 오토바이

오토바이?

오토바이를 탄 경험이 있냐고?

글쎄, 오토바이를 갖고 있기는 했는데 타본 경험은 없군.

어째서냐고?

잘 생각해봐라.

나는 공간 마술을 특기로 하는 인물이지 않나?

오토바이에 굳이 안 타도 어디에든 갈 수 있다.

애당초 공간 마술을 안 쓰더라도 오토바이보다 빠르다.

자기 자신보다 이동 속도가 느린 탈것에 탈 필요성이 대체 어디에 있겠나?

훗.

이런, 아니다, 미안하군.

완전히 같은 대화를 먼 옛날에 주고받았던 기억을 떠올려서 말이지.

상대는 예의 고아원 출신 고아들 중 한 녀석이다.

훗날 수인왕이라는 이름으로 불리게 될 사내아이였는데 당시에는 아직 혈기 넘치는 꼬마에 불과했지.

그 녀석은 고아원의 첫손가락으로 꼽히는 악동인지라 어디에서 구해 왔는지 오토바이를 갖고 있었다.

물론 무면허로.

사리엘에게 발각당하면 곧장 처분될 테니 고아원 바깥의 친구 집에다가 오토바이를 보관했다.

친구라고 쓰고 패거리의 아우라고 읽는 관계였던 것 같다만.

그 무렵의 녀석은 고아원에 귀가하지도 않고 아우로 삼은 친구들의 집을 이리저리 전전했었다.

한 마디로 줄여 말하자면 불량아다.

건실했다는 말을 해주기는 어렵군.

나는 그날 우연히 녀석이 오토바이를 그 친구 집에서 정비하고 있던 모습을 발견하고 쓴소리를 좀 했다.

그랬더니 녀석이 뭐라 대꾸했는지 아는가?

"이것은 내 분노의 소울을 실체화한 파트너다!"

"타오르는 나의 불꽃은 이 녀석의 바람 덕분에 더욱 뜨거워진다!"

"어디든 끝까지 달려가버릴 테다!"

……의미를 알아들을 수 없겠지?

뭐, 나의 훈계에는 귀를 기울이지 않고 이후에도 주절주절 오토바이의 매력에 대해 떠들더군.

시적 표현이 과했던지라 절반 이상은 흘려들었었다만.

일단 녀석이 오토바이를 좋아하는 것은 뼈저리게 전해졌다.

나는 도저히 이해하기 어려웠다만.

본심을 꾸밈없이 전달했더니 「타보면 알 수 있다!」라는 대답이 돌아왔다.

같은 흐름으로 「타본 적 없냐?」라고 묻기에 앞서 언급했던 내용과 같은 대화가 발생했던 것이다.

"로망을 모르는 녀석이군."

이렇듯 어이없어하는 반응이 돌아왔지만 말이지.

이것만큼은 아무래도 어쩔 도리가 없다.

로망을 운운하는 저 감정을 부정할 뜻은 없다만, 내 입장에서 오토바이는 어쩔 수 없이 지극히 불편한 탈것에 불과하니까.

어쩔 수 없이 탑승했을 때도 상쾌감보다도 먼저 불편함이 두드러지게 된다.

자기 다리로 달리는 편이 더 빠르단 말이지.

인간도 걷는 속도보다 반드시 느리게 움직여야 하는 탈것에 타고 싶은 마음은 안 들지 않겠나?

아마도 내가 느끼는 감상이 저것에 가깝다.

용의 능력이 너무 뛰어난 탓에 발생하는 폐해군.

능력이 너무 뛰어나기에 오히려 인간이 느낄 수 있는 즐거움을 못 느낀다는 것은 새로운 깨달음이었다만.

오호라, 살짝 감탄을 하고 말았었지.

이 같은 발견을 감안하여 사리엘에게 보고하지 않고 넘어가줬다만, 유감스럽게도 녀석이 마음껏 오토바이를 타고 돌아다닐 수 있었던 기간은 아주 짧았다.

수인왕이라는 명칭처럼 녀석은 이른바 수인이라고 불릴 만한 외형을 지닌 키메라여서 말이지.

온몸에 털이 자라나 있던 것이다.

그래서, 뭐, 오토바이의 기관부에 자꾸 털이 들어가는 바람에 번번이 고장이 났고…….

그때마다 어떻게든 수리를 해서 탄 것 같은데 결국 손쓸 도리가 없을 지경으로 망가져버렸기에…….

"나의 불꽃에 견디지 못하고 재가 되어버렸군……."

제법 애수가 느껴지는 발언을 늘어놓았다만, 어쨌든 털이 속까지 파고 들어가서 기관부를 태워버린 것은 사실이다.

이 시기에는 결국 무면허로 오토바이를 타고 다녔던 사실이 사리 엘에게도 발각되어서 말이지.

이후 녀석이 오토바이를 탄 모습은 보지 못했다.

다시 타 봤자 금방 고장 날 것이 뻔하니 관뒀는가, 사리엘에게 제 지당했기 대문에 관뒀는가.

어느 쪽인지는 알지 못한다만.

그나저나 왜 갑자기 오토바이 얘기를 하지?

거미 네 자매? 장어 내기 레이스? 다른 세계선의 이야기?

……잘 모르겠다만 구태여 따져 묻지는 말고 넘어가도록 하지.

엘로 대미궁의 기억

Memory of Great Elroe Labyrinth

🗣 엘로 대미궁의 모험가들

엘로 대미궁.

세계 최대의 던전.

너무나 크고 넓은 데다가 또한 너무나 위험한 탓에 아직껏 전체 규모조차 밝혀지지 않은 던전이다.

다만 이렇듯 위태로운 던전이라도 사람들은 도전을 감행한다.

대미궁에 도전하는 모험가들의 아침은 일찍, 시작되지는 않는다.

제각각이다.

왜냐하면 대미궁 안은 밤낮없이 새카만지라 시간 감각을 빼앗겨 버리기 때문이다.

아침에 진입하든 낮에 진입하든 대미궁 내부는 변화가 없다.

그렇다면 굳이 서둘러서 진입하지 않아도 무방하다.

아침 일찍 일어나서 졸린 눈을 비비며 진입할 바에야 든든하게 원기를 보충한 뒤 만전의 상태에서 진입하는 편이 더 낫지 않겠는가.

그리고 준비를 마친 모험가들을 파티를 짜서 출발한다.

혼자 대미궁에 돌격하는 무모한 모험가는 없다.

설령 있더라도 두 번 다시 복귀하지 못한다.

젊은 모험가 중에는 스스로의 힘을 과신하는 부류도 있지만, 대미궁이라는 장소는 저런 과신을 용납해줄 만큼 만만한 곳이 아니니까.

대미궁에 진입하려면 우선은 통행료를 지불한 뒤 검문을 통과해야 한다.

검문소는 요새처럼 지어 놨는데 만에 하나 대미궁으로부터 마물이 빠져나왔을 경우 요격하는 역할을 담당하고 있다.

그리고 대미궁에 진입하는 사람들에게서 통행료를 징수함으로써 이익을 얻는다.

모험가들은 통행료를 지불해서라도 대미궁에 들어간다.

어째서인가?

쓴 돈을 메우고도 남는 수입을 얻을 수 있으니까.

대미궁에는 다른 곳에서는 서식하지 않는 마물이 다수 존재한다.

그것들의 소재는 대미궁에서만 얻을 수 있기에 항상 수요에 비해 공급이 부족한 것이 실태다.

하긴 대미궁은 모험가들에게도 위험한 장소잖은가.

신출내기는 도저히 살아 돌아올 수 없기 때문에 그곳에서 활동하는 모험가들은 적다.

따라서 마물의 소재는 하나같이 귀중하게 취급되며 그만큼 높은 가격으로 거래된다.

다만 이 같은 이점에는 마물을 쓰러뜨릴 수 있어야 한다는 전제 조건이 따라붙는다.

대미궁에서 서식하는 마물은 천차만별.

마물의 위력을 대략적으로 나타내는 위험도 체계도 각 단계의 범위가 넓어서 약한 마물이 있는가 하면 감당하기 어려운 강한 마물도 있다.

약한 마물을 확실하게 쓰러뜨릴 수 있는 실력과 강한 마물을 경계하며 맞닥뜨리지 않게 피하는 기술, 아울러 만에 하나 맞닥뜨리더라도 몸성히 도망칠 수 있는 임기응변이 요구된다.

저것들은 모두 모험가에게 가장 먼저 요구되는 자질이기는 하지만, 대미궁에서는 더욱 뛰어난 능력을 갖고 있어야 살아남는다.

그리고 대미궁에서 활동하는 모험가에게는 필수적인 스킬이 있다.

독 내성과 밤눈.

독을 쓰는 마물이 다수 서식하며 광원이 없어 밤에도 낮에도 짙은 어둠에 감싸인 미궁.

독에 내성이 없다면 눈 깜짝할 새에 마물의 먹잇감이 되며, 밤눈이 없다면 제대로 된 활동조차 불가능하다.

그리고 스킬은 아니지만 대미궁이라는 특수한 환경 안에서도 꺾이지 않는 굳건한 마음.

독을 쓰는 마물이 허다하며 상시 어둠에 갇혀 있어야 하는 곳이 대미궁이다. 언제 마물에게 습격당할지 알 수 없는 공포와 싸우며 어둠 속에서 하염없이 눈을 부릅떠야 한다.

그런 곳에서 며칠, 십수 일, 어쩌면 더 오래 탐색을 이어 나가야 하는 것이다.

혹여 버티지 못하겠다면 대미궁에서 모험가 노릇을 하기는 불가능하다.

그럼에도 모험가들은 일확천금을 노리고 대미궁에 도전한다.

자신의 힘을 믿는 자.

돈이 궁한 자.

꿈꾸는 자.

다양한 모험가들이 대미궁에 도전하며, 또한 일부는 다시 햇살을 보지 못하고 거꾸러져서 숨을 거둔다…….

이곳은 엘로 대미궁.

세계 최대 규모이자 세계 최고 난도의 던전이다.

🖤 마물의 위험도

마물에게는 위험도라는 개념이 있다.

이 같은 위험도의 설정을 담당하는 곳은 모험가 길드다.

모험가 길드는 모험가에게서 해당 마물의 정보를 수집한 뒤 여러 자료를 근거로 위험도를 판정하고 있다.

모험가 길드 발족부터 오랜 세월에 걸쳐 모아들인 정보를 근거로 해서 만들어지는 위험도.

상당히 높은 정확도를 자랑하는지라 모험가들이 마물을 상대할 때 쓰는 기준으로써 큰 도움이 된다.

다만 위험도는 어디까지나 지표일 뿐 절대적이지는 않다.

각 마물에게는 개체 차이가 있고 레벨 차이도 있다.

같은 종류의 마물이어도 개체가 달라지면 위력도 상이하다.

아주 큰 차이가 나타나는 경우는 거의 없지만, 극히 드물게 특이한 개체가 출현하는 사례도 있는지라 방심은 금물이다.

그러한 예외 이외에도 위험도를 과신해서는 안 되는 사례가 몇 가지 있다.

그중 하나는 전제 조건이 딸린 마물이다.

토벌에 임하며 사전 준비가 잘 이루어지면 쉽게 쓰러뜨릴 수 있는 부류의 마물이 있다.

그런 마물은 대체로 토벌 관련의 노하우가 잘 전해지고 있기 때문에 위험도가 낮게 설정되기 마련이다.

그러나 정작 노하우를 알지 못한 채 위험도만 보고 저러한 마물과 맞서 싸우고자 하는 모험가가 종종 나타난다.

사전 준비도 없이 맞서는 경우에는 당연히 마물의 위험도 또한 올라간다.

마냥 저위험도라는 생각을 갖고 덤볐다가는 뜻밖의 피해가 발생하는 것이다.

그 밖에는 단독일 때와 무리를 지었을 때 위험도가 달라지는 경우가 있다.

한 마리인 경우는 대단찮은 마물이었는데도 다수가 모임으로써 위험도가 대폭 올라가는 식이다.

설령 약한 마물이어도 숫자가 많아지면 그만큼 위험성도 늘어나는 법이다.

또한 조건에 따라 위험도가 올라가는 종도 있다.

특정 조건이 만족될 때만 위험도가 올라간다.

좁은 장소에 위치할 때나 반대로 넓은 장소에 위치할 때, 혹은 둥지에 진입했을 때 등등 장소와 관련되는 조건.

낮과 밤처럼 시간과 관련되는 조건.

번식기 등 절기와 관련되는 조건 따위를 꼽을 수 있다.

그 밖에도 다양한 요인에 따라 위험도가 유명무실해지는 상황이 있다.

다만 어떠한 경우여도 회피는 충분히 가능하다.

먼저 사전에 정보 수집을 게을리하지 말 것.

위험도뿐 아니라 해당 마물의 특징을 머릿속 깊이 집어넣는다.

그렇게 함으로써 대처 방법 따위가 저절로 몸에 각인될 것이다.

앞서 서술했던 사전 준비가 충분하다면 대처가 수월한 마물 따위는 정보 수집을 철저하게 해서 위험도대로 상대할 수 있다.

아울러 마물을 주의 깊게 관찰할 것.

위험도가 낮은 마물이 상대여도 방심하지 말고 주의 깊게 관찰하면서 대처에 임한다면 문제는 없다.

만약 통상종과는 큰 차이가 나는 특이한 개체와 조우했더라도 주의 깊게 관찰한다면 둘의 차이를 간파할 수 있을 것이다.

그렇게 하면 해당 개체를 과연 토벌할 수 있을지 없을지 판단도 될 것이다.

사전 정보 수집으로 얻은 지식을 고집하지 말고 눈앞에 있는 개체의 위험도를 스스로 판단하라.

항상 죽음의 위험과 이웃해야 하는 모험가에게 이 같은 판단 능력은 매우 중요하다.

예상하지 못한 사태와 맞닥뜨렸을 때 침착하게 판단할 수 있도록 자기 자신을 잘 다잡는 것이 꼭 필요한 자질이겠다.

엘로 대미궁에서 특이 개체로 짐작되는 타라텍트의 유체를 발견했던 모험가는 과거에 길드의 배포 자료에 쓰인 교훈을 떠올리고 있었다.

저 거미가 특이 개체라는 것은 파티를 뿌리치고 달아났다는 것으로 증명됐다.

타라텍트종의 유체는 숙련된 모험가 파티로부터 무사히 도망칠 만한 속도는 발휘하지 못한다.

한눈에 특이 개체라는 사실을 깨달았지만, 자신들의 힘이라면 토벌할 수 있다고 판단했다.

유감스럽게도 놓쳐버렸다만.

"철수한다! 가능한 한 서둘러서!"

모험가의 리더, 골드는 동료들에게 지시 내렸다.

저 특이 개체 타라텍트 유체를 놓친 사건이 안 좋은 미래의 전조 같다는 불길한 예감을 느끼면서.

페커토트의 생태

엘로 페커토트.

엘로 대미궁에서 서식하는 고유종 마물이다.

분류상 조류에 속하는데도 날개가 이미 퇴화되어 하늘을 날지는 못한다.

그 대신에 팔이 발달되어 인간과 비슷하게 물체를 손으로 붙잡을 수 있다.

굼벵이 같아 보이는 외형과 달리 날렵하며 엘로 대미궁의 좁은 동굴 내부를 날다시피 종횡무진 뛰어다니다가 습격한다.

비록 하늘을 날지는 못하지만 도약력은 눈이 휘둥그레질 만큼 뛰어나고 때때로 벽과 천장을 발판 삼아서 들이닥치는 경우마저 있다.

또한 속도는 엘로 대미궁 상층에 출현하는 마물 중에서도 상위에 속하기에 불빛이 전혀 없는 환경과 어우러져서 색적 범위의 바깥으로부터 단숨에 거리를 좁혀 습격을 감행했던 사례도 있다.

목측 가능한 범위에 없다고 해서 방심하면 안 된다.

더욱이 독 공격 스킬을 보유했다.

독 공격은 모든 공격에 독을 부여하는 효과가 있다.

따라서 언뜻 보기에 독이 묻어 있을 것 같지 않은 주먹질 따위로도 독 상태를 강제 부여하는 무시무시한 스킬이다.

페커토트로부터 공격을 받았다는 것은 즉 독에 당했다는 것을 의미한다.

엘로 대미궁에서 서식하는 많은 마물과 마찬가지로 해독제는 반드시 충분하게 준비해야만 한다.

한 마리일 때의 위험도는 D.

독 대처만 주의를 기울이면 공격력 자체는 낮기에 엘로 대미궁에서 활동할 수 있는 실력을 갖췄다면 특별히 위협적이지는 않다.

단 대규모로 무리를 짓지는 않으나 동족끼리 무리 의식은 높은 편이며 느슨하게나마 사회를 이루고 있다.

그 때문에 다수의 페커토트를 동시에 상대하는 것은 현명한 행동이 아니다.

최악의 경우 동료를 불러들이는지라 금세 포위당해서 몰매를 맞는다.

매각 가능한 부위는 고기 전반.

부위에 따라 식감이 크게 다른데, 페커토트의 뛰어난 도약력을 뒷받침하는 다리 주변의 고기는 딱딱하고 탄력이 풍부하며 복부 둘레의 고기는 반대로 부드럽다.

그 때문에 부위에 따라 가격이 달라진다.

덩치가 크기 때문에 한 마리를 통째로 팔면 상당한 금액을 번다.

다만 그만큼 운반은 중노동이다.

또한 독이 있기 때문에 독 빼기 작업을 꼼꼼하게 마치지 않으면 식중독을 일으킨다.

그 때문에 토벌해서 곧장 식자재로 쓰겠다면 추천할 수 없다.

처리할 수 있는 전문 기관에 매각하자.

요런 정보를 내가 얻었던 때는 엘로 대미궁을 탈출한 뒤 시간이 꽤 지난 다음이었다.

그 펭귄인지 펠리컨인지 조금 아리송하게 생긴 마물, 땅딸막한 체형과 어울리지 않게 스피드 파이터였구나.

나는 실에 걸린 녀석을 편하게 쓰러뜨리기만 했으니까~.

페커토트가 싸우는 광경은 아예 못 봤지.

……조금 구경하고 싶은 마음도 생기는걸.

뭐, 그 시절의 나는 아직 죽느냐 사느냐 서바이벌 상태였고 구경이나 하러 다닐 여유는 전혀 없었다.

아니지, 혹시 정면으로 싸웠다면 평범하게 졌을지도 몰라.

나한테도 그렇게 약해 빠졌던 시절이 있었다네…….

참고로 수백 년 후, 엘로 대미궁은 이름을 바꿨다.

무슨 이름이냐면 엘로 페커토트 지저국.

페커토트라는 아인이 다스리는 지하의 나라다.

페커토트가 독자적인 문명을 쌓아 올려서 인간들은 알지 못하게 발전한 끝에 나라까지 만든 것이다.

페커토트가 아인으로서 인권을 인정받게 될 때까지 많은 우여곡절이 있었다는 모양인데 그건 또 다른 이야기다.

인간들의 기억

Memory of Humans

귀중한 감정

"야마다. 너 감정 쓸 수 있다던데. 진짜냐?"

학원에 등교한 내게 유고가 말을 걸어왔다.

"유고 왕자. 야마다가 아니라 슈레인 왕자랍니다."

"미안, 미안. 깜빡했다, 슈레인 왕자."

곧장 카티아가 호칭을 정정한다.

그러자 유고는 일단 사과는 하는데 미안해하는 기색도 없이 또 웃는다.

유고는 몇 번을 정정해줘도 이렇게 우리를 자꾸 전세의 이름으로 불렀다.

나는 이미 정정할 생각도 안 드는데 카티아는 매번 꼬박꼬박 반응한다.

……그래서 유고가 재미있어하며 일부러 자꾸 호칭을 틀리는 게 아닐까 의심하고 있는 중이지.

"아무튼. 맞냐?"

"응, 맞아. 쓸 수 있어."

나는 감정 스킬을 가지고 있다.

"흐음? 진짜였던 건가. 신기한데? 감정은 스킬 레벨이 낮으면 거의 아무것도 알 수가 없는 주제에 스킬 레벨 올리는 건 욕 나올 만큼 어려운 쓰레기 스킬이잖아? 용케 익힐 생각을 했군."

무척 지독한 평가지만 사실이니까 반론은 못 하겠다.

나는 쓴웃음 짓고 넘겼는데 옆에서 카티아가 유탄에 맞은 것처럼 얼굴을 찌푸리고 있었다.

……카티아도 감정을 갖고 있으니까 말이지.

애당초 내가 감정을 습득하게 된 계기가 카티아와 나눈 대화이기도 했고.

카티아가 감정을 습득한 건 좋은데 전혀 스킬 레벨이 안 오른다며 불평했던 게 계기였다.

감정은 같은 대상을 반복해서 조사해 봤자 숙련도가 쌓이지 않아 반드시 다른 대상을 찾아 감정해야 한다.

게다가 감정할 때마다 두통이 솟구친다.

적성이 없는 경우는 두통이 몹시 심해져서 감정을 한 번 했는데 뻗어버리는 사람도 있다고 한다.

그리고 한 번의 감정으로 얻을 수 있는 숙련도는 극히 미미하고.

카티아가 감정 스킬 레벨 올리기를 포기한 것도 어쩔 수 없겠다.

"그래서? 레벨은 몇까지 올렸냐?"

유고가 히죽히죽하며 캐묻는다.

이 녀석, 놀릴 생각이 가득하구나…….

하지만 유감스럽게도 내 감정 스킬 레벨은 10이다.

"10인데."

"엉?"

"들었잖아, 10이라니까."

"뭐라고?"

"다~ 들었잖아~! 내 감정 스킬 레벨은 10이라고!"

무심코 소리 지르고 말았다.

다음 순간, 교실에 있던 학생들이 일제히 이쪽을 쳐다봤다.

"10이라니, 인마! 진짜냐?!"

유고가 내 어깨를 콱 붙잡았다.

"어어?! 마, 맞는데."

그 기백에 위축되면서도 긍장했다.

"이 자식?! 멍청아!"

유고는 안달복달하며 주위를 둘러보더니 곧장 고함질렀다.

"너희 다 명심해라! 지금 들었던 말 절대 떠들고 다니지 마라! 알아들었냐?!"

교실에 있던 같은 반 학생들은 말없이 끄덕끄덕 고개를 움직이고 있다.

나는 눈앞의 광경을 어리둥절하며 보고 있을 뿐이다.

……뭔가 실수를 저질렀나?

"……이 자식은 대체."

"이번에는 슌이 잘못했답니다."

기막히다는 듯이 나를 빤히 쳐다보는 유고, 비슷하게 내가 잘못했다고 말하는 카티아.

"어? 으음……?"

"이 녀석 아무것도 모르는 거냐……."

"슌, 당신은 감정 레벨 10이 얼마나 귀중한지 모르는군요?"

그때부터 유고와 카티아는 나에게 감정에 대한 이야기를 구구절절 늘어놓았다.

듣자 하니까 감정은 스킬 레벨을 올리기 어렵다는 게 주지의 사실이라서 업무 관련으로 감정이 꼭 필요한 인물이나 굉장한 괴짜가 아닌 한 감정의 스킬 레벨을 올리려 하는 사람은 없다고 한다.

그리고 레벨을 10까지 올리면 세계적으로 봐도 귀중한 인재라서 대부분은 국가에서 직접 관직을 주고 관리한다던가.

"어째서인지 알겠냐? 알 리가 없겠지. 이 세계에서 감정은 스킬이니 뭐니 이것저것 꿰뚫어 볼 수 있잖아. 악용되면 엄청나게 골칫거리 아니겠냐. 그러니까 국가의 높은 분들도 방치할 수가 없어. 괜히 반항했다간 이렇게 될 각오를 해야 된다고."

유고는 말하면서 자신의 목을 휙 베는 동작을 했다.

"뭐, 너는 왕자님이니까 자다가 찔려서 죽을 걱정은 안 해도 되겠지. 그래도 쓸데없이 자랑하고 다니진 마라?"

유고의 충고에 나는 묵묵히 고개를 끄덕일 수밖에 없었다.

🎭 지식 치트

"지식 치트는 헛꿈이었다. 알겠어?"

장래의 이야기를 나누던 중 카티아가 꺼낸 말이었다.

나는 명색이 왕족이라서 돈벌이를 할 필요는 없지만, 딱히 필요성이 없을 뿐이지 금지당하지는 않았다.

그러니까 문득 전세의 지식을 활용해서 뭔가 가능하지 않을까 생각했던 것이다.

그랬더니 카티아의 대답은 꿈 깨라는 소리였다.

『굉장히 실감이 담긴 말이네.』

어딘가 위압감이 느껴지는 카티아에게 페이가 살짝 눈을 흘기며 묻는다.

"후. 그야, 뭐."

『아~ 역시나 벌써 도전했다가 실패했나 봐.』

애수가 감도는 카티아의 태도를 보고 전부 다 알아차렸다는 듯이 절레절레 고개를 흔드는 페이.

"아니야."

『오기 부리지 않아도 돼.』

"아니~ 딱히 오기는 아닌데. 그냥 스스로 상처 난 데다가 소금을 바르는 느낌이거든. 애당초 시도하기도 전에 좌절했단 말이야……."

"무슨 뜻이야?"

"말 그대로의 의미다. 지식 치트를 시험해볼 생각은 했는데 전부 실행으로 옮기기 전에 단념했걸랑."

나와 페이는 서로 얼굴을 마주 바라보고 물음표를 띄우다가 다음 설명을 재촉하기 위해서 또 카티아를 빤히 바라봤다.

"그게 있잖아. 나도 공작가라는 축복받은 집안에서 태어났잖아? 그럼 이것저것 지식 치트를 시험해보고 싶어지겠지?"

응응, 고개를 끄덕거렸다.

그 마음은 잘 이해할 수 있다.

나도 가능하다면 이것저것 도전해보고 싶었다.

유감스럽게도 나는 왕족인데도 자유가 별로 허락되지 않아서 저런 시도는 할 수 없었지만.

"그래서 지식 치트를 활용하기 전에 이것저것 조사해봤단 말이다."

뭐, 당연한가.

지식 치트로 뭔가 하고 싶어도 경쟁 품목이 있다면 의미가 없다.

지식 치트라는 게 요컨대 지구에는 있고 이세계에는 없는 물건을 만드는 사업이다.

이세계 전생물 소설에서는 정석이다.

유명한 물건은 비누랑 마요네즈 같은 게 있겠지.

저런 상품을 만들어 팔고, 영지의 특산품으로 내세우거나 돈벌이를 하는 전개다.

카티아는 공작가의 일원이니까 이왕 시도한다면 영지의 특산품으로 개발하는 게 적당했겠지.

"우선 음식 관련은 전멸이야. 난 손댈 구석도 없어."

"아, 하긴, 뭐……."

음식 관련은 어쩔 수 없다.

카티아가 저번 삶에서, 즉 카나타가 요리를 잘 못했기 때문이라는 이유는 딱히 아니다.

카나타의 요리 솜씨가 어땠는지 나는 알지 못하지만, 솜씨가 좋았든 나빴든 간에 이곳에서는 통하지 않는 사정이 있다.

바로 식자재.

애당초 이 세계에서 먹을 수 있는 먹거리와 지구의 재료는 완전히 다르거든.

같은 품종의 야채는 존재하지 않는데다가 고기는 마물 고기가 주류다.

지구의 요리를 재현하고 싶어도 애당초 재료를 못 구하니까 손쓸 도리가 없다.

참고로 조리 방법도 이 세계에는 굽기, 찌기, 볶기, 삶기 등등 비슷한 방법이 쭉 갖춰져 있다.

새로운 조리 방법으로 획기적인 요리를 선보인다! 이런 전개는 유감스럽게도 포기하는 것이 현명하다.

"의료 관련도 전멸이야."

『아~.』

나와 페이의 목소리가 겹쳤다.

의료 기술도 이 세계에서는 치료 마법이 너무 세니까 비집고 들어갈 틈이 없다.

부상은 대부분 치료 마법으로 처치가 가능하고 포션 같은 회복약도 있다.

그리고 이 세계에는 역병이 따로 없다는 것이 큰 이유다.

감기에 걸린다는 표현 자체는 있는데 저 말은 신체의 상태가 확 나빠졌다는 의미이고 감기라는 병은 실제 현실에는 존재하지 않는 악령과 비슷한 취급이었다.

"마지막 동아줄, 일용품도 안 돼. 이 세계, 묘하게 편리하단 말이지, 젠장!"

"『아~.』"

듣고 보니까 확실히 맞는 말이야.

일상에서 불편함을 느낀 경험은 거의 없었다.

그야 일본과 비교하면 하늘과 땅 차이긴 한데. 왜 이게 없어! 좀만 바꾸면 편리할 텐데! 이렇게 아쉬워지는 장면은 딱히 없었거든.

요컨대 평소 특별히 불만을 느끼지 않을 만큼은 편리한 생활을 누릴 수 있다는 뜻이다.

일본처럼 전자 제품이 보급되지는 않았어도 그 대신에 마도구가 있고.

마도구도 마물의 소재로 만들거나 스킬을 써서 제작하니까 근본이 지구의 제품과는 달라서 지식은 전혀 도움이 안 된다.

"훗, 겨우 고딩이 알아 봤자 뭘 알겠냐. 이쪽 세계의 조상님들은 못 이긴다."

카티아가 뾰로통한 느낌의 발언으로 마무리했을 때 나와 페이는 아무 말 않고 침묵을 지킬 수밖에 없었다.

필두 궁정 마도사의 임무

"댁이 로난트인가? 얘기는 이래저래 들었다."

요새에서 마족의 재습격에 대비하고 있었던 나는 갑자기 유고 왕자에게 불려 나왔다.

"그 무용을 엘프 녀석들 상대로 유감없이 발휘해줘라."

그리고 엘프 토벌을 위한 군대에 편입되어버렸다.

마족과의 전투가 계속 이어지고 있는 와중에 대체 무슨 생각을 하는 게냐?

"흐음."

그리고 저 소녀는 정체가 뭐고?

유고 왕자의 옆에서 가만히 서 있는 정체불명의 소녀. 이름은 소피아라고 소개를 했다.

이쪽을 품평하는 듯 쳐다보는 눈빛.

저 눈빛에서 느낀 의도가 정확했음을 증명해주듯이 감정을 당했을 때의 독특한 불쾌감이 몸을 쭉 휘감았다.

허락도 없이 다른 사람을 감정하는 것은 매너 위반이잖느냐.

상대가 먼저 수작을 부렸으니 이쪽도 기꺼이 받아쳐줘야겠지.

〈감정이 방해되었습니다.〉

그런데 돌아온 것은 방해되었다는 문구.

놀라서 눈을 부릅뜸과 동시에 소녀의 웃음은 더욱 그윽해진다.

이 녀석…… 그분과 같은 수단을…….

등줄기에 싸늘한 땀이 흘러내렸다.

내가 감정을 방해당한 것은 이제 두 번째.

미궁의 악몽이라 불리는 거미 마물, 그분에게 당했던 이후 처음이군.

그렇다면 저 소녀는 그분과 동등한 경지에 올랐다는 말인가……?

그분과 동등한지까지 감히 짐작할 순 없겠으나 나보다 높은 영역에 있다는 것은 분명할 테지.

어찌 된 영문이냐?

유고 왕자의 폭주라는 생각밖에 안 드는 갑작스러운 파병, 게다가 유고 왕자의 옆에 서 있는 소녀의 모습을 취한 괴물.

대관절 무슨 사태가 벌어지려는 게냐?

그로부터 나는 유고 왕자의 군대에 적을 둔 채 정보 수집에 힘썼다. 이곳저곳을 오가기 위하여 괴물 소녀의 눈을 피해 전이를 활용하느라 제법 고생을 했지.

"이게 도대체……."

그렇게 알아낸 것은 무의식중에 탄식의 말이 흘러나와버리는 내용뿐이었다.

애너레이트 왕국에서 쿠데타?

제3왕자와 제4왕자가 공모해서 왕을 살해했고, 제1왕자와 유고 왕자가 반란을 진압했다?

어째서 뜬금없이 유고 왕자의 이름이 튀어나오는 게냐?

애너레이트 왕국와 유고 왕자는 아무 관계도 없지 않은가.

애너레이트 왕국의 스우레시아 공주와 유고 왕자가 혼약을 맺었다는 것 같은데 아무리 봐도 억지스러운 뒷수습이 아닌가.

제4왕자라면 몇 년 전 유고 왕자가 일방적으로 꼬투리를 잡아 공격했다가 오히려 격퇴를 당했다는 이야기는 들은 바 있었다만…….

게다가 제4왕자는 나의 제자 1호인 율리우스의 친동생이거늘?

율리우스에게 들었던 이야기를 떠올리면 절대 과격한 수단으로 왕좌를 노릴 인물은 아니었을 터인데.

더구나 제4왕자의 곁에 제자 1호의 친우였던 하이린스 애송이도 있다지 않는가.

수상쩍군. 아주 수상쩍구나.

뭔가 안 좋은 사태가 벌어진 것은 확실한데 거기에 제자 1호의 친동생까지 휘말린 겐가.

으음. 도움을 주고 싶은 마음은 산더미 같다만, 괴물 소녀가 눈을 번뜩이고 있는 동안에 함부로 행동에 나섰다간 어떤 횡액이 터질지 알 수 없구나.

하지만 이대로 아무 대응도 않고 수수방관하는 것도…….

일단 제4왕자라는 녀석을 보러, 아니지, 그냥 봐서는 모자라겠군.

가볍게 녀석의 실력을 시험해보자꾸나.

최소한 세상에 널린 어중이떠중이에게 횡사하지 않을 실력은 있다고 판단된다면 합격점을 주도록 할까.

마침 체포한 제3왕자를 조만간에 처형한다는군.

정말로 제4왕자가 제자 1호에게 들었던 말에 어긋나지 않는 인물이라면 반드시 구출하러 올 게다.

그곳에서 미리 대기하다가 솜씨를 보자꾸나.

뭘, 나 같은 늙은이에게 죽을 실력이면 앞으로 살아남지도 못할 테지.

기대되는군. 제자 1호의 친동생은 어떤 녀석이려나.

🖤 여동생의 임무

나의 오라버니, 애너레이트 왕국의 제4왕자, 슈레인 재건 애너레이트 오라버니는 인기가 많다.

엄청나게 인기가 많아.

응, 어쩔 수 없어.

오라버니는 멋진 분인걸.

완벽하다는 말의 의미를 몸소 증명해주시는 오라버니가 인기를 끄는 건 세계의 진리.

분한 마음이 들기는 해도 나로서는 어쩔 도리가 없는 섭리.

오라버니의 인기는 어쩔 수 없으니까 하다못해 접근하는 여자는 엄격하게 선별해야 돼.

오라버니는 누구에게나 차별 없이 친절하니까 착각에 빠진 여자가 건방지게 열을 올린단 말이야.

혹시 자기한테도 기회가 있는 게 아니냐고.

있기는 뭐가 있겠어.

오라버니와 괜한 착각에 빠진 여자는 격이 너무나 차이 나는걸.

그런 착각 여자들에게 현실을 조곤조곤 가르쳐주는 것도 오라버니의 여동생인 내 역할.

특별히 못된 짓을 저질렀다는 게 아냐.

마음속으로는 콱 죽어버리라는 생각이 가득하지만, 저런 여자들이어도 상처 주는 행동을 하면 오라버니가 슬퍼하시니까.

그러니까 넌지시 오라버니와 너는 도저히 어울리지 않는다는 사실을 잘 가르쳐주는 거야.

실제 대부분의 여자는 몇 마디만 속삭여주면 오라버니와 격의 차이가 있다는 것을 절감하고 스스로 물러난다.

오라버니는 애너레이트 왕국의 왕족 남성이고 게다가 용사인 율리우스 오라버니의 동복형제.

이런 지위만 봐도 상식이 있는 여자라면 신분의 차이 때문에 감히 접근하려는 엄두도 못 내고 쩔쩔맨다.

그럼에도 굴하지 않고 도전을 감행하려고 드는 착각녀는 오라버니의 주위에 있는 여자들이 격퇴한다.

애너레이트 왕국 공작가의 딸이자 우리 남매와는 소꿉친구인 카티아.

성 아레이우스 교국의 필두 성녀 후보, 유리.

추가로 엘프 족장의 딸, 필리메스.

필리메스는 자리를 비우는 때도 많지만, 대체로 카티아와 유리 두 사람은 언제나 오라버니의 곁에 머무른다.

오라버니의 곁에 나 말고 다른 여자가 있다는 게 울화가 치밀지만, 카티아도 유리도 흔한 어중이떠중이와는 비교도 안 될 만큼 격이 높아서 오라버니의 여자막이로 제격이야.

카티아의 집안은 공작가지만 애너레이트 왕국은 대국이라서 타국의 왕족에게도 밀리지 않는다.

게다가 소꿉친구라는 이점도 있고.

유리는 용사와 나란히 인족의 최중요 인물로 손꼽히는 성녀, 그예비 성녀 중 필두 후보다.

게다가 현 성녀인 야나 님을 이미 뛰어넘은 게 아니냐는 소문이 있을 만큼 뛰어난 인재.

저런 두 사람을 제치고 끼어들고자 하는 무모한 여자는 역시 없었어.

오라버니와 카티아는 옛날부터 사이가 좋았지만, 서로 이성으로서 의식하지는 않아.

그러니까 카티아가 오라버니의 곁을 지키는 건 가까스로 용납할 수 있어.

하지만 유리, 넌 안 돼.

종교 권유를 가장해서 자꾸 오라버니와 붙어 다니는 저 여자에게서는 추파가 잔뜩 배어 나온다.

유리의 골치 아픈 부분은 착각녀들과 달리 신분을 견줘도 서로 어우러질 수 있다는 것.

성녀나 성녀 후보는 왕후 귀족과는 또 다른 독자적인 신분이라고 말할 수 있다.

무척 특수하기 때문에 어떤 신분의 남성과도 맺어질 수 있어.

성녀 후보는 핏줄이 아니라 철저하게 실력으로 대우를 받기 때문에 실력만 분명하게 갖춰졌다면 교회라는 거대한 조직의 후원을 받을 수 있다.

진짜 실력만 충분하면 결혼 상대로 왕족부터 평민까지 누구를 선택해도 방해받지 않을 정도로.

유리는 그런 성녀 후보 중에서도 특별히 더 뛰어나다.

율리우스 오라버니가 건재한 동안에는 유리가 성녀가 될 일은 없지만, 현 성녀를 능가한다는 평가까지 나온 가치는 미처 가늠할 수 없어.

교회와의 관계도 긴밀해지니 어느 나라든 맞아들이고 싶어 한다.

오라버니의 상대로 부족함이 없어.

애너레이트 왕국의 높은 사람들도 오라버니의 상대로 어떻겠냐고 교회에서 뜻을 묻는다면 함부로 내치지는 못한다.

위험해.

유리는 어떻게든 꼭 배제해야겠어.

다행히 유리는 저런 정치적인 힘을 써서 오라버니에게 더 가까이 접근하려는 시도는 하지 않는다.

아직 시간은 있어.

사이좋은 척 행세하며 약점을 잡아 티 나지 않게 오라버니로부터 멀리 떼어 놔야지…….

오라버니의 곁에 있을 여자는 나 하나면 충분한걸.

설산의 여자아이 수다

추워!

살갗을 콕콕 찌르는 추위가 내게 덮쳐든다.

너무 심각하게 추우면 단순히 추운 게 아니라 아픈 느낌을 받는다는 말이 있는데 딱 그런 상태다.

내가 추위에 덜덜거리며 떨고 있을 때 누군가가 내 허리를 꽉 끌어안았다.

"스우, 갑자기 뭐죠?"

"추워. 이런 소리는 못 들었어."

"추운 곳이라고 분명히 주의 사항도 말씀해주셨잖아요……."

오들오들 떨면서 내 방한복에 얼굴을 파묻는 스우.

마음을 이해할 수 없는 건 아닌데 움직이기 불편하니까 떨어져주면 좋겠어.

그리고 왠지 내 체온을 빼앗기는 것 같다는 생각이 든다.

"스우레시아 양, 카르나티아 양. 장난치지 말고 출발합시다."

나와 스우에게 나이 지긋한 여성 교원의 주의를 준다.

딱히 난 장난치지 않았는데.

뭔가 은근한 부조리를 느끼면서도 스우를 떼어 내고 교원을 따라갔다.

"후후. 어떡해요, 혼났네요."

유리가 키득키득 웃는다.

나는 뚱한 표정을 지을 수밖에 없었다.

우리는 지금 교외 학습의 일환으로 설산을 등반하는 중이었다.

조원은 나와 스우, 그리고 유리까지 세 사람.

본래는 4인 1조가 기본 구성인데 여자들 중 참가 희망자가 이렇게 세 명밖에 없었기 때문에 3인으로 조를 편성했다.

남자와 여자가 분리된 이유는 이 설산에서 하룻밤을 묵기 때문이다.

아무래도 남녀를 같은 텐트 안에서 재울 순 없겠지.

만약 훈련이 아니라 실제 행군이었다면 남녀가 어쩌고저쩌고 가릴 겨를도 없었겠지만, 우리는 아직 학생 신분이니까.

귀족 자녀가 다니는 학원의 학생들에게 만에 하나의 사건이 일어나서는 안 된다.

그런 이유로 이번에 슌은 따로 움직인다.

브라콤 스우와 슌을 노리고 있는 눈치인 유리의 입장에서는 별로 재미가 없을 것 같다.

"가끔은 이렇게 여자 모임도 괜찮잖니."

그때 내 마음속을 알아챈 것처럼 유리가 즐겁게 말을 건넸다.

"나까지 여자라는 범주에 넣어도 되냐?"

"이제 와서 내외하게?"

유리는 최근 들어서 나를 남자로 봐주질 않는구나.

으음, 설마 싶기는 한데 내 전세 때 모습을 잊어버린 건 아니지?

뭐, 전세에서는 분명 남자이긴 했는데 슬슬 나도 10대 중반이라는 걸 생각하면 남자로 산 햇수를 여자로 산 햇수가 따라잡을 시기가 됐지.

그런 의미에서는 어쩔 수 없는 반응이긴 하지.

나도 여자로 처신하는 삶에 어쩔 수 없이 익숙해졌고.

"그런 훌륭한 부위를 달고 다니는 주제에 남자라는 건 무리가 있죠."

유리가 내 가슴께를 뚫어져라 쳐다본다.

……뭐, 확실히 나는 발육이 좋기는 하다. 응.

적어도 여기 세 명 중에서는 내가 1등이야.

지금 쓸데없는 소리를 꺼냈다가는 불에 기름을 끼얹는 행위라는 것을 뻔히 알았기 때문에 애매하게 미소만 짓고 얼버무렸지만.

"……신님, 이 불신자에게 천벌을 내려주세요."

"무서운 소리 하지 마."

표정이 진심인데?

"그치만 너무 치사한걸요?"

"나더러 어쩌라는 거야……."

그냥 알아서 커졌다고, 이렇게 받아치면 장담하는데 진짜 천벌(물리)이 떨어진다.

"스우도 뭔가 말 좀 해주세요!"

"무슨 말?"

우리가 나눈 대화를 듣지 않았던 스우까지 끌어들여버렸다.

안 그래도 불리한 상황인데 2대1로 몰리면 더욱 열세가 된다!

"이거! 이 덩어리요! 부럽지 않나요?!"

"저기요? 이러지 말아줄래요."

내 앞가슴을 손바닥으로 가볍게 짝짝 때리며 유리가 외친다.

방한복에 감싸여서 전혀 아프지는 않은데 부끄럽다.

"훗. 그딴 지방 덩어리, 난 전혀 부럽지 않아."

"……오기 부리는 거야?"

유리는 내가 꾹 참았던 말을 거리낌 없이 지껄였다.

생각은 해도 진짜로 말하면 안 되잖아.

"오라버니께서 좋아해주는가 아닌가. 그게 전부야. 오라버니가 싫어하지 않는 외형이면 충분해."

브라콤이 극한의 경지에 올랐구나.

좀 소름 돋지만 이렇게 극성이면 오히려 감탄스럽기까지 하다.

참고로 하는 말인데 네 오라버니, 슌은 거유를 좋아하는 음흉한 녀석이란다.

힐끔힐끔 내 가슴에 시선이 온단 말이지.

원래 남자였던 사람으로서 자꾸 멋대로 시선이 빨려 들어가는 그 심정은 아주 잘~ 안다.

잘 아니까 굳이 지적은 안 하고 내버려 뒀지.

"응, 맞아! 겉모습보단 알맹이가 중요하지!"

두 주먹을 꽉 쥐고 기합을 넣는 유리한테는 미안한데 뭔가 구실이 있을 때마다 신언교 입교를 독촉하는 널 슌은 무척이나 부담스러워한단다?

……뭐, 두 사람 다 힘내라.

"……뭔가 카티아의 얼굴을 갑자기 때려주고 싶어졌어요."

"동감이야. 오라버니를 가장 잘 아는 사람은 자기라고 뽐내는 저 얼굴이 짜증 나."

"너무한데?!"

내가 뭔 표정을 지었다는 거냐!

그리고 그때 횡, 차가운 바람이 불어왔다.

무의식중에 몸을 떤 나에게 스우가 반사적인 행동처럼 호들갑스럽게도 안겨 들었다.

딱 내 가슴에 스우의 얼굴이 파묻히는 모양새로.

"흐아아."

뭔가 묘한 소리를 내고 스우가 같은 자세에서 얼굴을 꾹꾹 문질러댄다.

"……방금 한 말은 취소야. 이 추위를 누그러뜨리기 위해서라도 쓸데없는 지방은 필요해."

"쓸데없지 않아요."

표현을 좀 골라서 써라, 표현을.

"흐음~? 다시 말해서 카티아한테 가슴은 꼭 필요한 신체 부위구나? 흐음~?"

가자미눈으로 쳐다보는 유리에게 나는 흠칫할 뿐 아무 대꾸도 하지 못했다.

그야 나도 원래는 남자였고요?

없는 것보다는 있는 게 흐뭇하지.

그렇게 마음속으로 우물우물 변명해본다.

"여러분! 조금 더 긴장감을 가지도록 하세요!"

교원에게 또 혼났다.

뭐, 제법 떠들었으니 어쩔 수 없나.

아니, 떠들기는 유리랑 스우가 다 떠들었는데 나는 날벼락 아닌가?

아까 혼났을 때도 마찬가지였는데 역시 부조리한 뭔가가 느껴진다.

……그러고 보니 저 교원의 흥부 장갑은 좀 부피가 적은 편이었지.

설마 그게 이유는 아니겠지? ……아니라고 생각하고 싶다.

"그건 그렇고 이렇게까지 춥다는 건 예상 밖이군요."

교외 학습에 참가한 경험이 있는 선배에게 춥다, 춥다는 말은 들었지만 예상 이상이다.

"예전에는 분명 이렇게 심한 추위는 아니었습니다만, 산의 주인이 기분이 안 좋은지도 모르겠군요."

교원이 미간을 찌푸리며 불온한 정보를 추가해줬다.

"그 말씀은, 정말 괜찮은 거예요?"

"산의 주인이 사람을 공격했던 전례는 없으니 아마 괜찮겠지요."

그래 봤자 산의 주인은 결국 마물이잖아?

이 산의 주인은 이름이 알려진 빙룡이다.

설산 대부분은 빙룡이 제 영역으로 삼은 곳이다.

아니지, 빙룡이 있기 때문에 설산이 되었다고 말해야 하나.

유명한 데를 말하자면 인족령과 마족령을 가로막는 마의 산맥 같은 곳도 빙룡의 거처라고 한다.

여기는 특별히 큰 산은 아닌데 옛날부터 빙룡이 한 마리 자리를 잡고 살아왔다.

"……그러고 보니 이곳의 빙룡은 남자를 좋아하고 반대로 가슴이 큰 여자는 싫어한다던데."

"근거 없는 헛소문이에요."

유리의 말에 코웃음을 쳤다.

제대로 대면조차 하기 어려운 빙룡의 성벽을 어떻게 알아냈다는 거야.

"하지만 만약에 그게 진짜라면 이 추위의 원인은……."

그렇게 말한 뒤 유리의 시선이 내 가슴께로 쏠린다.

"……방금 한 말은 다시 취소야. 역시 쓸데없는 지방은 필요하지 않아."

"필요해요~! 필요하다고요~!"

"앗~! 역시 남몰래 자랑스럽게 생각했던 거야!"

"여러분! 적당히 좀 하세요!"

시끌벅적 떠들어 대며 설산을 나아간다.

가끔은 이렇게 떠들썩한 시간도 제법 즐거운 것 같아.

🕷 쿠니히코의 소꿉친구 고찰

내 소꿉친구는 귀엽다.

장난 아니게 귀엽다.

검과 마법의 판타지 세계로 전생해서 신에게 가장 감사드리고 싶은 부분은 소꿉친구가 여전히 곁에 있어준다는 것, 게다가 엄청나게 귀엽다는 것이다!

내 소꿉친구, 아사카는 전세 때부터 이어진 소꿉친구다.

저번 삶에서도 소꿉친구. 그리고 이번 삶에서도 소꿉친구.

전세 때는 딱히 사귀는 사이는 아니었다.

하지만 서로 부모님이 「어차피 너희 같이 살 거잖냐」라는 분위기로 자연스럽게 말을 주고받았는데 나도 아사카도 부정은 하지 않았고, 아마 시간이 더 흘렀다면 부부가 되었을 것 같기는 하다.

장래의 아내는 반쯤 결정이 났고, 일도 아버지의 가업을 물려받을 생각이었으니까 직장도 일찌감치 결정이 났다.

그게 싫었던 건 아닌데 인생의 레일이 미리 다 깔려 있는 처지에 분명 허전한 마음을 느끼기는 했다.

그래서일까. 내가 모험이라는 행위에 동경심을 품은 이유는.

그런 나와 대조적으로 아사카는 견실하게 안정 지향의 가치관을 가진 녀석이다.

하루하루 평온무사하게 지내는 것을 무엇보다 큰 가치로 생각한다.

까놓고 말하자면 아사카가 나와의 사이를 부정하지 않았던 이유는 그게 풍파가 일어나지 않을 가장 무난한 선택이기 때문이었다고 짐작하고 있다.

나는 빈말로도 딱히 멋있는 남자는 아니었던 데다가 알맹이도 아사카처럼 어른스러운 녀석은 전혀 아니었다.

인기를 끌 요소가 없어.

그러니까 언젠가 아사카한테 다른 남자가 생기는 게 아닐까 하고 불안감을 느끼기는 했다.

뭐, 나중 일은 나중에 걱정해야지.

어쩔 수 없다.

애당초 정식으로 사귀는 사이도 아니고.

아사카는 소꿉친구로서 호의가 담긴 시선을 빼고 봐도 괜찮은 여자다.

특별히 굉장한 미인은 아니었지만 문제는 알맹이야.

과도하게 자기주장을 밀어붙이지도 않고, 한편 무관심하게 방치하지도 않고 티 나지 않게 배려할 줄 안다.

뭐라고 할까, 여자는 남자보다 세 발짝 뒤에서 묵묵히 걸어라, 이렇게 뭔가 일부의 남자들이 이상형으로 생각하는 여자를 현실에다가 똑같이 가져다 놓은 것 같거든.

나 같은 녀석한테는 너무 아깝지.

그런 소꿉친구가 같이 전생해서 또 내 곁에 있어준다니!

게다가 미소녀가 돼서!

나한테 찰싹 달라붙는다!

그래, 알아.

이게 이른바 흔들다리 효과에 불과하다는 걸.

안정 지향의 아사카가 이세계 전생이라는 안정과 거리가 먼 사태에 맞닥뜨렸다면 그야 쭉 가까이 지냈던 나한테 의지하고 싶어지겠지.

나도 아사카가 같이 있어준 덕에 멀쩡한 척 행세할 수 있었으니까 서로의 존재가 뒷받침이 되어줬던 셈이다.

우연히 아사카의 상대가 나였을 뿐이고 딱히 친하게 지냈던 다른 녀석이 있었다면 그 녀석과 또 친하게 지내지 않았을까.

……다른 남자와, 아사카가.

으으~! 그딴 건 용납할 수 없다!

뭐, 만약의 이야기를 늘어놓아 봤자 뭔 소용이겠냐.

지금 아사카의 곁에 있는 남자는 나다!

이러면 그냥 운명이지!

전세에서는 쿨하고 어른스러웠던 아사카가 어디에 가도 나한테 딱 붙어서 따라다닌다니까?!

잠깐 떨어지면 쓸쓸해서 죽어버린다는 표정을 짓는다니까?!

도대체 뭔데.

너무 귀엽잖아.

도대체 이 귀여운 생물은 뭔데?

이런 게 애착이라는 감정인가?

아사카는 나를 심쿵사로 죽일 셈인가?

이제는 지긋지긋하게 오래된 소꿉친구라는 말은 못 하겠다.

아사카가 아닌 누군가와 맺어지는 미래가 보이지 않아.

절대로 다른 남자에게 아사카를 주지 않겠다.

🎎 아사카의 소꿉친구 고찰

느닷없이 이세계 전생을 했다.

게다가 소꿉친구인 쿠니히코와 같이.

나랑 쿠니히코의 관계는 지긋지긋하게 오래된 소꿉친구.

유감스럽게도 새콤달콤한 관계는 전혀 아니었다.

뭐라고 할까, 거리감이 너무 가까워서 거의 가족 같았으니까 연애 감정이 도무지 생기지를 않았다.

다만 어른들은 벌써 중년 부부 같다는 말씀을 많이 하셔서 막연하게 장래에는 이대로 쿠니히코와 결혼을 하게 될 미래가 보였던 것은 사실이려나.

드라마틱한 사건은 전혀 없이 적당적당히.

그런 앞날도 무난하지 않을까 생각했었다.

다른 사람들은 쿨하다는 말을 나한테 자주 해주는데 나 자신은 그냥 귀찮아하는 게 많아서라는 생각을 했다.

풍파가 이는 인생보다는 평탄하게 이미 정해진 노선을 따라가는 게 훨씬 편하잖아.

그러니까 특별히 연애 감정이 없는 쿠니히코가 상대여도 결혼해서 전업주부가 되는 데 불만은 없었다.

하지만 그렇게 미리 정해 둔 노선은 이세계 전생이라는 평탄함과는 거리가 먼 대사건 때문에 엄청나게 달라져버렸다.

······쿠니히코와 결혼할 것 같다는 사실만큼은 달라지지 않았지만.

그야 나도 조금은 로망이라든가 그런 데 흥미는 있거든.

세계를 넘어왔는데 소꿉친구가 같은 장소에서 같이 환생했다면 전부 다 운명이라고 느낄 수밖에 없잖아.

이러면 의식을 안 하는 게 이상하지 않을까.

게다가 쿠니히코 녀석, 쓸데없이 미남이 됐단 말이야.

아직 어리기도 하고 알맹이 문제도 있어서 개구쟁이라는 인상이 먼저 느껴지지만. 응, 알아.

이 얼굴은 장래에 상당한 미남이 될 거야.

왜냐면 벌써 이목구비가 무척 반듯한데다가 쿠니히코의 부모님도 두 분 다 미남 미녀거든.

전세의 쿠니히코는 이런 미남이 아니었다.

딱히 못생긴 얼굴은 아니었지만 이른바 평범남이었지.

나도 남 말할 처지는 못 되지만.

그러니까 말이 좀 심할지도 모르겠는데 안도감을 느꼈다.

같이 지내면서 마음 졸일 필요는 없었다.

그런데 전생한 다음 쿠니히코는 쓸데없이 미남이고 게다가 전생 전과 똑같은 거리감으로 내게 다가든다.

가까워.

한심하게도 불쑥 다가들 때마다 가슴이 두근두근 뛴다.

심장에 안 좋아.

그래. 쿠니히코는 거리감이 가깝다.

옆에서 걸을 때는 몸이 맞닿을 만큼 바짝 붙고 신체 접촉도 자연스럽게 한다.

나의 사적인 공간에 거침없이 성큼성큼 침입한다.

조금 위험하다.

나는 괜찮아.

전생 전부터 마찬가지였으니 이미 익숙했다.

그래도 불쑥 기습당하면 가슴이 콩닥 뛰지만.

하지만 다른 여자애한테도 똑같이 행동하면 반드시 착각을 한다.

미남이 바짝바짝 다가들면 여자애는 당연히 마음이 들떠 오르잖아.

이 버릇은 지금 미리 고쳐줘야 한다. 아니면 성장했을 때 큰일 날 거야.

여자한테 칼에 찔리는 소꿉친구는 절대로 보고 싶지 않아.

게다가 그런 상상을 하면 가슴이 답답해진다.

"그러니까 거리감을 잘 신경 써야 한다?"

"아~ 어어."

이상의 문제를 쿠니히코한테 설명했는데 돌아온 것은 얼떨떨한 대답이었다.

머리를 벅벅 긁으면서, 왠지 몰라도 얼굴이 빨개졌다.

"무슨 소리야. 아사카가 아니면 내가 이러진 않지."

"응?"

내가 얼빠진 모습으로 대답을 하자 쿠니히코는 더욱더 얼굴을 붉혔다.

"아~! 좀 알아줘라! 내가 가까이 다가가는 건 아사카뿐이라고! 아사카 너라서! 알겠냐?!"

"앗, 응."

이번에는 내가 얼떨떨하게 대답을 할 차례였다.

그리고 쿠니히코가 한 말의 의미를 머릿속에서 차근차근 되새기다가.

"~~!"

아마도 내 얼굴은 쿠니히코와 비슷하게 새빨개졌을 것이다.

🎭 용사의 남동생과 성녀와 용사

그날 난 율리우스 형님과 성의 정원을 산책하고 있었다.

그리고 한 사람 더, 성녀 야나 씨.

성녀 야나 씨의 이야기는 형님께 쭉 들었는데 실제 만나는 건 오늘이 처음이었다.

"슈레인 님은 율리우스와 얼굴 생김새는 별로 닮지 않으셨네요."

야나 씨의 솔직한 감상에 나는 쓴웃음을 짓고 말았다.

내 마음이야 닮았다는 말이 더 기뻤겠지만, 유감스럽게도 야나 씨의 말이 맞았다.

"그냥 슌이라고 불러주세요."

율리우스 형님은 이름을 편하게 부르는데 나한테만 님을 붙이면 위화감이 크다.

"그래, 맞아. 나보다 슌이 더 사나이답지?"

"그렇지 않아요!"

전력으로 부정하는 야나 씨의 태도를 보고 이것저것 눈치챘다.

이 사람, 형님을 좋아하는 건가.

"그래? 봐봐, 난 어머님을 닮아서 눈꼬리가 쳐진 모양새잖아? 슌이 더 야무진 인상을 주지 않아?"

저 말씀대로 형님은 형제들 중 드물게도 눈꼬리가 쳐진 모양새다.

아버님부터 눈초리가 위로 올라간 모양이고 나를 포함해서 형제들 모두 눈초리가 살짝살짝 올라갔다.

"율리우스의 얼굴은 넓은 포용력의 증거라고요!"

야나 씨의 말에 나도 응응, 고개를 끄덕거렸다.

저 순한 인상의 용모는 형님의 인품을 온전하게 나타내주고 있다.

반면에 나는 눈초리는 위로 올라간 모양새인데도 뭔가 못 미더운 인상이 앞선다.

순한 인상인데도 심지가 굳은 느낌을 주는 형님과 언뜻 야무지게 보이는 듯하면서 은근히 비실거리는 느낌이 있는 나.

진짜 내면을 아주 잘 나타내주는 셈이지…….

그런 의미로도 나보다 형님이 훨씬 더 사나이답다는 야나 씨의 평가는 납득할 수 있다.

"율리우스의 사나이다움은 정말 굉장한 경지에 올랐답니다."

"알죠. 알죠."

"알아주는 건가요! 저번에도 말이죠……."

"더 자세히 듣고 싶습니다."

"……아차. 이 둘을 만나게 한 게 실수였나?"

형님의 이게 멋져요 자랑으로 이야기꽃을 피우는 나와 야나 씨.

옆에서 형님이 하늘을 우러러봤다.

그렇게 담소를 나누며 정원을 걷는다.

왕성의 정원은 넓기도 하고 정원사가 꽃을 예쁘게 심어 놓아서 계속 구경해도 질리지 않는다.

전세에서는 꽃에 아무런 흥미가 없었는데 각양각색의 다양한 꽃이 흐드러지게 피어난 이 정원을 보면 뒤늦게 좋은 경험을 놓쳤던 게 아닐까 싶어 아쉬워진다.

사계절의 꽃을 두루두루 즐길 수 있는 일본이었다면 이 정원과 견줘도 더 근사한 곳을 찾아볼 수 있지 않았을까.

아름다운 바깥 풍경을 보러 다니자는 생각은 자기 방에서 놀길 좋아했던 나에게는 없었다.

다만 바깥나들이도 힘든 게 무척이나 많다.

그중 하나가 벌레였다.

"꺄앗?!"

벌레 한 마리가 야나 씨의 눈앞을 날아간다.

정원의 꽃에 이끌려서 온 벌레가 휙휙 오가는 게 드문 일은 아니다.

다만 운이 나빴는지 무슨 이유인지 저 벌레는 야나 씨의 주위에 바짝 붙어서 윙윙거리며 날아다니고 있다.

야나 씨는 벌레를 무서워하는지 몹시 다급하게 손을 휘둘러서 벌레를 쫓아내려고 한다.

"저리 가!"

보다 못한 형님이 손을 뻗어서 벌레를 쫓아내려고 한 순간, 야나 씨의 손에서 광탄이 발사됐다.

손가락만 한 크기의 벌레 상대로 날린 광탄의 크기는 내가 두 손을 벌려야 할 만큼 큼직하다.

벌레는 광탄에 휩쓸려서 흔적도 없이 소멸됐다.

⋯⋯너무 심하게 오버 킬이다.

광탄은 멀리 하늘을 향해 발사됐기 때문에 성벽 등 건물에 맞지는 않았지만, 만약 어딘가에 맞았다면 분명히 대참사가 벌어졌을 것이다.

"제, 제가 좀 놀라서⋯⋯."

본인도 이제야 아차 싶었는지 얼굴이 핼쑥해졌다.

내 마음속에서 야나 씨의 인상이 말괄량이로 확정된 순간이었다.

어머니의 추억

어느 날, 슌과 스우의 방에 갔다가 그곳에서 그리운 물건을 발견했다.

"이게 아직도 있었구나."

그리운 마음에 나는 무심코 손을 뻗어서 집어 들었다.

그것은 색이 쭉 바란 종이도 너덜너덜한 어린아이용 책이었다.

"그 책을 아세요?"

의아해하며 묻는 슌.

"이건 말이야, 원래는 내가 읽던 책이었거든."

용사를 소재로 하는 이 책은 어머님께서 나에게 자주 읽어주었더랬다.

나는 이 책이 무척 마음에 들어서 어머님에게 거듭거듭 읽어달라고 졸라대곤 했다.

그런 추억이 있었기에 저절로 웃음이 피어오른다.

"내가 자라서 안 읽게 되고 나서도 어머님과 추억이 있는 책이라 차마 버리지는 못하겠더라. 그러니까 슌이랑 스우한테 주자고 생각했던 거야."

"그런 사정이 있었군요! 여태 몰랐습니다."

슌과 스우, 두 아이는 정비(正妃)의 의향 때문에 최소한의 돌봄밖에 받지 못한다.

오락을 위한 물건도, 교육을 위한 지원도.

그러니까 조금이라도 보탬이 되기를 바란 마음에 이 책을 포함해서 나는 슌과 스우에게 이것저것 선물해주고 있다.

아마도 내가 준 선물이라는 사실은 알려주지 않은 듯싶지만.

굳이 숨기는 이유는 나와 슌이 필요 이상으로 가까워지는 것을 막기 위해서인가?

"어머님과……. 그런 소중한 책을 제가 받아도 되는 건가요?"

"괜찮아. 책은 읽어야 가치가 있지."

잠깐이나마 아차 싶었다.

어머님은 슌이 태어나고 곧 돌아가셨다.

그래서 슌은 어머님을 알지 못한다.

엄마라는 존재를 알지 못하는 슌에게 어머님의 이야기를 늘어놓는 것은 바람직하지 않다는 생각이 있어서 내가 지금까지 일부러 피해왔던 화제였다.

"이 책은 저도 좋아합니다."

나의 이런 마음을 아는지 모르는지 슌은 더 이상 어머님에 대해서 묻지 않았다.

"이 책의 주인공이 무척 멋있거든요."

"나도 이 책이 좋아서 책에 나오는 용사처럼 훌륭한 어른이 되고 싶다는 생각을 했어. 슌이랑 스우가 나와 비슷한 감상을 느껴줬다면 챙겨준 보람이 있네."

정말 흐뭇한 마음이다.

내가 동경했던 이 책의 주인공이 슌과 스우에게도 동경의 대상으로 읽힌다는 게 어쩐지 무척 근사하다는 생각이 든다.

"하지만 형님이 이 책의 주인공보다 훨씬 더 멋집니다."

부끄러워하는 기색도 없이 갑자기 격찬을 하는 슌 때문에 오히려 내가 굉장히 부끄러워졌다.

"내가 멋있는 게 아니야. 이 책에 나오는 멋진 주인공을 따라 해서 좀 비슷하게 보이는 거야."

"그렇지 않아요! 이미 형님은 이 책의 주인공보다 단연코 더 멋있어지셨어요!"

으음~ 이런 공치사가 살짝은 기쁘기는 한데 굉장히 낯부끄럽기도 하군.

"정말일까? 기쁘네. 분명 어머님은 내가 이 책의 주인공처럼 자라기를 바라셨을 거야."

지금도 눈을 감으면 어머님께서 다정하게 책을 읽어주시는 목소리를 떠올릴 수 있다.

슌은 어머님을 알지 못한다.

다만 어머님의 바람은 이 책에서 지금도 숨 쉬고 있고, 이 책을 통해서 슌에게도 전해지고 있다.

이 책의 주인공은 실재했던 과거의 용사를 모델로 집필됐다.

내가 직접 만나봐서 잘 아는 용사는 아니지만, 용사의 의지는 이렇듯 책이 되어서 계승되고 있지 않은가.

그 사람이 살았던 증거로서.

"슌, 어머님 이야기를 들려줄게."

그렇게 생각하니 슌이 어머님에 대해서 더 많이 알아주기를 바라게 된다.

나에게 어머님은 나의 용사였으니까.

악몽의 기억

어느 날, 나는 오랜만에 왕국으로 귀성한 뒤 슌과 스우와 셋이서 차를 마시고 있었다.

"그때 내 마법이 적중해서 말이야, 움직임이 멈췄을 때 지스칸이 도끼를 때려 박아서 마무리를 지었어."

"우와~ 굉장하네요!"

내가 슌과 스우에게 들려주는 이야기는 바로 얼마 전 토벌했던 마물과 싸운 과정이었다.

슌은 내 얘기를 진지하게 들어주고, 스우는 심드렁하게 슌의 애완동물인 새끼 지룡 페이에게 과자를 먹인다.

이렇게 만날 때마다 슌은 대체로 내 활약상을 듣고 싶다며 조르니 이것저것 이야기를 늘어놓게 된다.

나로서는 공연히 자기 자랑을 하는 것 같아서 이야기를 하는 동안에 자꾸 민망한 심정이 들지만, 슌이 기대에 가득 찬 눈빛으로 쳐다보는지라 차마 거절할 수 없다.

뭐, 대강 겪었던 과정을 똑같이 이야기만 하면 슌은 만족해주니까 이상하게 허세를 부리지 않아도 돼서 내 마음은 제법 편하지만 말이지.

다만 조금은 이야기를 재미있게 부풀리는 것이 좋지 않을까 싶어 조금은 걱정되는 때도 있었다.

대체로 내 이야기는 검으로 베어 내거나 마법을 맞혀 쓰러뜨리거나 둘 중 하나라서 많이 단조로운 편이니까.

"언제 들어도 형님은 한 방에 상대를 해치우시는군요. 압도적입니다, 굉장합니다!"

아무래도 부풀릴 필요는 없는 것 같다.

다만 반짝반짝 빛나는 눈으로 바라보는 슌한테는 무척 미안한데 나 또한 무적은 절대 아니었다.

"그건 내가 싸운 상대가 나보다 굉장히 약했기 때문이야."

"즉 형님이 최강이라는 말씀이군요!"

"에이, 아니지. 난 절대 최강이 못 돼. 스승님께는 엉망진창 얻어맞는 데다가 마물한테 패배한 경험도 당연히 있어."

쓴웃음 짓고 정정해준다.

슌은 매사에 나를 과대평가하는 경향이 있다.

나는 확실히 강한 부류에 들어간다.

하지만 나보다 강한 존재는 있다.

"예?! 형님이, 마물한테요?"

슌이 화들짝 놀라서 눈을 커다랗게 뜬다.

그러고 보니 이 이야기는 아직 안 했구나.

"응. 미궁의 악몽이라는 마물이야. 마치 마왕처럼 무시무시한 마물이었지."

지금도 당시의 지옥 같았던 광경은 잊히지 않는다.

사람이 허망하게 죽어 나갔지.

그 끔찍한 광경을 단 한 마리의 마물이 만들어 내고 있다는 공포.

"그런 마물이……."

"응, 다행히 그게 마지막으로 모습을 보인 건 벌써 7년이나 예전

일이니까 아마도 지금쯤은 죽었을 테지만 말이야."

이렇게 말은 했어도 나는 미궁의 악몽이 절대 쉽사리 죽을 것이라는 생각은 들지 않았다.

지금도 어딘가에서 살아 있지 않을까 불안해서 못 견디겠다.

"7년요? 어라? 그렇다면 그때 형님의 나이는⋯⋯."

"으음, 여덟 살이었네."

"에이, 뭐야."

슌이 안심한 듯 쓴웃음을 짓는다.

"그렇게 어릴 때 겪은 패배는 노카운트예요."

"노카운트?"

"아, 무슨 뜻이냐면, 횟수로 세지 않는 겁니다."

슌은 가끔씩 이렇게 내가 모르는 말을 쓴다.

노카운트, 즉 슌은 내가 너무 어렸을 때라 지금처럼 강하지 않았기 때문에 미궁의 악몽에게 패한 것은 어쩔 수 없었다는 식으로 말해주는 건가.

확실히 그 무렵은 지금보다 많이 약했다.

하지만 지금 미궁의 악몽과 싸워서 이길 수 있다고 나는 장담하지 못한다.

그 존재에게 이길 수 있다는 상상을 나는 도저히 할 수 없었다.

따라서 말없이 쓴웃음을 짓고 넘어갔다.

나도 패배 선언을 안 하는 정도의 허세는 부리고 싶으니까.

아무튼 슌은 미궁의 악몽에 대해 흥미를 완전히 잃은 것 같았다.

스승의 추억

어느 날 나는 마력 제어 훈련을 하던 슌, 스우와 마주쳤다.

마침 안뜰의 근처를 지나던 중에 그곳에서 상당히 큰 마력을 느꼈던 것이다.

무슨 일인가 싶어 가봤더니 슌과 스우가 훈련을 하는 중이었다.

"와, 대단하네."

"형님?!"

무심코 말을 건넸더니 슌이 놀라서 마력을 안개처럼 흩어버렸다.

한편 스우는 뚱한 표정으로 거두어들이고 있고.

두 사람을 감독하고 있었던 메이드 안나가 슬그머니 뒤로 물러난다.

이대로 아무 말 없이 휙 떠나기는 조금 꺼려지는 상황이 되어버렸다.

"이런, 내가 방해를 했나?"

"아뇨! 그렇지 않습니다!"

만약 방해된다는 대답이 나왔다면 곧바로 떠날 수도 있었겠지만, 슌은 터무니없다는 듯이 즉시 부정했다.

방해되니까 가라고 하면 그것도 좀 슬프긴 한데.

"그건 그렇고 지금 나이에 벌써 이렇게 마력을 제어할 수 있구나. 둘 다 정말 굉장해."

내가 칭찬하자 슌은 기뻐하며 웃음을 짓고, 스우는 비록 표정은 변하지 않았지만 은근히 자랑스러워하며 가슴을 쭉 편다.

"마법에서 중요한 건 마력 조작 스킬이야. 지금부터 꾸준히 스킬 레벨을 올리면 장래에 대단한 마법사가 될 수 있을지도 몰라."

지금도 두 사람의 마력 조작 스킬 레벨은 상당히 높은 편이지만, 더욱 열심히 단련한다면 더 높이 성장할 것이다.

"얼마 전까지 마력 조작의 스킬 레벨은 별로 중요시되지 않았지만 말이야."

"아. 형님의 스승님께서 마법 체계를 새롭게 다졌다고 하셨죠?"

"맞아."

나의 스승님, 로난트 님.

로난트 님이 제창한 마법 위력의 증가 방법은 마법계에 격진을 불러일으켰다.

이때까지 마법이라는 현상은 위력이 고정되어 있다는 것이 기본 관념이었다.

그러나 스승님은 마력 조작의 스킬 레벨을 올려서 마법에 마력을 추가 주입함으로써 위력을 더 끌어올릴 수 있다고 실제 증명하셨다.

또한 이 기교에는 높은 레벨의 마력 조작 스킬이 필요하다는 것도.

이때까지 마력 조작 스킬은 마법을 날리기 위한 전제 스킬이기는 해도 별달리 주목할 만한 가치는 없고, 구태여 스킬 레벨을 올릴 필요성도 없다는 생각이 일반적이었다.

그랬던 추세가 급변.

로난트 님이 제창하신 이론에 의해 단숨에 중요 스킬로 자리매김한 것이다.

당연히 마법사들은 예외 없이 마력 조작 스킬 레벨을 올리기 위해 훈련을 시작했다.

"덕분에 스승님께서 계신 곳으로 전 세계의 마법사들이 제자 입문을 희망하며 모여들고 있다더라."

"와아."

황송하게도 내가 저들의 선두에 선 제자 1호이고.

"그럼 저도 언젠가 그분에게 마법을 배우고 싶군요."

그렇게 말한 슌의 어깨를 꽉 붙들었다.

"안 돼."

"예? 예?"

"그분에게 마법을 배울 생각은 하면 안 돼."

로난트 님께 마법을 배우겠다는 참람된 생각을 하면 목숨이 아무리 많아도 부족하다.

그 사람은 자신의 수행 방법에 지옥의 특훈이라는 이름을 갖다 붙였는데, 지옥의 특훈이 아니라 지옥으로 보내는 특훈을 잘못 말했다는 것이 내 생각이다.

요컨대 그 사람의 특훈을 진지하게 따라가려고 하는 사람은 죽는다.

"그분은 분명 굉장한 사람이지만, 아예 인간의 상식을 내다 버렸기 때문에 굉장해진 거야. 알겠니? 굉장하지만 사람 됨됨이는 절대 정상이 아니란다."

"앗, 네."

나의 결사적인 의지가 전해졌는지 슌은 무척이나 당황하면서도 고개를 끄덕여줬다.

그러나 슌과 스우의 재능은 진짜다.

만약 로난트 님의 눈에 띈다면 납치당해서 진짜 지옥으로 보내는 훈련의 먹잇감이 될지도 모른다.

로난트 님이 웬만하면 제국을 벗어나지 않는 분이긴 해도 주의는 기울이자.

왜냐하면 상대는 절대 상식이 통하지 않는 로난트 님이니까.

나는 이때 슌과 스우가 절대 로난트 님과 만나지 못하게 단속하겠다고 마음속으로 다짐했다.

「나」의 기억

Memory of "I"

발차기

발차기.

주먹질과 나란히 맨손 격투기의 기본 중 하나.

무기를 안 쓰는 원시적인 싸움에서 발차기만큼 중요한 기술은 주먹질 이외에는 없겠지.

그리고 지금 난 비무장 상태.

그치만 맨몸뚱이로 불쑥 전생했으니까 당연한 거야.

거미이기도 하고!

왜 하필 거미인데.

아무튼~ 벌써 되어버렸는데 어쩔 수 없잖아.

이럴 땐 한숨짓기 전에 거미의 이점을 먼저 찾아보자고요.

거미는? 맞아, 다리가 여덟 개나 달렸다.

이런 특징을 살려서 발차기 주체의 전법을 확립할 순 없을까?

그런고로 처음에 말한 발차기 이야기를 시작한다.

자, 발차기의 이점은 뭐지?

일단 주먹질과 비교해서 발차기는 사거리와 위력이 더 뛰어나다.

사거리는 말할 필요도 없지. 인간은 다들 손보다 발이 더 길잖아.

그리고 위력에 대해 떠들자면 다리는 원래 인간의 몸 전체를 받쳐주는 부위니까.

그만큼 근육이랑 뼈랑 이것저것 손보다 많이 발달됐고, 그게 곧 위력으로 연결된다.

반면에 주먹질보다 뒤처지는 부분은 뭐지?

우선은 동작의 속도.

주먹질에 비해서 발차기는 어쩔 수 없이 준비 동작이 커지니까 빈틈이 쉽게 생긴다.

같은 이유로 안정감이 떨어지지.

아까도 한 말인데 원래 인간은 다리로 몸 전체를 떠받쳐야 하잖아.

그런데 다리를 공격에 써버리면 몸 받치는 기능을 일시적으로 내팽개치는 셈이니까 안정감은 어쩔 수 없이 희생될 수밖에 없다.

다만 이것은 인간한테나 적용되는 구조.

인간은 다리가 둘밖에 없지만 난 다리가 여덟 개나 달렸다!

그중 하나를 발차기에 써도 안정감이 무너지지는 않아.

잠깐, 내가 멋대로 다리라고 판단했는데 앞다리는 손 비슷한 신체 부위잖아.

그렇게 생각하면 앞다리로 날리는 공격은 발차기가 아니라 주먹질이 되나?

……깊이 생각해 봤자 답도 안 나오고, 까놓고 말해서 아무래도 좋은 문제니까 잊자.

얘는 다리야! 그리고 발차기!

그렇다고 치고 넘어가자.

다시 본론으로, 흠.

이제부터 잠깐 연습해볼까.

섀도복싱, 아닌데, 섀도…… 킥은 뭐라고 불러야 되지?

몰라.

……뭐, 이것도 아무리 고민해 봤자 답이 나오는 문제는 아니니까

잊자.

일단은 연습이다, 연습!

에잇! 이얍! 으랏차~!

헉~ 헉~.

이거 꽤 피곤하군!

그치만 안다. 알게 된다.

내가 엄청나게 꼴사납다는 것을!

큭! 어렴풋이 예상은 하고 있었는데 직접 해보니까 전부 다 분명 해졌다!

거미는 애당초 발차기가 가능한 몸이 아니야!

그렇겠지~.

발차기는 인간이 구상한 기술이잖아~.

당연히 인간의 몸으로 쓰는 걸 가정해서 만들었는데 거미가 잘 쓰든 못 쓰든 관심 없잖아~.

끄으으으응!

아니! 포기하기는 아직 이르다!

꼴사나워도 위력만 제법 괜찮으면 쓸 만할 거야!

어디, 시험 삼아서 벽을 가볍게 차볼까.

에잇! ……아얏——!!

뭔가 우둑 소리가 났어!

뭔가 사람의 몸, 이게 아니라! 거미 몸에서 나면 안 되는 소리가 들렸다고!

부러졌나? 설마 부러졌어?

······다행이다. 부러지진 않았네.

아무튼 진짜 안 되겠다.

나 자신의 나약한 몸을 너무 만만하게 봤어.

확실히 다리가 가느다랗다는 생각은 했는데 이렇게까지 부실할 줄이야······.

응, 발차기는 봉인이구나.

🖤 일본의 여름이랑 어디가 더 버틸 만할까

덥다.

그냥 더운 게 아니라 찐다.

난 지금 엘로 대미궁 중층이라는 장소에 있다.

여기, 중층이 어떤 곳인지 말해보자면 후끈후끈한 마그마 지대!

지금 장난하냐~?

생물이 생존 가능한 환경이 아니잖아, 애당초.

그치만 어떻게든 중층을 돌파해야 나도 처음 살았던 상층으로 돌아갈 수 있단 말이지…….

힘들어.

망했어요~.

여기랑 비교하면 일본의 여름이 차라리 버틸 만하지.

……아니, 정말 그런가?

떠올려라.

일본의 여름이 얼마나 끔찍했는지를.

나는 기본적으로 에어컨을 빵빵 틀고 실내에 있는 때가 대부분이었다.

다만! 하지만!

등교할 때는 별개잖아!

싫어도 바깥에 나가야 한다.

시원한 실내에서 바깥에 나갔을 때 확 덮쳐드는 숨도 못 쉬는 열기.

피부에 들러붙는 끈적끈적한 습기.

그리고 사람을 태워 죽이겠다는 기개가 느껴질 만큼 쨍쨍하게 내리쬐는 햇볕.

게다가 아스팔트에서 아지랑이 피어오르는 광경까지 눈으로 봤을 때는 당연히 체감 온도도 쭉 상승한다.

귀청을 울리는 것은 최후의 기력을 쥐어짜서 내지르는 매미의 울음소리.

그냥 힘차게 우는 게 아니야.

진짜 비명을 지르는 거야!

그렇게 생각할 수밖에 없어.

한여름 일본의 기온은 사람의 체온이랑 비슷하거나 더 높다는 거 알아?

요컨대 여름이면 항상 누군가한테 꽉 껴안겨서 다니는 셈이지.

미쳤나 봐~.

기분 나빠.

절대 제정신이 아니야.

일본의 여름, 무시무시하도다.

반면에 여기 중층은 어떨까?

여기저기에서 마그마가 흘러 다닌다.

이런 광경만 봐도 알 수 있듯이 욕 나오게 뜨겁다.

온도계가 없어서 정확한 기온은 모르겠는데 마그마라는 게 몇 천 단위로 뜨거운 물질이잖아?

그런 게 바로 옆에서 흘러 다닌다면…….

짐작이 될 거야.

게다가 당연하게도 마그마의 열이 지면을 따라 전해진단 말이야.

다시 말해서! 다리가 엄청나게 뜨겁다!

기분은 마치 프라이팬 위에서 가열되는 것 같은 느낌이고.

직화 구이라네!

앗, 직화는 아닌가.

뭐, 기분 문제니까 자질구레한 부분은 넘어가자.

암튼 이상의 설명대로 온도만 비교하면 중층이 일본의 여름보다 단연코 높다.

다만 습기는 없으니까 불쾌감은 적은 편이야.

한마디 더 보태자면 불 내성 덕분에 이런 기온에도 어느 정도는 버틸 수 있고.

어라, 잘 생각하니까 스킬이 따로 없어서 버틸 수단도 없는 일본의 여름이 더 무시무시하지 않나?

엥? 이렇게 결론 내려도 괜찮나?

이게 결론이면 이세계의 마그마 존보다 일본의 여름이 더 끔찍하다는 것을 사실로 받아들여야 하는데?

아냐, 아냐, 아냐.

좀 너무 나갔잖아.

봐봐, 중층은 불 내성 없으면 애당초 진입만 해도 죽거든.

불 내성 없으면 농담이 아니라 불타버리니까.

일본의 여름이 죽을 만큼 끔찍하기는 한데 중층처럼 확실하게 죽는 건 아니잖아!

……왜 나는 일본의 여름을 왜 이렇게 굳이 열심히 감싸주는 거지?

……그냥 둘 다 힘들다고 결론 내리면 안 되나?

같은 여름이어도 일본의 여름은 「덥다」, 중층은 「찐다」라는 차이가 있다고 치고.

중층도 불 내성 없이는 죽지만, 일본의 여름도 에어컨이 없었다면 난 이미 죽었을 자신이 있다!

결론, 둘 다 힘들어.

뭐, 환경이야 양쪽 다 힘들다는 결론이 나와버렸지만, 일본의 여름과 중층의 가장 큰 차이는 역시 마물의 존재 여부겠구나.

생물이 서식 가능한 환경이 아니라고 생각되는 곳이 중층이지만, 이런 곳에서도 마물은 힘차게 야무지게 살아가고 있다는 말씀이야~.

이런 환경에 적응해서 살아가다니, 마물은 진짜 굉장하구나.

존경할래.

그러니까 자꾸 습격하지 말아줘!

주변 환경이 이미 날 죽이려고 하는데 마물까지 같이 습격하니까 진짜 못살겠다~.

힘들다. 죽겠슴다.

이런 건 일본의 여름에는 없지.

……앗, 아니야, 있었어.

일본의 여름에도, 사람을 습격하는 위험한 마물이.

그 마물의 이름은, 모기!

맞아, 사람의 생피를 빨아 마시는 무시무시한 마물이다!

녀석들은 은밀함이 특기라서 사람한테 들키지 않고 남몰래 접근한 뒤 피부를 뚫고 생피를 빨아 마신다!

피를 빨린 인간은 아무것도 모른 채 후유증이 발생할 때가 되어서야 비로소 자기가 당한 피해를 깨닫게 되지.

모기가 무시무시한 이유는 심각한 후유증을 남기기 때문이다.

그 후유증은 피를 빨린 인간을 괴롭힌다.

이런 설명만 들으면 모기가 얼마나 위험한 마물이냐는 두려움이 들 테지만, 실제는 그냥 쪼끄만 벌레란 말이지.

후유증이라는 무서운 표현을 썼을 뿐 붓고 가려워지는 게 전부기도 하고.

그래도 무시무시하다는 말은 진짜거든?

사실 잘 따져보면 사람을 많이 죽이는 생물 순위를 매겼을 때 독보적으로 1등이니까!

그 녀석들은 병원균을 옮긴단 말이야.

피를 빨아 마시면서 병원균까지 같이 옮기는 녀석들이에요.

여기 중층의 마물들처럼 눈에 확 보이는 위협은 아니지만, 모기도 충분히 위협이 될 수 있는 마물이라고 생각해.

……어라?

그렇게 생각하면 역시 일본의 여름은 중층이랑 위험도가 별로 안 다른가?

……역시 일본의 여름은 힘들구나~.

뭐, 나는 더 이상 일본의 끔찍한 여름을 체험할 일은 없지만 말야.

일본의 제군들이여!

나는 푹 찌는 중층에서 힘낼 테니까 일본의 제군들도 여름을 버텨 주게나!

마물식

마물식.

이 말만 듣자면 단순히 괴식 같다는 냄새부터 풍길 텐데 이 세계에서는 마물식이 의외로 일반적이다.

식탁에 올라오는 고기 중 절반은 마물한테 얻은 고기니까.

그만큼 일반적으로 보급되고 있다.

아니, 더 엄밀하게 말하면 나머지 절반도 결국 마물에 속하는 마물이니까 마물 비율이 100퍼센트란 말이지~.

이 세계에서 마물과 동물의 차이는 솔직히 없어.

마물이든 동물이든 스킬이 있고 능력치도 갖고 있으니까.

판타지 계통 세계에서는 곧잘 마력의 유무로 분류하던데 이 세계에서는 저런 법칙이 통하지 않습다.

뭐, D가 디자인한 마물과 원래 이 세계에 서식했던 동물이 환경에 적응하고자 진화한 부류로 계통은 갈라질 것 같지만.

다만 양쪽이 이미 다 뒤죽박죽 섞여서 뭐가 뭔지 분간이 잘 안된단 말야.

그러니까 비교적 무해한 종류를 동물, 나머지는 마물이라고 부를 뿐이지.

아무튼 마물 고기는 식용으로 평범하게 유통되고 있다.

식육용 동물도 물론 사육하는데 그와 비슷하거나 더 많은 양의 마물 고기가 시장에서 사고팔리는 거야.

뭐, 여기에는 제대로 된 이유가 있다.

다들 알다시피 마물은 안 잡으면 자꾸 사람을 습격하는걸.

마물은 태생적으로 반드시 인간을 습격하게 만들어졌다.

자꾸 습격하니까 맞서 싸워서 무찔러야 한다.

정기적으로 숫자를 줄이지 않으면 너무 불어나서 마물 파도가 쏟아지는 경우도 있다.

그런고로 좋든 싫든 관계없이 마물은 꼭 잡아줘야 해요.

그렇게 잡았는데?

고기는 먹을 수 있네?

이제 뭐 할까?

뭐, 있는 자원은 유용하게 써먹어야죠.

물론 사람을 습격하는 마물에게서 방어하는 게 진짜 목적이니까 굳이 무리해서 마물 고기를 먹을 필요는 없다.

독이 든 녀석이라든가!

개구리, 널 말하는 거야!

마물 고기가 일반적으로 보급될 만큼 흔한데 왜 내가 태어났던 곳에는 제대로 먹을 수 있는 마물이 없었던 거죠?

신기하네. 진짜진짜 신기하네.

뭐, 지나간 일로 이러쿵저러쿵 떠들어 봤자 뭔 소용이야.

엘로 대미궁처럼 거의 대부분의 마물이 먹을 만한 게 못 되는 경우는 드물어도 독이 있다거나 맛없어서 안 먹는다거나 이런저런 이유로 안 먹는 마물도 많다.

게다가 식육용으로 사육하는 동물의 고기보다는 어쩔 수 없이 맛이 떨어지거든.

토벌한 김에 챙기는 전리품이니까 맛도 미묘하고 가격은 굉장히 저렴하다.

싸다! 많다!

뭔가 갑자기 광고 문구가 떠오르는 기분인데 틀린 부분은 없어.

시민들 사이에서 싸고 양 많은 마물 고기는 무척이나 고마운 식량이다.

개중에는 주변에 서식하는 마물 고기를 주산업으로 삼아 살아가는 도시도 있다니까 영향력이 얼마나 큰지 짐작할 수 있을 거야.

그런데 마물 고기가 전부 다 싸지는 않다.

식육용보다 더 맛있는 마물도 있고, 희귀한 마물은 맛에 관계없이 값이 비싸지기도 하고.

강해서 잡기 어려운 마물의 고기는 보통 가격이 꽤 올라간다.

그야 고생해서 쓰러뜨렸으니까 그만큼 가격도 올리고 싶어지겠지.

그런 마물의 고기는 맛이 없어도 의외로 인기가 높단 말이지~.

딱히 강한 마물의 고기를 먹는다고 해서 능력치가 올라가는 효과가 있는 건 아닌데 뭔가 주술적인 의미가 있어서일까.

나야 별미든 뭐든 맛만 좋으면 그만이지만 말이야.

별미에 맛도 좋은 녀석을 꼽자면 역시 중층의 메기랑 장어.

용이잖아. 음, 용이지?

더 강한 용은 더 맛있나?

"가끔 등줄기에 오한이 치솟는다만."

암룡 레이세가 실룩거리며 애써 웃음을 짓더니 저런 소리를 꺼냈다.

그냥 착각 아닐까~?

🖋 날씨

엘로 대미궁 바깥으로 나와서 생각한 것, 날씨의 변화.

그게 말이야, 바깥에 나왔더니 날씨의 영향을 느끼게 되더라고.

대미궁 안은 전체가 지하의 동굴이니까 날씨에 전혀 영향을 안 받았다.

상층에서 기온은 덥지도 춥지도 않고 딱 알맞은 느낌.

중층이면 덥고, 아니지, 찌고.

하층은 약간 쌀쌀한 정도일까.

이런 느낌으로 각 층마다 온도 변화가 있는 정도이고 다른 변화는 없다.

바람도 안 불고 비가 내리지도 않아.

뭐, 초거대 밀폐 공간 비슷한 곳이니까 당연하지만.

하지만 바깥에 나왔으니 물론 비도 바람도 있단 말이지.

마찬가지로 밤과 낮의 차이가 있다는 게 조금 감동이기는 했어.

대미궁 안은 밤낮의 구분조차 알 수 없잖아.

덕분에 나는 도대체 얼마나 오랜 기간을 대미궁 안에서 보냈는지 자기 스스로도 잘 알지 못한다.

밤도 낮도 없어서 시간 경과 감각이 마비됐었거든.

태양의 눈부신 빛을 느꼈을 때 감동은 말로 다 표현하기 어렵다.

밤이 오니까 또 밤이라서 달이 아름다웠고.

이 세계는 달이 복수로 있더라?

처음에 봤을 때는 깜짝 놀라는 동시에 아, 역시 이세계가 맞구나,

납득했더랬지.

별의 위치도 지구랑은 많이 다르겠지~.

딱히 잘 아는 게 아니라서 봐도 차이는 모르겠지만.

낮에는 태양, 밤에는 달에 감동했는데 비 내릴 때는 곤란했다.

물에 젖으면 체력이 쭉쭉 줄어든단 말이야.

SP도 보통 때의 두 배 가까운 속도로 줄어들지 않았던가?

진짜로 춥고 고달프고 질색이야.

아무리 능력치가 높아도 힘든 건 힘듭니다.

처음에는 비다~ 기분이 막 들떴었는데 금방 젖은 새앙쥐는 아니고 젖은 거미가 돼서 기분이 확 가라앉았다.

게다가 비가 내리면 실을 잘 부리기 어려워지는 문제까지.

그러고 보니 전세에서는 빗방울 묻은 거미집을 지나다니다가 본 적이 있었지~ 라는 생각을 떠올렸다.

미안하다, 지구의 거미 제군들.

자네들도 고생이 참 많았구나.

나는 마법이 있어서 버틸 만하지만, 물에 젖어서 거미집을 못 쓰게 된 평범한 거미들의 앞날을 생각하면 막 눈물이 난다.

그리고 바람.

내 실만큼 튼튼하면 고작 바람에 끊어지지는 않지만, 불쑥 돌풍이 불어서 집이 망가진다든가 비상사태를 생각하면 막 눈물이 난다.

비랑 바람이 없는 환경에서 무사히 성장한 게 어떤 의미로 행운이었는지도 몰라.

그곳이 마물 우글우글하는 고난이도 던전만 아니었다면!

응. 이렇게 생각하니까 행운이라는 말은 못 하겠네.

미쳤나 봐~.

아무튼 이렇게 날씨 변화를 몸소 체험하니 드디어 바깥에 나왔다는 것을 실감할 수 있었다.

길었던, 정말이지 길고 길었던 은둔형 외톨이 생활이었지~.

그런 걸 은둔형 외톨이 생활이라고 말해도 괜찮은 건지 좀 헷갈리는데 날씨 변화가 없는 실내에서 지냈다는 사실은 달라지지 않잖아?

전세 때 커튼을 치고 방 안에 틀어박힌 생활과 비슷한 느낌인 것 같아.

커튼을 치고 바깥에서 비치는 햇살만 완전히 차단하면 시계 없이는 시간도 전혀 알 수 없는 처지가 되잖아.

비가 내리든 바람이 불든 달라지지 않는 환경.

커튼에 가려져서 밤도 낮도 무의미해지는 환경.

학교에 가야 하니까 편하게 틀어박히려면 쉬는 날에나 가능했지만.

이런 식으로 표현하면 엘로 대미궁도 꽤 방구석 느낌이 드니까 깜놀이야.

실상은 킬로미터 단위로 사방에 미로가 전개되는 상층.

끝없이 초열지옥이 이어지는 중층.

두근두근! 마물 틈바구니에서 살아남기 대회! 하층.

응. 용케 살아남았구나, 나.

줄곧 한곳에 틀어박힌 채 여기저기 내부를 탐색했잖아.

길고도 고된 은둔형 외톨이 생활이었다.

이렇게 표현하니까 굉장히 몹쓸 인간으로 들리는 신비로움.

음, 뭐냐.

이래저래 얘기가 어긋난 것 같은데 무슨 소리를 하고 싶냐면 지붕은 위대하다는 거야.

무슨 뜻으로 하는 말 같아?

지금 현재 나는 억수같이 쏟아지는 빗속에 있다고 말해주면 이해할 수 있겠지?

비를 피하고 싶어요.

야생 생물은 이런 빗속에서도 바깥에서 버텨야 하니 대단하구나~.

나는 더 이상 젖는 신세는 사양하고 싶으니 반칙을 쓸래.

그런고로 나의 집이라고도 말할 수 있는 엘로 대미궁으로 전이하자.

비 내리는 날은 실내에 있는 게 최고야.

그곳이 아무리 광대한 던전 내부여도 비바람을 피할 수 있다면 문제없답니다.

🌑 재봉

초대면인 사람과 이야깃거리를 만들 때라거나 면접 때 자주 듣는 질문이 하나. 「취미는 뭐죠?」

나의 경우에 이 질문에는 「먹는 것」이라고 즉답할 수 있어!

과연 실제로 소리를 내서 대답할 수 있을지는 다른 문제지만.

이미 결정된 대답과 매끄럽게 이루어지는 대화가 꼭 등호로 묶여 있지는 않답니다.

뭐, 바닥을 치는 내 소통력은 일단 넘어가고.

먹는 거 이외에 뭔가 취미가 있냐고 물어본다면 꺼낼 대답이 좀 궁하단 말이지.

취미, 취미라.

레벨링?

확실히 나는 태어나서 지금껏 쭉~ 레벨링에 힘써왔지만, 그런 걸 취미라고 말하기에는 뭔가 좀 다르지 않아?

레벨링은 살기 위해서 필요한 행위이지 취미는 아니잖아.

같은 논리로 먹는 것도 취미라고 말하기는 좀 어려운 것 같은데 굳이 따지지는 말자.

"취미? 재봉 아니야?"

그런 생각을 하던 와중에 흡혈 양이 해준 말이었다.

재봉이라고?!

듣고 보니까 확실히 나는 이것저것 실을 써서 만들곤 했어.

처음에는 마왕이 시키는 대로 옷가지를 이것저것 만들었지.

그러니까 재봉은 반쯤 업무처럼 한 일이었는데 마왕이 요구했던 할당량 이외에도 또 이것저것 제법 만들었단 말이지.

자기 옷이라든가 흡혈 양 옷이라든가 인형 거미들 옷이라든가.

꽤 자주 많이 만들었으니까 취미라고 말해도 될 것 같아.

재봉이 취미인가.

말해줄 때까지 못 알아차렸네.

이런 게 바로 깨달음인가요.

재봉이 취미!

정말 우아한 취미군요!

귀족 영애님 같지 않아?

사는 곳은 공작가 저택이고 평소에는 우아하게 차를 마시거나 취미인 재봉으로 시간을 보내는 거야.

진짜 완전히 귀족 아가씨 생활이잖아.

아가씨가 할 법한 자수랑은 결과물이 많이 다르긴 한데…….

진짜 아가씨라면 옷을 만들지는 않겠지.

나도 실부림으로 만들었을 뿐이고 제대로 바느질을 하는 건 아니지만 말이야.

진지하게 수련한 장인이 봤다면 꼼수 부리지 말라고 욕했을 것 같아.

완성도는 내가 만든 게 단연코 더 굉장하다는 자신감이 있지만!

봐라! 이 근사한 옷을!

놀랍게도 이 옷은 실 한 가닥으로 지었답니다.

일필휘지(一筆揮之)는 아니고 일사재봉(一絲裁縫).

후후후, 이런 재주를 부릴 수 있는 사람은 분명 나뿐이야.

그렇게 생각했는데 피엘이랑 리엘이 똑같은 솜씨를 선보였다.

……괜찮아. 사용하는 실은 내가 더 품질이 좋은걸.

우리가 재봉에 힘쓰고 있는 시간에 다른 녀석들, 흡혈 양이랑 사엘은 뭘 하고 있냐면 의외로 자수를 한다.

공작가에서 고용한 가정 교사한테 숙녀 교육을 받는데 숙제가 자수였기 때문이다.

이게 또 뜻밖에도 흡혈 양은 자수 솜씨가 상당히 좋아.

그야 당연히 우리한테는 전혀 못 미치지만, 의외로 손재주가 있어서 문양을 만들어 낸단 말이지~.

글자처럼 복잡해도 별 어려움 없이 꿰매버려.

다만 역시나 아닐 것 같기는 했는데 좋아지지는 않는가 보다.

흡혈 양은 성격상 손 많이 가는 꼼꼼한 작업을 하면 막 짜증이 나 봐.

잘 하는 일과 잘 맞는 일이 등호로 묶이지 않는 전형적인 사례네.

아무튼 옆에서 막 짜증을 내면 나까지 괜히 성가시니까 메라를 본뜬 인형을 만들어서 건네줬다.

엄청 히죽히죽하면서 인형을 꼭 껴안았으니까 마음에 들었나 봐.

응. 마음에 들어 해주니 괜찮긴 한데.

……이상한 용도로 쓰진 말아줄래?

뭔가 요즘에 흡혈 양의 얀데레 기질을 보면 인형 상대로 이상한 짓 저지를까 봐 무서워.

어쨌든 난 메라 인형으로 잠시나마 평화를 확보했다.

취미는 참 유용하구나~.

출동을 못 하는 여자아이 넷

전쟁이 가까워졌다.

병사들은 국경을 향해 출발했고 식량과 소모품 따위도 차례차례 운송 중이다.

이미 전쟁 개시의 때는 초읽기에 들어갔다는 분위기가 감돌았다.

병력뿐 아니라 시민들 또한 전쟁에 대비하고 있었다.

그리고 이곳에서도…….

스릉스릉, 넷이서 나란히 검을 갈아주고 있는 인형 거미들.

아니, 얘들아, 굳이 갈 필요가 있니?

능력치 1만을 넘는 인형 거미들이 쓰는 검은 높은 능력치를 버틸 수 있도록 엄청 튼튼하게 만들어졌다.

웬만하면 칼날이 손상되지 않아.

실제로 검이 아니라 숫돌만 갈려 나가고 있다.

그런데 뭔가 연마를 마친 칼날을 바라보는 아엘은 무척 만족스러운 눈치였다.

사엘은 여전히 계속 검을 갈고 있고, 리엘은 칼날을 황홀하게 바라보고 있고, 피엘은, 쟤는 숫돌을 갈아 내는 게 재미있어졌나?

응, 뭐랄까, 같은 행동을 해도 개성이 드러나는구나.

아마도 인형 거미들도 전쟁이 가까워져서 마음이 들썩들썩하나 봐.

커다란 이벤트긴 하지~.

분명 이래저래 의욕이 가득할 테고.

계산이 빠른 아엘이 의미도 없이 무기부터 정비한다는 게 바로 증거라는 생각이 든다.

어떡하지.

……말을 못 하겠어.

이번에 너희들은 출동을 안 한다고.

저렇게 잔뜩 분발하고 있는 아이들한테 하기에는 너무 잔혹한 말이잖아…….

그치만~! 저 아이들 외모는 엄청 로리로리한데 능력치가 1만을 넘기거든?

저 애들 하나라도 전선에 덜컥 투입했다가는 인족을 싹 섬멸해버릴 만큼, 어떤 의미로 전술 병기란 말이죠?

오니 군이라든가 메라조차 과잉 전력이 아닐까~ 찝찝한 참인데 저 아이들까지 내보내면 진짜로 그냥 괴롭힘이 된단 말이야.

따라서 인형 거미들이 전쟁 중 할 일은 만에 하나의 사태에 대비해서 마왕을 호위하는 것.

솔직히 말해서 아무것도 안 하는 게 최선인 역할이야.

즉 가만히 노는 게 좋다.

그리고 인형 거미들을 마왕의 호위로 남겨 둔 이유는 정말 만에 하나의 상황을 대비하는 보험이거든.

내 계획을 뛰어넘는 사태가 일어나지 않는 한 출동은 없습니다!

게다가 뭔 일이 터져도 내가 전이로 달려올 테고.

인형 거미들이 출동할 만한 사태가 벌어지려면 일단 나부터 자빠져야 한단 말입니다.

그런 큰 문제가 발생하면 인형 거미들이 나서도 차마 대처가 안

될 테고.

뭐, 요컨대, 그러니까, 뭐냐…….

진지하게 이번에 인형 거미들은 할 일이 없다.

다만 저 소리를 이렇게나 의욕이 가득한 아이들한테 솔직하게 말할 수 있을까?

아니! 나에게 그런 배짱은 없다!

나는 스릉스릉 검을 갈고 있는 인형 거미들로부터 슬쩍 시선을 떼고 들키지 않게 슬금슬금 방에서 나가려고 했다.

"어라? 시로야, 뭐 하는 거야?"

그때 타이밍 나쁘게 딱 지나가는 마왕.

사엘 이외의 세 아이가 일제히 이쪽을 본다.

사엘만은 우직하게 계속해서 검을 갈고 있지만.

"응? 뭐 하는 거야? 이번에는 출동 안 하잖니?"

그리고 마왕은 하필이면 내가 차마 꺼내지 못했던 말을 아무렇지도 않게 말해버렸다!

아엘이 진지한 얼굴로 정지하고, 리엘이 웃는 얼굴로 고개를 갸우뚱하며 기울이고, 피엘이 기겁하면서 리액션.

사엘만은 아직도 계속 검을 갈아준다.

나는 그곳에서 쓱 도망쳤다.

"으앗?! 무슨 짓이냐아~!"

항의를 위해서인지 마왕에게 달려드는 인형 거미들을 피하기 위해.

미안! 이래저래 미안!

다섯 살 축하

일본에는 시치고산(七五三)이라는 이벤트가 있다.

세 살, 다섯 살, 일곱 살 아이가 신사 같은 곳으로 가서 축하를 받는 이벤트다.

시치고산이라면 천년 사탕(千歲飴).

천년 사탕을 받는 이벤트가 바로 시치고산이다.

이의는 인정할게.

아무튼 왜 시치고산 얘기를 꺼냈냐면 내가 전생한 이 세계에도 시치고산과 비슷한 이벤트가 있기 때문이다.

뭐, 비슷한 부분은 특정 나이에 이벤트를 진행한다는 점뿐이고 다른 부분은 공통점이 거의 없지만 말야.

기념하는 나이도 영 살이랑 다섯 살이랑 여섯 살이라 시치고산과 겹치는 건 다섯 살뿐이지만.

게다가 귀족 한정이라고 한다.

우선은 영 살, 뭐, 막 태어난 갓난아기 시절이구나.

이때 교회의 관계자가 무병장수를 기원하며 축복을 해준다던가.

단정형이 아닌 이유는 난 딱히 축복을 받은 경험이 없으니까.

왜냐면 난 거미잖아요!

마물이잖아요!

교회 관계자가 마물한테 축복을 해줄 리 없잖아요!

아무튼 다섯 살 때 다시 축복을 받는데 이때 받는 축복은 영 살 때랑은 조금 의미가 달라져서 아이의 이후 발전을 기원하는 느낌이라고 한다.

이어서 다음 해에 있는 행사는 축복이 아니라 감정 의식이라고 뭔가 인생 첫 감정을 받는 날이자 처음으로 사람들한테 인사를 하는 자리라더라.

감정 스킬은 올리는 게 무척 힘드니까 감정석이라고 감정의 힘이 깃들어 있는 마도구를 써서 감정을 한대.

근데 또 감정석이 적은 숫자라서 대대적인 이벤트로 진행하는 겸 자식을 소개하는 행사랑 비슷하게 자리 잡은 거야.

와~ 와~.

전부 다 남 일이네.

왜냐면 난 이미 인생 첫 감정을 마쳐버렸으니까!

여섯 살은커녕 영 살 때부터 다 끝냈지!

왜냐면 감정 스킬이 바로 내가 첫 번째로 습득했던 스킬이니까~.

인생 첫 번째가 아닌 거미생 첫 번째 감정 결과는 〈거미, 이름: 없음〉이었다네…….

아무 정보도 없는 거나 마찬가지인 결과였지…….

감정 의식이라는 행사에서는 높은 레벨의 감정을 사용 가능한 감정석이 쓰인다니까 제대로 능력치랑 스킬이랑 표시될 테지만 말야.

그런데 저걸 싹 공표하면 개인 정보가 막 유출되잖아?

여러 결과를 보고 이 아이는 우수하다, 이 아이는 조금 유감이다, 이렇게 평가까지 진행한다나 봐.

여섯 살이면 일본에서는 초등학교 1학년이지?

그런 시기에 개인 정보를 막 유포시키고 게다가 평가까지 하는 건 조금 심하지 않나?

나라면 저런 공개 박제 같은 짓거리는 하기 싫거든.

다행이다, 귀족이 아니라서!

다행이다, 거미라서!

……아니, 별로 다행이지 않아.

귀족 아니어도 괜찮으니까 인간 스타트가 더 좋았을 거야…….

뭐, 지금 난 인간 형태로 다닐 수 있잖아. 잘 버텨서 좋은 날을 맞이하기는 했지…….

아무튼 왜 내가 이세계의 나이별 이벤트 설명을 했냐면 현재 내가 다섯 살이기 때문이다.

참고로 내가 다섯 살이니까 자연히 다른 전생자들도 똑같이 다섯 살이라는 말이고.

나머지 전생자와 달리 난 거미 마물 스타트라는 이유로 태어났던 시기가 반년 빨랐다는 것 같은데 정확하게는 내가 다섯 살 반이고 나머지 전생자들은 다섯 살이 맞겠구나.

이런 부분은 난생(卵生)이랑 태생(胎生)의 차이겠네.

"그런고로 다섯 살이니까 축하를 할까?"

불쑥 마왕이 꺼낸 말이었다.

"축복은, 마족에게도 교회가 있는 겁니까?"

이렇게 마왕한테 되물은 사람은 오니 군.

오니 군은 전생자 중 한 명이다.

즉 다섯 살 아이야.

다만 외형은 이마에 뿔이 자라난 것 이외는 전세의 모습과 별로 다르지 않다.

생김새만 보면 고등학생 남자라서 도저히 다섯 살 아이로 보이지는 않아.

뭐, 이렇게 말하는 나도 사실은 비슷비슷한 처지지만 말이야.

오니 군은 전생했더니 고블린이었는데 진화를 거쳐 지금의 귀인(鬼人)인가 하는 종족이 됐다고 한다.

나도 마찬가지지만 아무래도 마물에서 인간형으로 진화하면 전세와 비슷한 모습을 갖는 것 같아.

이런 부분은 우리를 이쪽 세계에 전생시킨 D가 게으름을 부린 탓 같기도 하고…….

"당연히 없지. 애당초 마족한테는 다섯 살에 축하하는 관습 자체가 없고."

없는 거냐~!

현재 우리가 있는 곳은 마족령.

나이별 이벤트를 치르는 쪽은 인족이고 마족은 특별히 하는 게 없나 보다.

"그럼 왜 굳이 말씀을 하신 거예요……."

어이없어하며 한숨을 쉬는 흡혈 양.

마찬가지로 전생자 중 한 사람.

그리고 이곳에 있는 사람들 중 유일하게 자기 나이처럼 어리게 생긴 다섯 살 아이다!

엥? 마왕?

마왕은, 알지? 실제 나이가, 응?

이른바 로리HALMAE로 분류되는걸.

"시로야? 뭔가 지금 괘씸한 생각을 하지 않았어?"

흐엑!

분명 얼굴에 드러내지는 않았을 텐데?!

진짜 감 좋은 녀석이네……

마왕이 가자미눈으로 째려봐도 시치미 딱 떼면서 모른 척했다.

그렇게 나를 째려본 건 잠깐뿐, 곧 시선을 돌리며 이야기를 재개한다.

후유.

"근데 생일이라든가 지금까지 축하를 안 했잖아? 아니, 생일이 언제인지도 모르잖아? 그러니까, 뭐, 기념할 만한 나이라도 같이 축하해주고 싶어서."

아하~.

확실히 우리는 자기 생일을 알지 못한다.

나는 날짜조차 알 수 없는 미궁에서 뿅 태어났고, 오니 군도 고블린으로 태어나서 날짜라든가 굳이 신경을 쓰지 않았을 테고.

유일하게 흡혈 양은 생일을 알 것 같은데 정작 진짜로 아는 사람은 종자 메라이고 본인은 아마 모르지 않을까?

"축하 파티……."

"뭐, 말은 거창한데 별로 대단한 게 아니라 그냥 아는 사람들끼리 모여서 소소하게 파티를 하자는 거야. 케이크도 준비해서 말이지."

"케이크……."

처음에는 떨떠름한 기색이었던 흡혈 양이 케이크라는 단어에 낚여서 태도가 확 달라졌다.

당연히 나도 케이크가 있다면 찬성이랍니다, 물론이죠!

맛있는 케이크를 먹을 수 있다면 파티든 뭐든 할 가치가 있다!

"뭐, 이미 파티를 열 생각이 가득해서 케이크도 미리 준비해 놨지만 말야!"

그렇게 말한 뒤 옆방으로 가는 마왕.

"짜안~!"

금세 돌아왔는데 손에는 동그란 홀 케이크가 들려 있다!

우리가 앉은 탁자의 위쪽에 두웅! 내려놓이는 케이크.

……케이크?

"……아리엘 씨. 이게 뭐예요?"

"케이크!"

흡혈 양의 질문에 활짝 미소를 짓고 대답하는 마왕.

뭐지, 이게 케이크야?

형태는 분명 동그란 케이크를 닮긴 했는데 모양새가 뭔가 갈색의 덩어리거든요……?

케이크가 아니라 그냥 빵에 가깝지 않나…….

"케이크야!"

"아뇨, 하지만……."

"케이크야!"

"그치만, 이건……."

"케이크야!"

"아, 네에……."

흡혈 양이 마왕의 압력에 져서 밀려났다…….

뭐, 마왕의 자칭 케이크가 이렇게 된 이유는 짐작되는 게 있어.

마족은 지금 이래저래 굉장히 빈궁하거든요…….

오래도록 인족과 전쟁을 되풀이했던 탓에 인구가 감소.

그 탓에 일손도 줄어서 식량뿐 아니라 여러 분야의 생산력이 뚝 떨어졌어.

그런 상태에서 곧 맞이할 인족과의 결전을 준비하려면 비축 물자 등 이것저것 준비할 게 많아.

마왕조차도 사치를 못 부리는 상황이구나…….

"뭐, 있는 재료만 써서 만든 케이크니까 생긴 게 이렇긴 한데 말이지. 맛은 보장할 수 있다?"

생긴 건 단순한 빵이지만 아무래도 맛은 보장되는가 보다.

게다가 지금 한 발언은, 이 케이크를 만든 사람은 혹시가 아니라 진짜 마왕인가?

"아리엘 씨가 만든 겁니까?"

같은 의문을 가졌는지 오니 군이 마왕에게 물었다.

"맞아~."

오호.

그럼 기대해도 괜찮겠어.

마왕은 이래 보여도 요리 솜씨가 좋아.

아니, 꼭 요리뿐 아니라 어지간한 일은 뭐든지 잘한다.

괜히 오래 산 게 아니야.

그러니까 생긴 게 어쨌든 간에 마왕이 맛을 보장해준다면 이 케이크(?)도 맛있을 거야.

아마도, 분명.

마왕이 실을 써서 케이크를 4등분 했다.

둥근 케이크 4등분은 꽤 호쾌한데?

그치만! 그래서 좋아!

누구든 한 번은 꿈꾸는 케이크 통째로 배불리 먹기에는 못 미치지만 어쨌든 4분의 1!

보통 대부분은 8분의 1이 고작일 텐데 두 배로 4분의 1!

잔뜩 먹을 수 있다!

우홋, 후후후~!

4등분짜리 케이크를 접시에 나눠 담아서 건네준다.

"그런고로 다 같이 다섯 살을 축하하면서, 잘 먹겠습니다~!"

""잘 먹겠습니다.""

동시에 잘 먹겠습니다 인사를 하고 케이크를 덥석.

"앗, 달아."

"정말이네."

생긴 건 조금 뭐해도 케이크는 촉촉하면서 단맛이 났다.

"맛있어~!"

"흐흥. 내가 말했잖아. 맛은 보장한다고."

환성을 터뜨리는 흡혈 양과 우쭐대는 얼굴로 가슴을 쭉 펴는 마왕.

확실히 이 맛은 가슴을 당당하게 펴도 될 만한 수준이야.

케이크라기에는 조금 식감이 딱딱하긴 한데 씹으면 씹을수록 재료에 깊이 스며든 은은한 단맛이 입속으로 퍼져 나간다.

케이크라기보다는 카스텔라에 가까운가?

어디까지나 가깝다는 말이고 일본의 일반적인 단맛에는 없는 느낌이지만.

요컨대 미지의 멋진 맛이다.

생긴 건 단순히 빵 덩어리인데…….

어떤 연금술을 쓰면 마족의 허전한 주머니를 뒤져서 꺼낸 가난한 식자재로 이런 맛있는 음식이 만들어지는 걸까…….

신기하구나~.

분명히 오래 사는 동안에 가난해도 맛있게 먹을 수 있는 요리법을 이것저것 익힌 게 분명하다.

할머니의 지혜 주머니처럼.

할머니 취급을 하면 화낼 테니까 말은 안 하겠지만.

"음?! 지금 뭔가 발칙한 사념이 느껴졌어!"

아~ 아~ 아~.

그럼 사념은 날아다니지 않습니다. 날아다니지 않아요~.

아무튼 뭐, 케이크(?)를 쩝쩝 맛있게 먹으면서 우리의 다섯 살을 축하하는 파티는 이런 느낌으로 화기애애했습니다.

☆

오늘은 나와 여동생 스우가 다섯 살 축복을 받는 날이다.

사실 나는 이날을 꽤 기대하고 있었다.

왜냐하면 내가 이 세계에서 처음 본 마법이 바로 축복이었거든.

나는 전세의 기억을 갖고 있어서 전생자라고 불리는 녀석이다.

저번 삶의 이름은 야마다 슌스케.

이번 삶의 이름은 슈레인이고.

전세의 기억을 가진 덕분에 보통은 철도 안 들었을 갓난아이 때부터 자의식이 있었다.

그리고 영 살의 축복을 직접 제 눈으로 목격했다.

그때의 감동은 잊을 수 없어.

신관이 뭔가 행동을 한 다음 순간, 내 몸을 반짝반짝하는 빛이 감싸 안으면서 힘이 가득 솟아올랐거든.

그런 체험을 겪은 덕분에 나는 이 세계가 전세와는 달리 마법이 있는 이세계라는 사실을 깨달을 수 있었으니까.

그리고 마법이라는 호기심을 매우 자극하는 힘이 있었기에 영문도 모른 채 이세계로 전생한 직후 정서가 불안정했던 시기를 애써 극복할 수 있었다.

따라서 축복은 내 마음속에서 특별한 의미를 갖는 마법이었다.

다시 한 번 축복을 받을 수 있다고 생각하면 가슴이 자꾸 못 견디게 두근두근 뛴다.

하지만 잔뜩 신이 난 나와는 달리 여동생 스우 및 메이드 안나와 클레베아의 태도는 평소와 별로 다르지 않았다.

다섯 살 축복은 여섯 살 감정 의식과 달리 대대적으로 치르는 행사가 아니라 교회의 신관과 만나서 휙 축복을 받은 뒤 끝난다고 한다.

그래서 특별한 이벤트가 맞기는 한데 시끌벅적 부산을 떨 자리는 아니라는 것 같다.

나와 스우도 점심 식사 후 짧게 시간을 할애할 뿐 다른 일정은 평소와 달라지는 게 없다.

전세의 생일처럼 케이크를 먹거나 선물을 받거나 하는 과정은 없나 봐.

대부분의 귀족은 교회에 직접 방문해서 축복을 받는다는 것 같은데 나와 스우의 경우는 오히려 신관이 찾아와준다.

하기야 나랑 스우는 이래 봬도 왕족이니까.

신관을 불러들일 수 있는 부류는 왕족 및 일부 고위 귀족뿐이라던가.

웬만한 귀족들은 다 직접 교회를 방문해야 한다.

그런 관행이 이 세계의 교회, 신언교라는 종교의 권세를 대변해주고 있다.

나와 스우도 절대 신관에게 실례를 저지르면 안 된다는 신신당부를 아침부터 안나한테 거듭거듭 들어야 했다.

왕족이어도 실례를 저지르지 않게 조심해야 하는 상대라는 뜻이다.

뭐, 나의 경우는 긴장보다도 두근두근 기대감이 더 앞서니까 이상한 실수는 안 하겠지.

점심 식사를 다 마치고 슬슬 약속한 시간이 될 무렵.

연락 담당 메이드가 와서 안나와 뭔가 진지하게 얘기를 나누고 있다.

연락 담당 메이드는 무척 당황한 분위기이고, 마주하며 이야기를 듣는 안나도 미간에 잔뜩 주름이 졌다.

……뭔가 안 좋은 사태라도 발생한 걸까?

"슈레인 님, 스우레시아 님. 출발하시지요."

그러나 안나는 아무런 일도 없었다는 듯이 나와 스우를 불러서 방 바깥으로 데리고 간다.

"무슨 일 생긴 거 아니야?"

나는 못 참고 안나에게 물어봤다.

"예, 뭐……."

안나는 대답을 제대로 못 한다.

"안 좋은 일이야?"

"아뇨, 그렇지는 않습니다만……."

불안해져서 더 파고들어 물어봤는데 아무래도 나쁜 일은 아닌가 보다.

"오히려 좋은 일이고 무척이나 영광스러운 일입니다."

영광?

무슨 뜻인지 몰라서 머릿속으로 물음표를 떠올린다.

"슈레인 님과 스우레시아 님을 축복하기 위하여 교황 예하께서 납신다 하십니다."

내 의문의 답이 안나의 입에서 나왔다.

그런데 답을 듣고도 나는 말뜻을 일순간 이해할 수 없었다.

……교황 예하?!

교황 예하아?!

"뭐어어?!"

무의식중에 소리를 질러버렸다.

"슈레인 님."

그러자 나를 나무라는 안나.

당황하며 입을 다문다.

그치만 교황 예하라잖아?

교황은 즉 교회, 신언교의 수장이다.

신언교는 일개 신관조차 왕족이어도 실례를 저지르면 안 되는 상대인데.

교황이면 모든 신관들의 대표자.

분명하게 말해서 일국의 왕보다도 훨씬 더 높은 격을 가지고 있다.

아무리 왕족이어도 4남인 나와 차녀인 스우의 축복을 위해 구태여 직접 찾아올 만한 분이 아니야.

이러면 안나 등 메이드들이 몹시 당황했던 반응도 납득이 된다.

게다가 당일이 오고 나서야 당황했다는 것은 사전 연락도 없었다는 뜻이 되겠지.

교황이나 되는 분께서 사전 연락도 없이 갑자기 방문해도 되는 걸까…….

"괜찮은 걸까…….."

"교황 예하 본인께서 방문 의사를 강하게 피력해주신 터라 문제는 없을 겁니다."

어째서 교황 같은 특급 VIP가 나 같은 녀석을 축복해주러 오는 거야…….

앗, 이유는 굳이 고민을 안 해도 명백하구나.

율리우스 형님이다.

율리우스 형님과 나는 같은 어머니를 둔 친형제다.

그리고 율리우스 형님이 바로 당대의 용사다.

율리우스 형님은 용사로서 어린 나이부터 활약하고 계신다.

또한 신언교는 용사를 전면적으로 지원하고 있고.

그런 인연으로 율리우스 형님의 동생인 나를 축복해주러 교황이 직접 찾아와주는 것이다.

다른 이유는 떠올릴 수 없어.

"오라버니. 교황 예하가 누구예요?"

혼자 납득한 뒤 응응 고개를 끄덕거리는 내 옆에서 스우가 물었다.

"교회의 대단한 분이야."

"높은 분?"

"맞아. 굉장히 대단한 분."

"오라버니보다?"

스우의 질문에 쓴웃음이 나왔다.

다섯 살치고 또박또박 혀짤배기소리도 없이 말하기에 총명해 보이는 스우도 이런 부분은 역시 다섯 살 어린아이다.

나처럼 전세의 기억으로 경험을 보충하는 것도 아니고 진짜 다섯 살 어린아이이니까 아직은 모르는 상식이 많다.

그리고 스우는 계속 함께 지내는 나를 세상에서 가장 굉장한 사람으로 착각하는 경향이 있다.

어린 시절에 아버지가 세상에서 가장 강한 남자라고 착각하는 것과 비슷하지.

나 같은 4남은 왕족이어도 엄청나게 미묘한 위치니까 굉장하다는 수식어가 안 어울리는 사람이지만······.

"나 보다 훨씬 훨씬 더 대단한 분이야."

"으~."

내 대답이 마음에 안 들었는지 불만스럽게 뺨을 볼록거리는 스우.

스우는 내가 언제나 1등이기를 바라는 것 같다.

쓴웃음 지으며 머리를 쓰다듬어주자 조금 만족이 되었는지 볼록거리던 뺨을 원래대로 되돌렸다.

그렇게 말을 주고받는 동안에 왕성에 있는 예배당까지 도착했다.

와아!

예배당에 들어가자마자 나는 마음속으로 소리 높였다.

방금 막 안나한테 주의를 들은 참이라서 다행히 입 밖에 소리를 내지는 않았지만, 동요는 얼굴 표정에 나타났을지도 모르겠다.

예배당에서는 이미 한눈에 교황임을 알 수 있는 호화로운 복장으로 차려입은 노인이 기다리고 있었다.

여기까지는 미리 각오를 다져서 크게 놀라지는 않았는데 노인의 곁에 설마했던 뜻밖의 낯익은 사람도 같이 서 있었으니까.

세상에, 아버지까지 나타나다니······.

저 인물이 바로 우리의 아버지이자 애너레이트 왕국의 국왕이다.

솔직히 별로 얼굴을 마주할 기회도 없던 사람이라서 아버지라는 실감이 안 들지만······.

군이 말하자면 국왕이라는 인식이 더 강해서 나한테는 구름 위의 사람이라는 느낌이다.

그렇게 구름 위에 있는 사람이, 교황처럼 또 구름 위에 있는 사람과 같이 나타나다니.

뭔가 실수로 들어가면 안 되는 곳에 들어가버린 것 같은 생경한 느낌이 치솟는다.

"교황 예하. 소개드리지요. 제 아들인 슈레인과 딸아이 스우레시아입니다."

그러나 주눅 든 나는 아랑곳 않은 채 아버지는 나와 스우를 교황에게 소개하고 있다.

이렇게 된 이상 마음을 굳게 먹고 나서야 한다.

분명 애너레이트 왕국에서는 신분이 낮은 사람부터 자기소개를 하는 게 맞는 예법이었지.

"인사 올립니다. 슈레인 재건 애너레이트입니다."

"오호. 자제분이 무척 영리하군요."

자기소개를 하자 교황은 손주를 지켜보는 할아버지처럼 푸근하게 웃음 지었다.

아버지도 만족스럽게 고개를 끄덕이니까 아마도 이런 대응이 정답이었나 보다.

한숨 돌리고 스우의 등에 손을 얹어서 이제 네 차례임을 알려준다.

"스우예요."

스우는 변함없이 뚱한 말투로 짧게 대꾸했다.

머리를 부여잡고 싶어졌다.

스우는 그냥 애칭이니까 이런 상황에는 제대로 정식 이름인 스우 레시아라고 말을 해야 되잖니!

아버지도 미간을 잔뜩 찌푸렸어!

큰일 났다!

분위기가 꽁꽁 얼어붙는다는 게 이런 경우인가, 반쯤 현실 도피를 하며 생각했다.

"허허허. 인사도 할 줄 알다니 기특하군요."

그러나 얼어붙은 분위기를 또 푸근한 웃음소리가 누그러뜨려준다.

교황이 다정하게 웃는 얼굴로 스우를 바라보고 있었다.

아마도 어린아이의 행동이니 귀엽게 넘어가주시려나 보다.

과연 커다란 조직의 수장답게 도량도 굉장하구나.

"저는 더스틴 61세입니다. 전도유망한 두 사람에게 축복을."

교황이 자기 이름을 알려준 뒤 손을 내밀었고, 언젠가 봤던 것보다 더 눈부신 빛이 반짝반짝 빛나며 나와 스우에게 내리쏟아졌다.

마치 교황의 선한 마음에 감싸이는 것처럼 몸이 안쪽으로부터 따끈따끈해진다.

"건강하게 자라나십시오."

교황이 나와 스우의 머리를 살며시 쓰다듬었다.

"……자, 사실은 조금 더 이 아이들과 교류를 갖고 싶은 마음입니다만, 이만 또 움직여야 합니다."

진심으로 아쉽다는 듯이 나와 스우의 머리에서 손을 떼는 교황.

"오늘 이렇듯 일부러 찾아와주셔서 감사했습니다."

"아닙니다. 저야말로 갑자기 방문하게 된지라 죄송할 따름입니다."

아버지와 교황이 번갈아서 같이 머리를 숙인다.

뭔가 저 광경이 일본에서 회사원끼리 같이 머리 숙이고 맞인사를 하는 것처럼 보여서 살짝 웃음을 터뜨릴 뻔했다.

이렇게 나와 스우의 다섯 살 축복은 영 살 때 이상으로 잊을 수 없는 기억이 됐다.

"악마?"

규리규리, 즉 관리자 규리에디스트디에스는 미간을 잔뜩 찌푸린 채 앵무새처럼 저 단어를 입에 담았다.

악마.

말하지 않아도 다 아는 판타지 생물의 단골손님이다.

왜 악마 얘기를 꺼냈냐면 큰 의미는 없다.

불현듯 아, 맞다, 이 세계에도 악마가 있을까? 그냥 궁금해졌거든.

처음에는 마왕한테 먼저 물어봤는데 마왕도 악마를 본 경험은 없다더라.

이 세계는 언뜻 판타지로 보이는데도 정석이랑 어긋난 부분이 꽤 많잖아.

엘프는 있는데 드워프는 없고, 정작 엘프도 쟤네들 흔한 이미지랑은 굉장히 다른 엘프 비슷한 뭔가고.

아, 정령은 있다나 봐.

단지 정령도 내가 상상하는 모습과는 역시나 다른 것 같아.

게임 뇌를 근거로 말하자면 정령은 보통 싱그러운 자연과 함께 살면서 자연을 더없이 사랑하는 존재이거나 혹은 자연 자체의 화신과 비슷해서 교류를 거듭하면 계약을 맺을 수 있는 식이잖아.

그런 이미지였는데 이 세계의 정령은 어느 날 갑자기 발생해서 기계처럼 사람을 공격하는 마물이라나 뭐라나.

계약? 가능할 리가 없잖아~!

응, 기대가 어긋났어.

엥? 넌 근본부터 외톨이 기질이 잔뜩이니까 애당초 교류를 못 가지지 않냐고?

……가끔은 불리한 진실로부터 눈을 돌려야 하는 때도 있다네.

자, 정령이 있다면 혹시 악마도 있지 않을까 궁금해했던 게 발단이다.

나 혼자 막 상상한 이미지이긴 한데 정령이랑 악마는 비슷하다고 생각하거든.

봐봐, 양쪽 다 뭔가 실체가 애매한 데다 정령계랑 마계라는 차이는 있어도 평소는 이계에서 사는 등 공통점이 꽤 많잖아?

정령이랑 악마는 속성이나 사는 곳이 다를 뿐이고 근연종이 아닐까 싶어.

어디까지나 나 혼자 상상한 이미지지만 말이야.

그러니까 정령이 있다면 악마도 있을 것 같아서 갑자기 궁금해졌고~.

이런 견식이 많을 것 같은 규리규리한테 흥미 본위로 물어봤는데 말이지.

"네 녀석, 악마에 대해 알아서 무엇을 어쩔 작정이지?"

그런데 웬걸, 규리규리가 엄청나게 진지한 표정으로 따져 묻는다.

단순히 흥미 본위였는데…….

"그냥 궁금해서."

괜히 얼버무리면 복잡해질 테니 솔직하게 대답했다.

규리규리는 나의 속마음을 판단하려는 듯 뚫어져라 쳐다보고 있다.

딱히 난 거짓말도 안 했고, 이상한 생각도 안 했으니까 태연하게 저 시선을 받아넘긴다.

······거짓말이에요. 저기, 저기요? 커뮤 장애라서 빤히 쳐다보면 좀 불편한데요.

자꾸 쳐다보지 마, 이상하게 땀이 나니까 제발 좀 봐줘.

"······뭐, 시스템이 있으니 괜찮을 테지."

얼마나 오래 시선을 견뎠을까, 드디어 결론을 내렸는지 규리규리는「후우」하고 숨을 내뱉더니 시선을 돌렸다.

나도 긴장을 풀 수 있었다.

그런데 저 발언은, 절대 내 말을 똑바로 들어주지 않는구나!

나도 스물네 시간 내내 이상한 생각만 하는 건 아니란 말야!

규리규리의 머릿속에 내 평가가 어떻게 되어 있는지를 어렴풋이나마 보고 말았다.

"이 세계에 악마는 없다. 악마와 닮은 외형을 지닌 마물은 있으나 어디까지나 외형뿐이다."

그런가, 없는 건가.

뭐, 흥미 본위로 물어봤을 뿐이니 별로 유감스러운 기분은 아니었다.

어차피 있었어도 지금껏 겪은 경향을 돌아보면 이미지랑은 다른 악마 유사종이었을 테고.

"그렇다고 해서 불러낼 생각은 하지 마라. 아마도 시스템에 의해 차단당해서 불러낼 수 없을 터이나 그럼에도 너무 위험하다. 만에 하나 불러내는 데 성공해버리면 이미 부서져 가는 상태에 있는 이 세계는 농담이 아니라 진정 존망의 위기에 직면하게 될 테니."

……어라~?

뭔가 상상했던 것 이상으로 악마는 위험한 건가?

그야 지구의 신화에서도 악마는 되게 끔찍한 일화가 잔뜩 있지만, 아무리 그래도 세계 멸망의 위기는 좀 호들갑스럽지 않아?

내가 고개를 갸웃거리자 규리규리가 거하게 한숨을 내뱉었다.

"그 태도를 보건대 정말 악마에 대한 지식은 없는가 보군."

그러니까 규리규리의 머릿속에서 내 평가는 대체 도대체 어떻게 된 거냐고.

악마를 이용해서 뭔가 안 좋은 사고라도 칠 것 같다고 생각하는 거야?

실례다!

별것 아닌 잡담으로 얘기를 꺼냈을 뿐인데 음모를 꾸민다고 의심하지 마라! 쭉 청렴결백하게 살아온 나한테 취할 태도가 아니잖아!

그야 악마가 있다면 보고 싶다는 생각은 했지만, 동물원이나 수족관 같은 곳에 가서 동물이랑 물고기를 구경하는 행동이랑 큰 차이는 없는 느낌이거든?

악마를 동물, 물고기랑 같은 수준으로 취급하지 말라고?

아니~ 이 세계의 동물은 결국 마물이랑 똑같으니까 이런 쪽 감각이 아무래도 살짝 어긋났다는 자각은 있거든.

"후우. 이상하게 호기심을 자극받아서 악마 소환을 시도하면 대책이 없지. 악마에 대하여 내가 아는 내용은 말해주도록 하마."

그러니까 진짜 규리규리의 머릿속에서 나는 어떻게 된 인식이냐고, 대략 한 시간.

세계 멸망의 위기까지 불러올 수 있다는 위험물을 단순히 흥미 본위로 소환하진 않는다니까~.

"먼저 악마라는 종족은 크게 나누어 셋이며 더 정확하게 말하면 진짜가 두 종류이고 비슷할 뿐 다른 종류가 한 종류 존재한다."

오호~ 악마라고 한 단어로 말은 하는데 종류가 나뉘는 건가.

"먼저 비슷할 뿐 다른 녀석들 말인데 실은 그들이 널리 악마라고 불리는 종족이다."

응?

규리규리는 진짜가 두 종류 있다고 말한 뒤 비슷하기만 하고 사실은 다른 한 종류가 있다고 말을 했잖아. 표현상 진짜가 아닌 가짜라는 뜻으로 한 말이 되는데?

그런데 널리 악마라고 불리는 쪽은 오히려 가짜들이라고?

도대체 무슨 뜻이야?

"다만 여기서 또 세세하게 종류가 나뉜다만 그 부분은 생략하지. 그들은 실체를 갖지 못하는 정신 생명체이며, 개중에서도 어둠 속성을 가진 존재들이 악마라고 불리는 경우가 많다."

정신 생명체.

그런 녀석들이 있었던 건가.

아니, 신도 실제로 있는 세상이니까 딱히 이상할 건 없나.

이 세계의 마물은 되게 신기하고 엉뚱한 생태를 나타내는 부류도 꽤 있잖아.

몸 없이 정신만 갖고 살아가는 생물이 있어도 놀라지는 말자.

"실체화를 못 하는 타입이라면 고스트 취급을 받는 경우도 많은 듯하니 일괄로 전부 악마라고 부를 수 있을지를 따진다면 또 문제가 생기지만 말이다."

고고고, 고스트?!

유, 유령?!

그, 그런 녀석도 있는 건가…….

"음? 고스트가 무섭나?"

"벼벼벼, 별로……."

"무섭나 보군……. 의외군……."

아아뇨, 무섭지 않은데요오?

……그치만 유령은 뭔가 무력으로 해결할 수 없기도 하고. 뭔가 막 물리 법칙이 안 통하는 녀석들이고. 대책이 없잖아. 정체를 알수 없단 말이야.

아무튼 간에! 난감하다!

"악마든 간에 고스트든 간에 다소 특수하기는 해도 그 세계의 현지에 있는 생물의 일종이다. 이런 표현을 쓰긴 뭐한데 우리와 같은 신의 입장에서는 위협적이지 않지. 물론 개중에는 신에게 버금갈 만큼 큰 힘을 보유했거나 신의 영역에 도달한 개체도 있을 터이나 극히 희귀한 예다."

응. 설명을 들으니까 조금 마음이 놓이네.

그렇지, 실체가 없을 뿐 생물이잖아.

재패니즈 호러 비슷하게 아무것도 모른 채 으갸악~ 비명 지르는 전개를 일으키는 부류의 녀석들이 아니라면 무섭지 않아!

아마도, 어쩌면, 분명히!

"그런 존재들이 현지의 사람들에게 악마의 일종으로 인식되고는 한다. 이것이 비슷할 뿐 다른 종류다."

흠.

현지의 사람들이라는 조건을 굳이 붙이고, 게다가 비슷할 뿐 다른 종류라는 표현.

그리고 진짜가 두 종류.

이때까지 얻은 정보를 곱씹어보면 비슷할 뿐 다른 종류의 악마라는 녀석들은 현지의 사람들에게는 평범하게 악마인가 보다.

그리고 규리규리 같은 신이 봤을 때 진짜 악마와는 비슷할 뿐 다른 존재고.

가짜라는 말을 안 하는 이유는 진짜 악마는 아니어도 일단 생물로서는 어엿한 진짜이기 때문이려나.

그야 생물로서 제대로 된 존재로 살아가고 있다면 진짜 가짜를 못 따지지.

현지에서는 진짜 악마로 취급받기도 할 테고.

다만 그럼에도 규리규리가 「진짜」라고 칭하는 악마가 있단 말이네.

"진짜 악마에 대해 설명하자면 천사의 이야기를 먼저 말해야 한다."

천사라, 흠.

뭐, 천사에 대해서는 아는 게 아주 없지는 않아.

왜냐면 여신 사리엘이 천사잖아.

정확하게 말하면 이탈자 천사라는 것 같지만.

"천사는 갑자기 이 세계에 출현한 신을 사냥하는 신이다. 수수께끼가 많은 종족이며 정작 자신들도 천사라는 종족에 대해 이해를 하지 못하지. 그저 오로지 우직하게 사명이라고 불리는 명령에 복종한다는 것이 알려져 있군."

으음~ 뭐랄까, 천사는 하느님의 심부름꾼 비슷하다는 것이 내 머릿속에 있는 이미지였는데 오히려 천사가 신이라는 말을 듣게 되니까 위화감이 굉장하다.

하지만 규리규리라든가 다른 신들과 맞대결이 가능하다니까 분류상 신이 맞기는 한가~.

"천사는 기본적으로 하나의 집단에 속해 있지. 알기 쉽게 하늘이라고 불리고 있는 신들의 3대 세력 중 하나이다. 다만 하늘에 속하지 않은 천사도 존재한다. 하나는 이탈자 천사. 사리엘과 같은 입장에 있는 천사로군."

여신 사리엘은 이탈자 천사.

이탈자 천사는 모종의 이유 때문에 저 하늘이라고 불리는 천사 집단에서 이탈한 천사다.

알시 쉽구나.

여신 사리엘의 경우 이 별의 생명을 보호하라는 사명을 쭉~ 수행해왔는데 어째서인지 하늘에서 연락이 뚝 끊어져버린 뒤 방치당했다고 한다.

다만 이런 경우가 의외로 많은지 소식이 두절됐는데도 변함없이 쭉~ 사명을 수행하는 천사가 많다던가.

기특한 거야, 바보인 거야⋯⋯.

"다른 하나가 타천사다. 그리고 타천사가 바로 진정한 악마의 일종이지."

오오, 드디어 악마가 나왔군요.

뭐, 지구의 신화에서도 악마와 타천사는 등호로 묶이는 인상이 있지.

"타천사는 이탈자 천사와 달리 스스로의 의지로 하늘을 저버린 존재들이다. 기본적으로 자기 사명에 충실해야 했을 천사가 그것을 깨뜨리면서까지 이탈한 행동을 봐도 알 수 있을 터이나 타천사는 천사와 달리 상당히 확고한 자의식을 가진다. 또한 골치가 아프게도 묘한 고집을 가지게 되지. 그런 고집은 사명에 얽매이는 천사와 통하는 구석이 있군. ……뭐, 요컨대 어느 녀석이든 간에 하나같이 성격이 독특하다는 뜻이다."

우와아…….

나는 천사라는 종족을 딱 하나 여신 사리엘밖에 모르지만, 여신 사리엘은 자기 사명을 완수하기 위해서 제 몸까지 시스템의 핵으로 바쳐버리는 대단한 녀석이잖아.

그렇게 자기 사명을 지키려 하는 굳건한 의지인지 뭔지가 전부 성격에 반영된다고?

무조건 독특하겠네.

별로 친하게 알고 지내고 싶지는 않다는 느낌이 벌써 확 든다.

그나저나 뭘까…….

지금 이야기를 들어보면 성실한 우등생이 윗사람의 명령을 거역하고 조직에서 빠져나간 결과로 비뚤어져버린 것 같지 않나……?

성실한 녀석일수록 비뚤어졌을 때 반동이 커지니까 말이야.

뭔가 이렇게 생각하니까 타천사의 이미지가 좀 바뀌는데.

"그 녀석들도 문제라고 하면 문제이기는 한데 어디까지나 천사들 중 극히 일부에 불과하니 숫자는 썩 많지가 않다. 본래 종족이라고 불릴 만큼 숫자가 늘어날 리도 없었을 터이나 이때 등장하는 것이 또 하나의 악마다."

흠흠.

"마지막 한 종류의 악마는 마계라고 불리는 무수히 많은 세계에서 서식하고 있는 정신 생명체다. 그게 전부라면 비슷하게 닮았을 뿐 다른 존재들과 특징이 별다를 것이 없었겠지만, 명확하게 다른 부분이 한 가지 있다. 그것은 무력이다. 놈들은 신들에게도 대항할 수 있는 힘을 보유했고, 상위에 위치하는 녀석들은 심지어 완전히 신의 영역에 달한 힘을 발휘한다. 단순하게 악마라고 호칭할 때 가리키는 대상은 이 부류이지."

마계에 산다는 녀석들은 진짜 악마의 이미지랑 똑같구나.

잠깐, 마계가 무수히 많이 있다고?

마계가 무수히 많이 있다면 거기에서 사는 악마도 무수히 많이 있겠네?

규리규리의 발언처럼 엄청나게 강한 녀석들이.

……맙소사.

확실히 그런 녀석이 소환되는 날이 온다면 세계 멸망의 위기가 닥치겠어.

"악마는 타천사에서 파생된 종족이라고 알려져 있지. 힘 있는 신이 죽으면 세계가 그 신의 존재를 거두어들이고 현세에서 살아가는 생물에게 영향을 주는 경우가 있는데 악마의 경우 이 같은 현상이 무척 두드러지게 나타난 사례일 테지. 어쨌든 타천사는 천사가 봤을 때는 배반자이며 다른 신들이 봐도 골칫거리이지 않았겠나. 많은 타천사가 단기간에 목숨을 잃고 스러졌던 결과로 뜻하지 않게 악마라는 종족이 탄생해버린 셈이다. 천사가 갑자기 출현했던 것처럼 말이지."

엥?! 신이 죽으면 저런 사고가 벌어지는 거야?!

뭔데? 무섭다?!

섣불리 신을 죽이면 안 되는구나. 내가 죽어도 안 되고!

"아, 말해 두겠는데 아주 먼 옛날의 이야기다. 내가 태어났을 때는 이미 신이 죽어도 저런 악영향이 발생하지 않게 대책을 강구한 다음이었다. 어떠한 강대한 힘을 보유한 신이 명계라는 이계를 만들어 냈고, 그곳에서 사망자의 혼을 선별한 뒤 가만히 두면 위험한 혼을 골라낸다더군. 이때 지목된 혼은 지옥이라 불리는 이계로 보내져서 무해한 상태가 될 때까지 분해된다고 들었다."

엥? 그럼 신은 죽은 다음에 강제로 지옥행이라는 말로 들리는데?

그나저나, 명계라든가 지옥이라는 표현이 뭔가 어딘가의 신을 연상시키는데요…….

"명계 및 지옥을 관리하는 존재가 D다."

그렇겠죠~.

그 녀석, 무척 중요한 일을 맡고 있었구나…….

게다가 그런 중요한 일거리를 내팽개치고 놀러 다녔던 건가.

그럼 그 수수께끼의 메이드 언니가 화낼 만하지.

악마의 이야기에서 뜻밖에도 D의 일거리를 알게 되었구나.

후기　저자·바바 오키나

안녕하세또만났반갑습니다, 바바 오키나입니다.

『거미입니다만, 문제라도? Ex 2』를 전해드립니다! 두둥!

넵, 이러저러해서 제법 오랜만인 것 같은데요. 이번에는 소설이 아닌 설정 자료집 느낌으로 Ex 제2탄을 전해드리게 됐습니다.

본편 16권 후기에서 어쩌면 외전 쓸 수도 있어요~ 짧게 언급은 했습니다만, 지금 Ex 2권이 딱 외전이라는 느낌이 드는군요.

설마 외전으로 한 권이 아닌 Ex로서 출간하게 될 줄은 생각하지 못했지만요.

Ex가 나왔을 때도 내 작품이 설정 자료집 느낌의 책을 낼 만큼 성장한 건가~ 감탄도 하고 놀라기도 한 기억이 납니다만, 설마 Ex 2 까지 출간하게 되다니……

게다가 본편은 이미 일단락되었는데도.

세상에는 신기한 일이 참 많구나~.

아무튼 Ex는 본편을 더욱 재미있게 즐기기 위한 설정 자료집이었던 데 반해서 Ex 2는 본편에서는 자세히 다루지 못한 과거편을 중심으로 파고들어봤습니다.

아리엘이 아직 아무런 힘도 못 가진 어린 여자애였던 시절의 이야기입니다.

즉 아리엘이 주역이고, 아니, 포지션상 히로인을 맡은 이야기군요.

덕분에 신규 집필 에피소드에서는 본편의 주역들이 전혀 등장하지 않아요. 네!

일단 과거의 점포 특전도 여럿 재수록했으니 그쪽에는 등장하니까 타이틀 사기는 아니라고 생각할래요.

여기부터는 매번 하듯이 감사 인사를 적겠습니다.

먼저 일러스트 담당의 키류 츠카사 선생님.

이번에는 본편과는 다른 과거편이어서 신규 캐릭터 디자인을 한 명 한 명 그려주셨습니다.

저로서는 키류 선생님의 일러스트를 잔뜩 볼 수 있어서 대만족 우헤헤 상태였습니다만, 그만큼 선생님은 고생을 많이 하셨겠지요.

매번 매번 미려한 일러스트를 그려주셔서 감사합니다!

코믹스의 카카시 아사히로 선생님.

소설 본편은 끝나도 코믹스는 아직껏 갈 길이 먼 중반쯤.

요컨대 카카시 선생님께는 아직도 한참 신세를 져야 하니까 아무쪼록 앞으로도 잘 부탁드리겠습니다 우헤헤 느낌으로 손을 열심히 비벼봅니다.

언제나 언제나 감사합니다!

그리고 스핀 오프 코믹스의 그라탱도리 선생님!

얼마 전 스핀 오프 코믹스『거미 양 4자매의 일상』은 당당하게 완결을 맞이했습니다.

연재를 시작한 때가 2019년 7월이니 약 3년 반.

소설 본편 1권부터 16권까지 행렬이 약 6년쯤 걸렸으니 절반 이상의 시간을 4자매의 일상과 함께 걸어왔던 셈입니다.

그렇게 생각하니 길었던 것 같기도 합니다만, 동시에 짧은 기간

중 빠르게 달려왔던 것 같기도 해서 신기한 감정입니다.

아무튼 간에 그라탱도리 선생님, 3년 반 고생하셨습니다.

그리고 감사했습니다!

마지막으로 이 책을 구입해서 읽어주시는 모든 분들께.

진심으로 감사드립니다.

후기

일러스트레이터

키류 츠카사

휴이
허망하게 가는 사람의 디자인.
열심히 살았다. 애도 그림

어쩐지
옆에다가 같이
그려주고 싶었다.

카카시 선생님의
자나 호로와.
귀여운 그림

그라탱도리 선생님의
아기 바질리스크
귀여움

이 모습은 오랜만

신규 일러스트의 테마는
「D님이 지금 푹 빠졌을 것
같은 대전 게임」입니다.

보들보들

별로 그릴 기회가 없었던 한 컷 그림.
15권 특장판에서 가능한 한 전원을 그리고 싶었습니다만. 데포르메였던지라.

담당 편집자분께서 『마지막으로 뭔가 써보시겠습니까?』라며
1페이지를 주셨습니다.

귀한 기회이니 뭔가 그려보고 싶은 마음입니다만, 등장인물들 모두 한 명 한 명에게
애정이 있고 저마다 응원해주신 분의 얼굴이 보여서 마지막으로 그려야 하는 한 명이
나 한 마리를 고르지 못하겠습니다.

그런 작품에 참여할 수 있어서 정말 행복했다는 생각이 듭니다.

바바 작가님(매번 『다음 권은 어떻게 되는 거야?』『고귀해… 고귀해…』라고 떠들며 바
닥을 굴러다녔습니다…!), 현 담당 편집자 W님을 비롯해서 모든 지나간 담당 편집자
여러분(제 담당분께는 정말 거듭거듭 도움을 받았습니다. 감사합니다…!), 카카시 아사
히로 선생님(정말 인물들 전부 생생하게 그려졌고 배울 게 무척 많았습니다!), 그라탱
도리 선생님(이번에는 어디까지 쌩 날아가서 데려다주시는 걸까! 정말로 매번 즐거웠
습니다!), 이런저런 과정에서 신세를 졌던 여러분(수많은 분들께 신세를 졌는데 한 분
한 분을 미처 다 쓰지 못해서 죄송합니다. 정말 감사합니다!), 응원해주시거나 이 캐릭
터가 좋다고 트위터에 써주시거나 그림을 언급해주시거나 많은 형태로 작품을 만들고
계시는 여러분(작화 중 격려와 뒷받침이 되었습니다…!). 진심으로 감사드립니다.

그리고 연락처를 알지 못하여 여기에 답장을 적게 된지라 송구합니다만, 도쿄에서 편
지를 써주신 분께, 받았던 팬레터는 보물입니다(여러분께서 보내주신 편지는 전부 보
물 상자에 넣거나 책상에 장식했습니다).

앞으로 여러분께서 나아가시는 길에 좋은 일이 잔뜩 있기를 기원합니다.

키류 츠카사   🐦 cirrocube.com

쇼트 스토리 출전

거미입니다만, 문제라도? Ex2

초판 1쇄 발행 2024년 8월 20일

지은이_ Okina Baba
일러스트_ Tsukasa Kiryu
옮긴이_ 김성래

발행인_ 최원영
본부장_ 장혜경
편집장_ 김승신
편집진행_ 권세라 · 최혁수 · 김경민 · 최정민
편집디자인_ 양우연
국제업무_ 박진해 · 남궁명일
관리 · 영업_ 김민원 · 조은걸

펴낸곳_ (주)디앤씨미디어
등록_ 2002년 4월 25일 제20-260호
주소_ 서울시 구로구 디지털로 32길 30, 코오롱디지털타워빌란트 1301-1308호
전화_ 02-333-2513(대표)
팩시밀리_ 02-333-2514
이메일_ lnovellove@naver.com
ㄴ노벨 공식 카페_ http://cafe.naver.com/lnovel11

KUMO DESUGA, NANIKA? Ex Vol.2
©Okina Baba, Tsukasa Kiryu 2023
First published in Japan in 2023 by KADOKAWA CORPORATION, Tokyo.
Korean translation rights arranged with KADOKAWA CORPORATION, Tokyo.

ISBN 979-11-278-7197-0 04830
ISBN 979-11-278-2430-3 (세트)

값 13,000원

황금의 경험치 1~2권

하라줍 지음 | fixro2n 일러스트 | 김장준 옮김

주인공 레아가 정신력 능력치를 올리고 얻은
히든 스킬 『사역』.
그것은 권속이 된 캐릭터가 획득한 경험치를
자신에게 집약하는 어처구니없는 스킬이었다.
레이드 보스급 몬스터마저 다채로운 정신 마법으로 굴복시키며
줄줄이 권속을 늘려나간 레아는 끝없이 불어나는 경험치로
자신과 부하를 강화!
자신만의 최강 군단을 만든 끝에
결국 이 세계에서 「특정 재해 생물」로 판정받는데……?

모처럼 마왕이 됐으니까 멸망시켜 볼까, 인류를!

블레이드&바스타드 1~3권

카규 쿠모 지음 | so-bin 일러스트 | 김성래 옮김

아무도 공략한 적 없는 《미궁》^{던전} 깊은 곳에서 발견된

존재하지 않아야 하는 모험가의 시체—.

소생했지만 기억을 잃어버린 남자 이알마스는 단독으로^{솔로} 《미궁》에 진입해서

모험가의 시체를 회수하는 나날을 보내고 있었다.

《소생》^{카도르토}이 성공하든 실패해서 재가 되든 개의치 않고

대가를 요구하는 모습을 멸시하면서도 실력은 인정해주는 모험가들.

이처럼 재투성이로 살아가는 이알마스의 일상은

괴멸된 모험가 파티의 유일한 생존자,

「잔반」^{가비지}이라고 불리는 소녀 검사와의 만남을 계기로 변화를 맞이한다!

카규 쿠모와 so-bin이 선보이는 다크 판타지, 등장!!

라이트노벨의 새로운 빛! L북스의 신간은 매월 20일에 발매됩니다. http://cafe.naver.com/lnovel11

스파이 교실 1~9권, 단편집 1~3권

타케마치 지음 | 토마리 일러스트 | 송재희 옮김

아지랑이 팰리스 공동생활 규칙.
하나, 일곱 명이 협력하여 생활할 것.
하나, 외출 시에는 진심으로 놀 것.
하나, 온갖 수단으로 나를 쓰러뜨릴 것.

—각국이 스파이로 그림자 전쟁을 벌이는 세계.
임무 성공률 100%, 그러나 성격에 난점이 있는 뛰어난 스파이, 클라우스는
사망률 90%를 넘는 「불가능 임무」 전문 기관 「등불」을 창설한다.
하지만 선출된 멤버는 실전 경험이 없는 소녀 일곱 명.
독살, 함정, 미인계— 임무를 달성하기 위해 소녀들에게 남은 유일한 수단은
클라우스를 속여 이기는 것이다!

1대7 스파이 심리전! 통쾌한 스파이 판타지!!

헬 모드 1~4권

하무오 지음 | 모 일러스트 | 김성래 옮김

"로그아웃 중에도 저절로 레벨이 올라? 이건 쉬운 게임을 넘어 방치 게임이잖냐!"
야마다 켄이치는 절망했다. 열심히 플레이하던 온라인 게임은 서비스 종료.
몇만 시간을 쏟아부어 파고들 가치가 있는 작품은 거의 살아남지 못했다.
"어디 보자……. 끝나지 않는 게임에 당신을 초대합니다. 라고?"
그런 켄이치가 우연히 검색하게 된 타이틀 없는 수수께끼의 온라인 게임.
난이도 설정 화면에서 망설이지 않고
최고 난이도「헬 모드」를 선택했더니 이세계의 농노로 전생해버렸다!
농노 소년「알렌」으로 전생한 그는 미지의 직업「소환사」를 능숙하게 다루며
공략본도 없는 이세계에서 최강으로 향하는 길을 더듬더듬 걸어 나아가는데—.

라이트노벨의 새로운 빛! L북스의 신간은 매월 20일에 발매됩니다. http://cafe.naver.com/lnovel11

마술사 쿠논은 보인다 1~2권

미나미노 우미카제 지음 | Laruha 일러스트 | 박춘상 옮김

눈이 보이지 않는 소년 쿠논의 목표는 물 마술로 새로운 눈을 만드는 것이다.
마술을 배운 지 불과 5개월 만에 교사의 실력을 뛰어넘은 쿠논은
역사상 최초의 도전에 임하면서 그 재능을 더욱 꽃피운다!
마력으로 주변 색깔을 감지하거나, 물 마술을 응용하여 손난로나 파스를 개발하거나,
초급 마술만으로 고양이를 재현하거나—.
그 기술과 상상력은 왕궁 마술사조차 혀를 내두를 정도였다.
마술 실력을 높이 평가받은 쿠논은 최고의 실력을 지닌 마기사의 제자가 되는데?!

호기심으로 세계를 개척해나가는 천재 소년의 발명 판타지!

라이트노벨의 새로운 빛! L북스의 신간은 매월 20일에 발매됩니다. http://cafe.naver.com/lnovel11

나에겐 이 어둠이 아늑했다 1~3권

호지자키 콘 지음 | Niθ 일러스트 | 박춘상 옮김

"하하······. 진짜냐······."
이세계에서 히카루를 기다리고 있었던 것은 시야를 가득 메운 광대한 숲.
농밀한 기운이 감도는, 흉악한 마물을 잉태한 대자연이었다―.
어느 날 갑자기 모든 세계에 울린 「신」의 목소리.
그 내용은 「무작위로 선발된 천 명을 이세계로 보내
그 모습을 모든 세계에 실시간 방송한다」는 것이었다!!

―바라든 바라지 않든 모든 행동이 전 인류의 구경거리가 되는 특수한 『이세계』.
걸려 있는 목숨의 수조차 [조회수=기프트]로 바뀌는 무자비한 세계에서
억 단위의 시선들에 노출된 채 수없는 위기에 직면하면서도
히카루는 어둠의 정령의 총애를 받고, 궁지에 몰린 소녀 검사를 구해내
살해당한 소꿉친구의 모습을 찾아 죽음이 도사리는 세계를 헤쳐 나간다!!